고령화
가족

고령화 가족

천명관 장편소설

문학동네

언제나 텅 비어 있는 컴컴한 부엌에서
우리의 모든 끼니를 마련해준 엄마에게

차례

엄마의 집_009

평균나이 사십구 세_039

무기여 잘 있거라_062

마이너리그_093

헤밍웨이와 나_144

아버지의 부츠_182

스팅_211

저수지의 개들_235

질과 집_257

그리고 남은 이야기들_281

후기_288

엄마의 집

팔 수 있는 물건들은 모두 팔아치웠다. 맨 처음 판 것은 십 년 된 중고 자동차였다. 얼마 지나지 않아 텔레비전을 팔았고 냉장고와 세탁기, 노트북을 팔았다. 곧이어 책과 비디오 컬렉션까지 몽땅 팔아치워 방 안엔 낡은 매트리스 하나만 덩그러니 남게 되었다. 몸이라도 팔 수 있었다면 기꺼이 팔았겠지만 머리가 벗어져가는 마흔여덟의 중년 남자를 사줄 사람은 아무도 없었다. 집주인으로부터 당장 집을 비워달라는 최후통첩을 받았을 때 나에게 남은 유일한 선택은 낭떠러지 끝에서 몸을 날리는 것뿐이었다.

엄마가 전화를 걸어온 것은 바로 이즈음이었다.

―자고 있었니?
―아니요. 일어났어요.

— 밥은 먹었어?

— 네.

— 밖에서 일하는 사람은 잘 먹고 다녀야 된다.

— 알고 있어요.

요금이 밀려 겨우 수신만 되는 전화기를 통해 엄마와 나는 오랫동안 반복해온 대사를 토씨 하나 틀리지 않고 주고받았다. 평소대로라면 '알고 있어요' 다음에 '걱정 마세요'가 있지만 그날은 도저히 '걱정 마세요'를 할 기분이 아니었다. 아침도 굶고 있었던데다 다음날이면 당장 집을 비워주어야 할 형편이었던 것이다.

엄마는 뭔가 심상치 않다는 느낌이 들었는지 곧바로 말을 잇지 못하다 갑자기 생각난 듯 불쑥 물었다.

— 닭죽 쑤어놨는데 먹으러 올래?

이 대사는 서너 번 전화하면 반드시 한 번쯤은 등장하는 레퍼토리였다. 메뉴는 대개 닭죽이나 잡채, 콩국수 같은 평범한 음식들이었지만 엄마가 생각하기에 그 정도면 특별식인가보았다.

유감스럽게도 나는 엄마의 초대에 한 번도 응한 적이 없었다. '바빠서 못 가요'나 '나중에 갈게요' 정도의 대답이 고작이었다. 하지만 그날 아침은 상황이 달랐다. 엄마가 닭죽을 먹으러 오라고 한 순간, 갑자기 허기가 몰려왔다. 그리고 입안 가득 진한 닭죽의 풍미가 느껴지며 냄비에 가득 담긴 닭죽을 마구 퍼먹고 싶은 욕구가 맹렬히 솟구쳤다. 그래서 나도 모르게 그만 '네'라고 대답을 해버리고 말았다.

─ 뭐라고?

매번 거절만 당하던 엄마가 뜻밖의 대답에 놀라 다시 물었을 때, 나는 울컥 목이 메는 기분이었다. 잠시 후, 나는 기어들어가는 목소리로 겨우 대답했다.

─ 지금 간다고요, 엄마.

*

얼마 전, 나는 드디어 한 걸음도 내디딜 수 없는 낭떠러지의 끝에 도달했다. 탈출구도 없고 구원의 빛도 보이지 않는 회생불능의 완전한 파산! 그것이 당시 내가 처한 상황이었다. 신용불량자가 된 지는 이미 오래였고 알량한 월세보증금은 밀린 방세를 까느라 한 푼도 남아 있질 않았다.

주변 사람 모두에게 돈을 꾸었고 아무에게도 빚을 갚지 못했다. 낯도 없고 부조할 돈도 없어 그들의 결혼식과 장례식에 참석하지 못했다. 어쩌다 그런 자리에 가더라도 종국엔 술에 취해 아무나 붙잡고 시비를 벌이기 일쑤였다. 선배들은 나를 부끄러워했고 후배들은 나를 경멸했다. 하지만 그들보다 앞서 나를 떠난 건 바로 아내였다. 아내는……(미안하지만 아내에 대해선 한마디도 하고 싶지 않다. 다만, 누구보다도 먼저 실패의 냄새를 맡았고 그 즉시 보따리를 쌌다는 사실만 밝히겠다) 모든 인간관계가 파탄나고 급기야 아무에게서도 전화가 걸려오지 않았다. 하이에나처럼 집요하게 괴롭히던 채권추심업체 직원들조차 나를 포기했는지 더이상 연락이 없었다. 나는 세상으로부터 점점 더 고립되어갔다.

전철을 타고 엄마 집으로 가는 동안 나는 낭떠러지 말고도 또하나의 선택이 남아 있다는 것을 깨달았다. 그것은 바로 엄마의 집으로 들어가는 것이었다. 물론, 이전에도 그런 생각을 안 해본 것은 아니었다. 하지만 그것은 정말이지, 죽기보다 싫은 일이었다. 나이 마흔여덟에 칠순이 넘은 엄마 집에 얹혀산다는 건 생각만 해도 쪽팔리고 민망한 일이었지만 더 끔찍한 건 엄마 집엔 이미 쉰두 살 된 형이 얹혀살고 있다는 사실이었다.

*

엄마가 살고 있는 집은 신도시 외곽, 기찻길을 따라 나란히 늘어선 낡은 연립주택들 가운데 하나였다. 가구 수는 모두 스물두 가구나 됐지만 마당은 자동차 다섯 대만 들어와도 사람이 지나다니기 어려울 만큼 옹색했고 빗물 자국으로 얼룩진 건물 벽은 군데군데 금이 가 있어 집 안의 궁색한 살림살이가 훤히 들여다보일 것만 같았다.
건물 뒤편은 더 심각했다. 마치 밀린 임금을 못 받은 인부들이 버려두고 달아난 건물처럼 마감이 엉망이어서 울퉁불퉁한 벽에 녹슨 철근이 여기저기 튀어나와 있었다. 게다가 수십 개의 가스통이 아무렇게나 방치돼 있어 빌라 건물은 마치 폭발물 벨트를 온몸에 휘감고 있는 알카에다 조직원처럼 위험하고 비장해 보였다. 그렇게 지은 지 이십 년이 다 되어가는 낡은 건물은 그 안에 살고 있는 사람들의 궁기와 절망을 고스란히 드러내고 있었다.

그나마 다행이라면 엄마가 사는 집이 단지 안에서 비교적 넓은 평수인 스물네 평에 방이 세 개나 딸려 있다는 거였다. 그 집은 십년 전, 오토바이를 타고 직장에서 돌아오던 아버지가 승용차에 치여 죽었을 때 보상비를 받아 마련한 집이었다. 당시, 아버지는 근처 아파트의 경비로 일하고 있었다. 말하자면 스물네 평짜리 연립주택과 아버지의 목숨을 맞바꾼 셈이었지만 몇 년 뒤엔 그런 사실을 의식하는 사람이 아무도 없게 되었다.

나는 엄마가 퍼준 닭죽을 두 그릇이나 깨끗이 비웠다. 어릴 때 먹던 맛 그대로였다. 사실 엄마의 음식솜씨가 딱히 뛰어나다고 할 순 없지만 어떤 종류의 음식이든 별로 힘들이지 않고 뚝딱 만들어서 내오는데 대강 비슷하게 맛을 내는 능력이 있었다. 나는 엄마가 그렇게 뚝딱 만들어온 음식을 먹어본 지 이 년이 넘었다는 생각을 하며 묵묵히 닭죽을 입에 퍼넣었다. 엄마는 형편없이 변한 나의 몰골에 뭐라고 한마디 물어볼 법도 한데 그저 내가 먹는 모습을 지켜보고만 있었다. 그러다 내가 그릇 비우기를 기다려 닭죽을 더 퍼주려고 했지만 나는 손사래를 치며 상을 물렸다.

엄마를 만난 건 거의 이 년 만이었다. 고작해야 일 년에 서너 번, 명절이나 아버지 제사 때 마지못해 잠깐씩 들르던 집이었지만 파산을 하고 술에 취해 사는 동안엔 그마저도 자주 거른 탓이었다. 엄마는 집에서건 밖에서건 늘 화장을 하고 있어 나이보다 젊어 보이긴 했지만 엄마의 얼굴에 짙게 드리워진 황혼의 빛까지 감출 수는 없었다. 칠순이 넘은 엄마가 화장을 하는 건 아버지가 돌아가신 뒤부터 동네 주부들을 상대로 기능성화장품을 팔기 시작했기 때문이었다. 노인네가 화장품을 팔아봤자 얼마나 팔까 싶긴 했지만 그래도 십여 년째 화장품 영업을 계속하고 있는 걸 보면 그런대로 생활비 정도는 버는 모양이었다.

다행히 형은 집에 없었다. 엄마 얘기로는 친구를 만나러 나갔다고 했지만 그 말을 믿을 수는 없었다. 지금 형에게 친구 따위가 있을 리 없었다.

엄마가 설거지를 하는 동안, 나는 소파에 기대앉아 담배를 피우며 눈으로 집 안을 살펴보았다. 좁은 평수에 방을 세 개나 들이다 보니 거실이 좀 옹색하긴 했지만 지금 같은 상황에선 방이 하나더 있는 게 다행이라는 생각이 들었다. 열린 문틈으로 비어 있는 문간방을 들여다보니 오래된 장롱 하나와 옷가지가 쌓여 있다시피 걸려 있는 옷걸이, 진공청소기와 선풍기 등 잡다한 물건들이 방 안을 가득 채우고 있었다. 쓰는 사람이 없으니 그냥 창고 겸 옷방으로 쓰는 것 같았다. 너무 좁다 싶으면 장롱은 베란다로 내놓아도 될 것 같았다.

—너, 여기 있을 거지?

엄마가 설거지를 마치고 나오며 물었다.

여기 있을 거라니, 무슨 소리지? 나는 엄마가 내 의중을 눈치챘나 싶어 대답을 못 하고 우물거렸는데 엄마는 거실 한구석에 쌓여 있는 화장품 박스를 가리키며 말했다.

—누가 물건 좀 보자고 해서 잠깐 나갔다 와야 되는데……

—그럼, 있을 테니까 다녀오세요.

엄마가 화장품 박스를 몇 개 챙겨서 나가고 난 뒤, 나는 소파에 비스듬히 기대앉아 천천히 담배를 한 대 켜 피웠다. 집으로 들어와야 하나 말아야 하나, 안 들어오면 꼼짝없이 노숙자 신세가 될 텐데 아무리 집에 들어오는 게 내키지 않아도 노숙자 신세보다는 낫지 않을까, 그런데 집에 들어와 살 거라고 얘기하면 엄마는 과연 뭐라고 하실까, 등등 갖가지 생각이 머릿속을 오가는 동안 나는 몸이 나른해져 아예 소파에 머리를 대고 누웠다. 실내엔 여전히 고소한 닭냄새가 떠돌았고 창에서 들어온 따스한 봄 햇살이 소파 위에 내리쬐었다. 닭죽을 잔뜩 먹어서 그런지, 아니면 따뜻한 햇볕 때문에 그런지 방금 전까지의 참담했던 기분이 조금씩 사라지는 것 같았다. 그리고 어느새 스르르 졸음이 밀려왔다.

*

내가 나이 마흔여덟에 오갈 데 없는 신세가 된 이유는 순전히 십이 년 전에 만든 한 편의 영화 때문이었다. 오랜 연출부생활 끝에 감독으로 데뷔할 때만 해도, 전쟁을 치르듯 겨우 촬영을 끝내고 극장에 간판을 걸었을 때만 해도, 그 결과 일주일 만에 막을 내려 흥행에 참패했을 때도, 이어 관객이 뽑은 그해 최악의 영화로 선정됐을 때조차도 나는 내 인생이 이렇게까지 꼬일 거라고는 상상하지 못했다. 왜냐하면 그것은 단지 한 편의 미스터리멜로 영화였을 뿐이니까.

하지만 그것은 나만의 착각이었다. 내가 '말아먹은' 것은 단지 한 편의 영화가 아니라 이십억의 제작비였으며 내가 배신한 것은 순진한 관객들이 아니라 제작비를 맡긴 차갑고 영민한 제작자와 투자자들이었다. 그리고 그들은 배신자를 절대 잊지 않았다. 충무로의 낭인으로 십여 년을 떠도는 동안 비로소 나는 내가 실패한 것이 단지 흥행이 아니라 바로 나 자신의 인생이었다는 것을 깨달았다.

전화번호부를 가지고 영화를 만들었더라도 이보다 더 못할 수는 없다.

당시, 영화잡지에 실린 평 가운데 하나였다. 그 말은 어느 정도 사실이었다. 내가 만든 영화는 정말이지, 아무것도 건질 게 없었으니까. 보통의 경우라면 비록 흥행에 실패한 작품이더라도 무언가 한 가지 미덕은 있게 마련이다. 예컨대, 커트감각이 훌륭했다

16

든가, 이야기 장악능력이 돋보였다든가, 배우들로부터 인상적인 연기를 뽑아냈다든가, 그도 저도 아니면 그냥 가능성이 엿보였다든가 하는 따위의 평가라도 한두 개쯤은 끼어 있게 마련인데 내가 연출한 영화는 단 하나의 미덕도 없는 완전한 실패작이었다. 호평인지 혹평인지는 모르겠으나 다음과 같은 평도 있었다.

이 영화의 감독은 지구상의 모든 감독들이 가지고 있는 목표와는 분명 다른 목표를 가지고 있었던 게 틀림없다. 그게 뭔지 아무도 모른다는 게 문제이긴 하지만.

물론, 흥행에 실패한 이후 십여 년간 아무 일도 안 하고 방 안에 누워 전화만 기다린 것은 아니었다. 안면이 있는 프로듀서들을 찾아다니며 이런저런 아이디어를 제시하기도 하고, 후배 시나리오 작가를 꾀어 여관에 들어가 함께 시나리오를 쓰기도 하고, 그렇게 쥐어짜낸 시나리오를 들고 영화사를 전전하기도 했다.

하지만 나에겐 배신자의 낙인이 찍혀 있었다. 제작자의 믿음을 배신하고 스태프의 노고와 배우들의 열정을 배신하고 나아가 관객들의 꿈을 배신한 나는 더이상 영화를 만들어서는 안 되는 위험한 변절자였다. 결국 준비했던 시나리오들은 각기 장편영화 한 편 분량의 안타까운 사연만을 남긴 채 모두 사장되고 말았다.

이즈음 나는 스물다섯에 영화학교에 입학했지만 강간 혐의로 팔 년간 교도소에서 복역하고 쉰세 살이 되어서야 겨우 첫 장편영화를 찍을 수 있었던 러시아의 영화감독 비탈리 카넵스키*에 대해 자주 생각했다. 또한 〈천국의 문〉이라는 걸작을 찍어놓고도 흥행에 실패했다는 이유로 오랫동안 메가폰을 잡지 못했던 미국의 영화감독 마이클 치미노**도 떠올렸다(그도 나와 마찬가지로 제작사를 파산시켰다). 그들에 비하면 나는 아직 괜찮다고, 기회가 있을 거라고 스스로 위안했다. 하지만 십 년 넘게 영화를 못 찍고 충무로의 낭인으로 떠도는 동안 나는 서서히 지쳐가기 시작했다.

언제부턴가 길거리에서 우연히 아는 사람을 만나면 그들은 유령이라도 만난 듯 화들짝 놀라 나를 피했다. 마치 나의 불운이 자신에게 옮아붙기라도 할 것처럼. 그러는 동안 시간은 눈 깜짝할 사이에 흘러 나는 충무로에서 완전히 잊힌 인물이 되었다. 그리고 마침내 한 걸음도 더 나갈 수 없는 막다른 지점에 도달하고 만 거였다. 완전한 패배였다.

*

잠결에 누군가 웃고 떠드는 소리가 들렸다. 눈을 떠보니 거실엔 텔레비전이 켜져 있었고 그 앞에 거구의 한 사내가 냄비를 끌어안

---

* Vitali Kanevsky(1935~) : 1989년 칸 영화제 황금카메라상 수상. 〈얼지 마, 죽지 마, 부활할 거야!〉 〈눈 오는 날의 왈츠〉 〈독립된 삶〉 등의 작품이 있다.
** Michael Cimino(1943~) : 〈디어 헌터〉 〈천국의 문〉 〈이어 오브 드래곤〉 등의 작품이 있다.

고 닭죽을 퍼먹으며 코미디프로를 보고 있었다. 아직 쌀쌀한 날씨임에도 불구하고 그는 반소매 차림이었는데, 셔츠가 배를 채 다 가리지 못해 두꺼운 살집이 밖으로 비어져나와 있었다. 텔레비전 쇼를 보며 웃음을 터뜨릴 때마다 그의 거대한 뱃살이 출렁거렸다.

휴, 여전히 가관이로군. 냄비에 코를 박고 닭죽을 퍼먹는 그의 모습을 보자 나는 벌써 마음이 심란해졌다.

바로 이 거구의 사내가 이 집의 장남이자, 나의 형이라는 인간이다. 이름 오한모. 쉰두 살에 백이십 킬로그램, 폭력과 강간, 사기와 절도로 얼룩진 전과 5범의 변태성욕자, 정신불구의 거대한 괴물…… 한마디로 인간망종이다. 교도소를 제집 드나들듯 드나들며 파란만장한 청춘을 보냈던 그는 몇 년 전, 아는 후배와 함께 라텍스 사업을 해보겠다며 캄보디아로 건너갔다가 이 년 만에 빈털터리가 되어 돌아왔다. 그러다 어느 순간, 슬그머니 엄마 집으로 기어들어와 삼 년째 눌어붙어 있는 중이다.

그는 이제 닭죽을 다 먹고 냄비 바닥에 눌어붙어 있는 것을 숟가락으로 긁어먹기 시작했다. 못 보는 사에 그는 살이 더 찌고 머리는 반백이 되어 어느덧 초라한 중늙은이가 되어 있었다.

저 인간도 이젠 폭삭 늙었구먼. 내가 인기척을 내며 소파에서 몸을 일으키자 비로소 그가 힐끗 뒤를 돌아보았다.

—넌 여기 어쩐 일이냐?

그는 여전히 바닥에 눌어붙은 닭죽을 긁어먹으며 물었다(닭죽은 원래 바닥에 눌어붙은 게 더 맛있다).

—나 오늘부터 여기서 살 거야.

나는 엉겁결에 불쑥 그렇게 대답하고 말았다. 이왕 집에 들어오기로 한 거 빨리 선언을 하는 게 낫겠다 싶기도 했던 것이다.

—여기서? 네가 왜 여기서 살아?

그는 이맛살을 찌푸리며 대뜸 시비조로 물었다. 자신의 영역에 기어든 침입자를 그냥 묵인할 수 없다는 태도였다.

—왜? 난 여기서 살면 안 돼?

나도 고개를 빳빳이 쳐들고 따지듯 물었다. 이 년 만에 만난 형제는 서로의 얼굴을 노려보았다. 바야흐로 팽팽한 긴장감이 감도는 가운데 인생에 실패한 두 중년 남자가 영역다툼을 벌이는 중이었다.

어릴 때, 그는 나에게 악몽과도 같았다. 그는 깡패학교로 유명한 한 공고를 다녔는데 그의 가방 안엔 책 대신에 줄칼과 스크레이퍼, 강철로 만든 삼각자 등이 들어 있었다. 그 공구들은 단지 실습시간에만 필요한 게 아니라 때에 따라선 치명적인 무기가 되기도 했다. 그는 머리가 아둔해 공부하고는 아예 인연이 없었지만 그 유명한 깡패학교에서도 알아주는 싸움꾼이었다. 당시 그의 별명은 '오함마'였다. 오함마란 공사판에서 바위를 깰 때 쓰는 커다란 망치를 가리키는 말이다. 그는 오함마라는 별명답게 한번 '야마'가 돌면 눈에 보이는 게 없었다. 벽돌이고 뭐고 간에 무엇이든 손에 집히는 대로 휘두르고 내던졌다(한번은 옆에 있던 나를 상대에게 집어던진 적도 있었다. 진짜다).

나는 '오함마'에게 무수하게 얻어맞으며 자랐다. 코피가 나고 이가 부러지고 얼굴이 찢어지기도 했다. 그래서 나는 언제나 그가 죽기만을 바랐다. 누구하고 싸우다가 맞아 뒈지든 술 처먹고 차에 치여 뒈지든, 내 앞에서 사라지기만을 간절히 원했다. 하지만 그는 죽지 않고 수십 년을 살아남아 떡하니 내 앞을 가로막고 서 있었다.

'선빵'을 날린 건 역시 그였다. 내 얼굴을 향해 대뜸 냄비를 집어던진 것이다.

—이 새끼가 어따 대고 눈을 부라려!

역시 싸움에 관해선 오함마가 나보다 한 수 위였다. 냄비를 얼굴에 정통으로 맞은 나는 주춤했다.

아직 죽지 않았구나, 오함마!

하지만 여기서 물러설 수는 없었다. 여기가 아니면 세상천지 어디에도 내 한 몸 누일 데가 없었던 것이다. 게다가 만일 이 집에 들어올 자격이 없는 사람을 단 한 명 꼽는다면 바로 저 인간 아니던가! 아버지의 죽음으로 받은 보상금은 당시 신도시에 삼십 평대 아파트를 장만할 정도의 적지 않은 금액이었다. 그런데 그는 그 돈으로 성인오락실을 해보겠다며 엄마를 졸라 보상금의 반을 날려버리고 말았다. 그런데 이제 와서 제집이라도 되는 양 주인 행세를 하겠다고?!

냄비에 머리를 얻어맞은 나는 완전히 '꼭지'가 돌아버려 자리에서 곧장 튕겨일어나 오함마를 향해 미사일처럼 날아갔다. 그리고 마구 악을 쓰며 주먹을 휘둘러댔다.

—씨발새끼! 네 집도 아닌데 내가 들어오든 말든 왜 지랄이야, 지랄이!

바짝 독이 오른 내가 악을 쓰며 달려들자, 오함마도 잠시 주춤했다. 하지만 역시 노련한 싸움꾼답게 그는 순식간에 나를 바닥에 눕히고 발로 짓밟기 시작했다. 그도 늙었다지만 나 또한 이미 적지 않은 나이인데다 오랜 세월 술에 찌든 몸이었으니 당연할 법도 했다.

—이 새끼가 이젠 아주 미쳤구나. 그 동안 동생이라고 봐줬더니…… 너, 오늘 죽어봐라!

오함마는 사정없이 나를 짓밟았다. 나는 두들겨맞는 와중에도 그의 바짓가랑이를 붙잡고 매달렸다. 그러다 그가 다리를 들어올리는 순간, 머리로 그의 사타구니를 정통으로 들이받았다. 오함마는 악! 소리와 함께 사타구니를 감싸쥐고 바닥에 나뒹굴었다. 나는 때를 놓치지 않고 그의 배 위에 올라타 옆에 있던 닭죽 냄비를 집어들어 마구 휘둘렀다. 그는 팔뚝으로 냄비를 막으며 비명을 질러대다 마침내 졌다는 듯 두 손을 들었다.

—야, 알았다, 알았어. 그만해!

나는 잠시 싸움을 멈추고 씩씩대며 노려보다 그의 배 위에서 내려와 담배를 꺼내물었다. 닭죽 찌꺼기가 옷 여기저기 묻어 있었고 입으론 찝찔한 코피가 흘러들었다. 둘러보니 두 명의 중년 남자가 뒤엉켜 싸운 거실은 이미 난장판이 되어 있었다. 바닥에 누워 숨을 몰아쉬던 오함마는 자리에서 일어나며 걸게 트림을 했다. 그리고 비식 웃으며 한마디 했다.

— 여기 들어와 살겠다는 걸 보니까 오감독님 인생도 이제 좆된 모양이네. 그렇지?

'오감독'은 그가 나를 비꼴 때 쓰는 호칭이다.

이때, 엄마가 문을 열고 들어섰다. 엄마는 난장판이 된 거실을 보고 놀라 눈이 휘둥그레졌다. 엄마를 보자 오함마는 어린애가 일러바치듯 큰 소리로 말했다.

— 엄마! 인모새끼도 여기 들어와서 같이 살겠대.

엄마는 잠시 멈칫했지만 곧 벌써 알고 있었다는 듯 아무렇지도 않게 대답했다.

— 방 하나 남는데 뭐가 걱정이니? 한 명 더 들어와 산다고 이 집이 금방 무너지는 것도 아닌데.

엄마는 이미 내가 처한 상황을 짐작하고 있었던 걸까? 오함마는 잔뜩 실망한 표정으로 쳐다보았지만 엄마는 내가 들어와 사는 것을 이미 기정사실화한 듯 문간방으로 들어가며 말했다.

— 옷은 내가 치울 테니까 다른 짐들이나 일단 베란다에 내놔라. 정리는 나중에 하고.

나는 엄마의 태도에 약간 어리둥절했지만 곧 방에 들어가 엄마

가 시키는 대로 잡다한 물건들을 들고 나왔다. 오함마는 문간에
기대어 손에 들고 있던 빈 숟가락을 빨며 볼멘소리로 중얼거렸다.

　—아이, 씨발. 저 새끼 여기 들어오면 안 되는데……

그러고는 엉덩이를 비틀며 큰 소리로 방귀를 뀌었다.

뿌웅……!

*

엄마 집에 들어와 살기 시작한 지 한 달이 지났다. 모든 게 바뀌
었다. 나는 낯선 시간대에 낯선 장소에 와 있는 것처럼 현실감이
없었다. 텔레비전을 보고 담배를 피우고 잠을 잘 때도 그 육체가
나 자신의 것이 아닌 양 일체감이 없었다. 마약에 취한 듯 늘 몽롱
한 기분이었고 내장이 모두 빠져나간 듯 허탈했다. 대신 이상할
정도로 마음이 편안했다. 늘 가슴 한편을 짓누르던 답답함도 사라
졌고 아무 때고 발작을 일으키듯 벌렁거리던 심장도 한결 누그러
들었다.

나는 하루에 열두 시간도 넘게 잠을 잤다. 마치 지난 십 년간 한
숨도 못 잔 것처럼. 먹는 시간을 제외하면 거의 잠으로 하루를 보
내다시피 했다. 잠을 자지 않는 시간엔 거실 소파에 기대 텔레비
전을 보거나 이런저런 생각을 하며 기찻길을 따라 걷기도 했다.
하지만 생각은 오래 이어지지 않았다. 그것은 모두 조각난 단상들
이어서 서로간에 아무런 연계가 없었다. 나에게 닥친 문제나 미래

의 계획에 대해 잠깐씩 생각해본 적도 있지만 잠을 자고 나면 머리를 물에 헹궈낸 듯 아무것도 기억나지 않았다.

엄마는 여전히 별말이 없었다. 내가 하는 일이 어떻게 되어가는지, 어쩌다가 집으로 들어오게 되었는지에 대해 한마디도 묻지 않았다. 대신 화장품을 팔러 밖으로 부지런히 돌아다니는 와중에도 꼬박꼬박 끼니를 챙겨주었다. 나는 누에처럼 엄마가 차려놓은 밥을 먹고 다시 방으로 기어들어가 잠을 잤다.

언젠가 오함마가 현관문을 열고 들어오다 온 집 안에 비린내가 진동한다며 투덜댔다. 엄마가 방금 전 프라이팬에다 큰 자반고등어 한 마리를 구웠기 때문이었다. 그때 나는 식탁에서 밥을 먹고 있었는데 퍼뜩 그 장면을 어디선가 본 것 같은 기시감이 들었다. 그리고 곧 그것이 오래 전, 집에서 자주 벌어지던 소동이라는 것을 깨달았다.

아버지를 포함해 식구들은 모두 비린 것을 싫어했다. 하지만 나는 유독 고등어나 갈치 같은 비린 생선을 좋아해 엄마는 식구들의 거센 항의에도 불구하고 순전히 나를 위해 자주 고등어를 굽곤 했던 것이다. 그제야 나는 상 위에 올라와 있는 반찬들이 모두 어릴 때 내가 좋아하던 것들이라는 사실을 깨달았다. 아욱국과 고들빼기김치, 조개젓과 감자조림, 뱅어포 등 무엇 하나 특별하달 게 없는 음식들이었지만 이십 년이 넘은 그때까지도 엄마는 내가 좋아하는 음식들을 잊지 않고 용케 기억하고 있었던 것이다. 순간, 나는 갑자기 코끝이 찡해져 식탁 위에 고개를 박고 서둘러 수저를 놀렸다.

목욕탕에 가서 몸무게를 재보니 삼 킬로그램이 늘어 있었다. 그래도 아직 오함마 몸무게의 반에도 미치지 못하는 무게였다. 문득 옆을 돌아보니 거울 속엔 퀭한 눈에 모든 게 아래로 처져가는 중년의 한 사내가 서 있었다. 거울에 비친 몸을 보며 나는 언젠가 한여자 후배가 했던 말이 떠올랐다.

목욕탕에 가서 여자들의 벗은 몸을 보면 그 몸의 주인이 어떻게 살아왔는지 알 것 같아. 그 몸에는 그네들의 지난 역사가 고스란히 쓰여 있거든.

나는 거울을 보며 혹독했던 지난 시간들이 내 몸 어디에 흔적을 남겼는지 찾아보려고 했다. 뭔가 보이는 것 같기도 했고 아무 흔적도 없는 것 같기도 했다. 그러고 보면 남자보다는 여자가 몸에 삶의 흔적을 더 뚜렷하게 남기는 존재인 것 같았다. 그 말을 했던 후배의 배에도 두 번에 걸친 출산의 역사가 새겨져 있었다. 그녀는 임신과 출산으로 갈라지고 늘어진 배를 부끄러워했지만 나는 한때 생명으로 한껏 부풀었을 그녀의 부드럽고 넉넉한 몸을 사랑했다.

그녀는 캐나다에서 어떻게 살고 있을까? 목욕을 마치고 밖으로 나올 때까지 나의 머릿속에선 그 후배에 대한 생각이 떠나지 않았다. 영화서클에서 만난 대학 후배였는데 작은 체구에 호기심과 생기가 넘치는 타입의 여자였다. 그녀는 한떠 충무로에서 시나리오를 몇 편 쓰기도 했지만 결혼을 하고 아이를 낳고 나이를 먹어가면서 젊음의 생기와 영화에 대한 열정은 맥없이 스러지고 그저 적당히 현실적이고 권태로운 주부가 되어갔다. 나는 그녀의 곁에서 여자의 인생이 어떻게 진행되어가는지를 지켜보았다. 우리는 보름에 한 번 정도 섹스를 나누는 사이였지만 그 때문에 관계가 심각해진 적은 한 번도 없었다. 서로간에 지켜야 할 거리를 용케도 잘 유지하며 지냈던 셈이다.

오 년 전 그녀는 가족과 함께 캐나다로 이민을 떠났다. 그뒤, 몇 번 전화가 걸려오긴 했지만 당시 나는 내 인생의 가장 혹독한 시기를 보내고 있던 때여서 그녀에 대해 생각할 겨를이 없었다. 캐나다로 이민을 가면서 이름을 캐서린으로 바꿨다고 했던가? 목욕탕을 나와 시장통을 걸어가는 동안 나는 그녀와 관련된 이런저런 기억들을 떠올렸다. 그리고 그녀의 진짜 삶에 한 번도 다가가본 적이 없다는 사실을 깨닫고 그녀에게 새삼 미안한 마음이 들었다.

연립주택 뒤쪽으로 삼 킬로미터 정도 걸어가면 야트막한 야산 너머 조그만 저수지가 하나 있었다. 저수지는 수량도 적은데다 주변에 잡풀이 우거져 있어 그 자체로는 별 기능을 하지 못했지만 공기도 맑고 지대가 높아 그런대로 풍광이 좋은 편이었다. 그 저수지는 신도시가 들어서기 전 넓은 곡창지대였던 마을에 물을 공급해주는 역할을 했을 터이지만 이젠 적당히 으슥한 곳을 찾는 불륜 커플들이나 나처럼 하릴없는 백수가 찾는 버려진 장소가 되었다.

저수지의 방죽을 따라 걷다보니 누런 잔디 사이로 민들레가 올라오고 있었다. 나는 방죽 끝에 주저앉아 담배를 피워물었다. 주변엔 사람의 그림자도 보이지 않아 사방이 쥐죽은 듯 고요했다. 하늘엔 솜처럼 뭉실뭉실한 구름이 떠다녔고 방죽을 따라 듬성듬성 나 있는 꽃다지가 바람에 하늘거렸다. 목욕을 한 뒤끝이라 그런지 오랜 투병 끝에 퇴원한 환자처럼 몸이 가벼웠다. 실로 오랜만에 맛보는 평화였다. 수면 위로 아른거리는 아지랑이를 보고 있으려니 왠지 울고 싶은 기분이 들기도 했다.

이때, 잔디밭 위에 버려진 빈 소주병이 눈에 들어왔다. 어느 상춘객들이 마시다 갔는지 방죽 아래 여기저기 소주병이 나뒹굴고 있었다. 갑자기 술을 마시고 싶다는 욕망이 날카롭게 목구멍을 타고 올라왔다. 그러고 보니 술을 끊은 지 한 달이 넘었다. 인생이 잘 풀리지 않아 술을 마시게 됐는지, 아니면 술을 마셔서 인생이 잘 안 풀리게 된 건지 모르겠지만 아내와 이혼한 뒤, 나는 깨어 있는 시간보다 술에 취해 있는 시간이 더 많았다. 술에 취하면 으레 주사를 부리고 필름이 자주 끊어졌다. 이러다 알코올중독자가 되어버리는 게 아닌가, 하는 걱정이 들기도 했지만 막상 술을 마시기 시작하면 그런 걱정 따위는 곧 사라지고 몸을 가눌 수 없을 때까지 폭음을 하기 일쑤였다.

어느 날, 지독한 숙취로 꼼짝 못 하고 방에 누워 있을 때 커다란 벌레가 이불 위로 기어가는 것을 목격했다. 웬 징그러운 벌레가 방으로 들어왔나 싶어 손으로 집으려 하자, 마치 신기루가 사라지듯 벌레가 홀연 눈앞에서 사라졌다. 알코올중독으로 인한 섬망증세였던 것이다. 순간, 더럭 겁이 났다. 그래도 한 가닥 삶에 대한 의지가 남아 있었는지 이러다 아무도 없는 빈방에서 혼자 죽을 수도 있겠구나, 하는 두려운 생각이 들었다. 죽을 때 죽더라도 나는 그렇게 비참하고 무의미한 방식으로 죽고 싶진 않았다. 돌이켜보면 엄마가 전화를 걸어 닭죽을 먹으러 오라고 했을 때 그것은 죽음의 사막 한가운데 있는 나에게 걸려온 한 통의 구조신호였다. 나의 본능은 그 신호를 따라 움직였고 그 결과 나는 이렇게 살아 봄날을 만끽하고 있는 것이다.

*

나는 거실 소파에 누워 신문을 보다 잠이 들었다. 목욕을 다녀온데다 짧지 않은 거리를 산책하느라 피곤해진 탓이었다. 낮잠을 자는 동안 잠시 꿈을 꾸었는데 오랜만에 이혼한 아내가 등장했다(다시금 말하지만 아내에 대해선 한마디도 하고 싶지 않다. 하지만 꿈속이라 나도 어쩔 수 없다). 언제나 그렇듯 그녀는 거만하고 차가웠으며 나는 잔뜩 화가 난 상태였다. 그녀는 나를 철저하게 외면하고 무시했다. 뭔가 잘해보려고 했지만 그녀의 차가운 태도에 내가 하는 말들은 제대로 전달조차 되지 않았다. 안타까움에 목이 메었다. 그녀를 죽이고 싶을 만큼 화가 나기도 했다. 그녀는 깔깔거리며 나를 비웃었다. 노골적으로 나를 경멸하며 목젖을 드러내고 크게 웃었다. 한때는 그 목젖을 사랑한 적도 있었지만 언제부턴가 나는 그녀의 입속에 주먹을 쑤셔넣어 그 목젖을 확 잡아떼어내고 싶었다.

퍼뜩 눈을 떠보니 교복을 입은 한 여자애가 텔레비전 앞에 앉아 코미디프로를 보며 깔깔대며 웃고 있었다. 나는 아내 대신 출현한 여자애 때문에 잠시 어리둥절한 기분이었다. 열대여섯쯤 되었을까? 약간 통통한 몸에 단발머리를 고무줄로 묶고 있는 계집애는 텔레비전에서 출연자가 뭐라고 한마디 던질 때마다 자지러질 듯 배를 잡고 혼자 깔깔대며 웃었다.

— 와, 씨발. 졸라 웃겨.

나는 어리둥절한 눈으로 쳐다보며 저애가 도대체 누굴까 생각했지만 전혀 모르는 얼굴이었다. 이때 여자애가 나를 힐끗 돌아보았다. 우리는 잠깐 눈이 마주쳤는데 오뚝한 콧날에 주근깨가 앉아 있는, 매우 강한 인상의 얼굴이었다. 그녀의 얼굴엔 '죄송하지만 저 성질 좀 있거든요'라고 쓰여 있었다. 그녀는 지르퉁하게 잠시 나를 훑어본 후, 다시 텔레비전으로 눈길을 돌렸다. 약간 황당한 기분이었다.

— 너는…… 누구니?

나는 소파에서 몸을 일으키며 조심스럽게 물었다. 그러자 여자애가 도전적인 눈빛으로 쳐다보며 대답했다.

—여기 우리 할머니 집인데요.

그 말은 여긴 우리 할머니 집인데 당신이야말로 왜 여기 자빠져 있냐는 뜻인 것 같았다. 할머니라니? 그럼 오함마가 그 동안 어딘가 숨겨놓았던 아이를 데리고 들어온 건가, 하는 생각이 잠깐 스쳤다. 내가 알기론 그가 여자와 두 번 동거를 한 적은 있지만 정식 결혼을 한 적은 한 번도 없었다. 아이가 있다는 말도 금시초문이었다.

—할머니라면…… 그럼, 너희 아빠 이름이 오한모니?

—아니요. 아빠 이름은 장해성인데요.

여자애는 시큰둥하게 대답하고 다시 텔레비전으로 고개를 돌렸다. 그리고 코미디프로그램에 나오는 출연자를 보며 혼잣말로 중얼거렸다.

—븅신, 뭐야, 재수없게……

장해성? 장해성은 누구지? 어디서 많이 들어본 이름인데…… 순간, 장해성이 누군지 떠올랐다. 장해성은 바로 매제의 이름이었다. 그럼 저 싸가지 없는 여자애의 엄마가 내 여동생 미연이란 말인가? 그렇다면 나는 외삼촌? 그러고 보니 미연의 딸을 본 게 얼마 만인가. 대강 사오 년 전이 아닐까 싶은데 그렇다면 얼굴을 몰라보는 게 당연할 법도 했다. 아이들은 빨리 자라니까. 그나저나…… 텔레비전을 보며 깔깔대는 조카를 보면서 나는 은근히 부아가 치밀었다.

—그럼, 너는 내가 네 삼촌이라는 거 아니?

여자애는 다시 나를 힐끗 돌아보았다. 그리고 같잖다는 듯 피식 웃으며 다시 텔레비전으로 눈길을 돌렸다. 나는 울컥 화가 치밀어 큰 소리로 물었다.

—야! 너 내가 네 삼촌이라는 거 알아, 몰라?

내가 화난 목소리로 묻자 여자애는 텔레비전에서 눈도 떼지 않은 채 건성으로 대답했다.

—삼촌이 아니라 외삼촌이잖아요.

—뭐?

나는 어이가 없었다.

—어, 어쨌거나…… 그런데 왜 인사를 안 해.

그러자 여자애는 짜증스럽다는 듯 코웃음을 쳤다.

—후아, 미치겠다, 진짜.

—뭐라고? 너 뭐라고 그랬어? 다시 한번 말해봐!

나는 버럭 화가 나 아이의 팔을 잡아당기며 소리를 질렀다. 하지만 여자애는 눈 하나 깜짝하지 않고 나를 올려다보았다.

—저기요, 아저씨……

—뭐? 아저씨? 이놈의 계집애, 삼촌한테 어디서……!

화가 나 손을 번쩍 치켜들자, 여자애도 자리에서 일어나 나를 마주 노려보았다. 눈에 어린애답지 않은 독기가 서려 있어 나는 잠깐 주춤했다. 이때 여자애가 대뜸 물었다.

—아저씨, 내 이름 알아요?

─뭐?

─내 이름 아냐고요!

이름……? 장해성이 아빠니까 성이 장씨인 건 분명한데…… 아
니다. 그게 아닐지도 모른다. 왜냐하면 장해성은 미연의 두번째
남편이다. 그런데 앞에 있는 계집애는 첫번째 남편의 아이니까 성
이 다를 수도 있다(젠장, 뭐가 이렇게 복잡해). 나는 말문이 막혀
슬그머니 손을 내렸다. 그러자 계집애가 그럴 줄 알았다는 듯 경
멸에 찬 표정으로 말했다.

─조카 이름도 모르는 삼촌이 세상에 어디 있어요?

나는 졸지에 한 방 먹은 기분이었다. 하긴 아무리 얼굴을 본 지
오래됐다지만 조카의 이름도 기억을 못 하는 건 큰 문제가 아닐
수 없다. 아무리 그래도 그렇지, 내가 무슨 못된 짓을 한 것도 아
닌데 자식뻘도 안 되는 어린 계집애한테 이런 취급까지 받아야 하
나? 나는 소파에 앉아 분을 삭이며 어떻게 하면 싸가지 없는 계집
애를 혼내줄까 생각하고 있었다.

─근데, 넌 여기 어쩐 일이야? 너 혼자 왔어?

나는 뭔가 약점을 잡을 게 없을까 궁리하며 물었다. 그러자 계
집애는 태연하게 대답했다.

─우리 오늘부터 여기서 살 건데요.

─뭐? 그게 무슨 소리야?

─엄마하고 나하고 오늘부터 할머니 집에서 같이 살 거라고요.

나는 어안이 벙벙했다. 도대체 무슨 말이지? 미연이하고 저 싸

가지가 여기서 같이 살 거라고?

—왜, 왜 여기서 산다는 거니? 응? 너희 집은 어쩌고? 너, 너희
도 집이 있을 거 아냐?

나는 당황해서 말을 더듬었다.

—아, 몰라요. 이따 엄마 오면 물어보세요.

계집애는 귀찮다는 듯 리모컨을 들어 채널을 이리저리 돌리기
시작했다.

그날 저녁, 사태의 전말이 밝혀졌다. 미연이 커다란 선글라스를
쓰고 나타난 것은 저녁 아홉시경이었다. 그녀는 몇 년 만에 만난 나
를 보고 알은체를 하는 둥 마는 둥 하고 곧바로 남편 욕을 퍼붓기
시작했는데 장해성, '그 개 같은 인간'이 툭하면 '술을 처먹고' 들
어와서 멀쩡한 사람을 '개 패듯' 패는데 그 동안 참다참다 마침내
참을 수 없는 지경이 되어 오늘 민경을(바로 그 싸가지의 이름이
다) 데리고 집을 나와버렸다는 것이다.

미연은 선글라스를 벗어 퍼렇게 멍이 든 눈자위를 보여주며 자
신은 이참에 이혼을 결심한바, 다시는 그 개 같은 인간에게 돌아
갈 마음이 없으며 또한, 당장 집을 얻어 나가려 해도 시간이 없을
뿐만 아니라 경제적인 문제로 자신은 장사를 그만둘 수 없는 입장
이기도 하지만, 무엇보다 학교에 다니는 민경을 돌봐줄 사람이 없
는 관계로 이런저런 궁리 끝에 어쩔 수 없이 엄마 집에 들어와 함
께 살아야겠다는 거였다.

눈물과 콧물, 그리고 험한 욕설이 한데 뒤섞인 미연의 한바탕 푸념을 듣고 난 우리는 잠시 어안이 벙벙한 상태였다. 미연이 집으로 들어오게 되면 분명 미연 모녀가 한방을 쓸 것이고, 그러면 영락없이 나와 오함마가 같은 방을 써야 할 터인데 몸무게 백이십 킬로그램에 시도 때도 없이 방귀를 뀌어대는 괴물과 한방을 써야 한다는 게 무엇보다도 큰 걱정이었다. 맙소사! 뭔가 수를 내지 않으면 꼼짝없이 돼지우리에 내던져질 판이었다.

나는 퍼렇게 멍이 든 미연의 눈자위를 보고 울컥 화가 치밀었다. 자주 못 보는 사이가 되어 비록 서먹해지긴 했지만 우린 한배에서 난 남매 아니던가!

—야, 당장 일어나 너희 집으로 가자. 내 그 개 같은 새끼, 당장 모가지를 비틀어버릴 테니까……

나는 자리에서 벌떡 일어서며 호기를 부렸지만, 기실 나의 머릿속은 조금 복잡했다. 요절낸다고는 했지만 제법 덩치가 있는 장서방을 혼자 힘으로 어찌해볼 자신이 없었던 것이다. 다만 내가 먼저 나서서 오함마를 도발함으로써 그로 하여금 장서방의 멱살을 잡아 바닥에 패대기를 치도록 하는 게 내 계획이었다. 그가 비록 지금은 나이 오십이 넘은 밥버러지로 전락했지만 그래도 한때 '오함마'로 명성을 날리던 싸움꾼 아니었던가!

그러면 장서방은 자신의 잘못을 뉘우치고, 뭐 그렇게까지는 아니더라도 최소한 처남들의 위협에 못 이겨 손이 발이 되게 빌며 다시는 손찌검을 하지 않겠노라는 약조를 하고, 우리가 미연을 설득해 못 이기는 척 다시 집으로 들여보내기만 하면 장성한 삼남매가 볼썽사납게 한집에서 복닥거리지 않아도 될 것 같았기 때문이었다.

그런데 이때 식구들이 보인 반응은 전혀 뜻밖이었다. 오함마는 슬그머니 고개를 돌리며 나를 외면했고 엄마는 한숨을 길게 내쉬며 화장실로 들어갔으며 여동생 미연은 그것은 절대 안 될 말이라며 펄쩍 뛰었다. 자신도 성질대로라면 그 개 같은 인간을 당장 맷돌에 들들 갈아서 국수를 말아먹어도 시원찮겠지만 어떤 이유로든 그 인간의 얼굴을 다시는 보고 싶지 않으니 괜히 나서서 일을 만들지 말라는 거였다. 게다가 그 싸가지 없는 조카년은 씩씩대는 나를 보고 한심하다는 듯 비웃기까지 하는 게 아닌가! 나는 혼자만 바보가 된 것 같은 기분에 밖으로 나가 담배를 피워물었다.

에이, 씨발……

잠시 후, 담배를 다 피우고 집으로 들어갔을 때, 엄마와 미연이 안방에서 뭔가 두런거리며 얘기를 나누고 있었다. 이따금씩 엄마가 뭐라고 꾸짖는 소리가 들리기도 했지만 한껏 소리를 죽여 무슨 내용인지 알 수 없었다.

오함마는 자기 방에 누워 담배를 피우고 있었다. 돼지처럼 뒹굴거리며 담배연기로 도넛이나 만들고 있는 그의 꼬락서니를 보고 있자니 은근히 부아가 치밀었다.

―아니, 씨발, 아무리 콩가루 집안이라지만 여동생이 저렇게 맞고 왔는데 그냥 나 몰라라 자빠져 있어?

아마도 옛날 같았으면 0.1초 내로 재떨이나 주먹이 날아왔을 것이다. 하지만 첫날 나와 한바탕 격전을 벌인 이후 그의 태도가 조금 달라졌다. 쥐새끼도 궁지에 몰리면 물어뜯는다는 것을 깨달은 모양이었다. 오함마는 느긋하게 몸을 일으키며 말했다.

―야, 이 병신아. 좆도 모르면 국으로 가마니나 쓰고 있어.

(저 돌대가리가 저따위 말장난은 도대체 어디서 배운 거지?)

―내가 뭘 모른다는 거야?

―너 미연이가 왜 눈탱이가 밤탱이가 돼서 왔는지 아냐?

―그거야 장가새끼가 손찌검을 했으니까 그렇지.

―그러니까 장가가 왜 손찌검을 했는지 아냐고!

―그거야 허구한 날 술 처먹고……

―그러니까 장가가 왜 허구한 날 술을 처먹는지 아느냐 이거야.

―그거야 씹할…… 그 새끼가 왜 술을 처먹는지 내가 알아야 돼?

―그러니까 우리 오감독께서는 좆도 모른다는 얘기네.

그는 어리둥절해서 쳐다보는 나에게 못을 박듯이 말했다.

―장서방이 허구한 날 술을 먹는 이유는 바로 미연이년이 바람을 피우기 때문이야.

―뭐라고? 그게 무슨 소리야?

―이젠 귀까지 처먹었나, 말귀도 못 알아듣네. 얼마 전에 장서

방이 술을 잔뜩 먹고 와서 나한테 하소연을 하더라. 바람을 피우는 건 괜찮은데 제발 주변 사람들 모르게 피웠으면 좋겠다고. 다른 사람을 통해서 마누라가 바람피우는 걸 알게 되면 기분이 얼마나 더러운 줄 아냐고. 그럴 땐 그냥 입에다 칼을 물고 칵 뒈져버리고 싶은 생각밖에 안 든다고.

난 어안이 벙벙했다. 내 예쁜 여동생 미연이가, 어릴 때 그렇게 조신하고 참하던 미연이가 소문난 바람둥이였다고?

―넌 영환지 뭔지 만든다고 밖으로만 나돌아서 모르겠지만 엄마도 알고 친척들도 알고 온 동네 사람들이 다 아는 얘기야. 미연이 카페 근처에서 카센터 하는 후배 놈이 하나 있는데 그쪽에서도 소문이 파다하다더라. 거기 드나드는 손님들 중에서 미연이하고 안 붙어먹은 놈이 없다고. 게다가 이번에 눈 맞은 놈이 누군지 아냐? 걔 카페에 아르바이트하러 온 대학생 놈이란다. 내 동네 창피해서 원……

나는 한 번도 가본 적이 없지만 미연은 오래 전부터 신도시 안에서 카페를 운영하고 있었다. 그나저나 저 낯짝 두꺼운 인간이 창피해할 정도라면 도대체 어느 정도라는 거지? 나는 점점 더 혼란스러워졌다. 이때, 엄마가 불쑥 문을 열고 말했다.

―미연이하고 민경이는 저 방에서 잘 거니까 니들은 여기서 같이 자야겠다.

오 마이 갓!

평균나이 사십구 세

날은 점점 더 따뜻해졌다. 기찻길을 따라 걷다보면 철길 옆으론 어느새 개나리가 노랗게 피어나고 있었다. 집을 떠난 지 이십여 년 만에 우리 삼남매는 모두 후줄근한 중년이 되어 다시 엄마 곁으로 모여들었다. 일찍이 꿈을 안고 떠났지만 그 꿈은 혹독한 세상살이에 견디지 못하고 산산조각이 나고 말았다. 이혼과 파산, 전과와 무능의 불명예만을 안고 돌아온 우리 삼남매를 엄마는 아무런 조건 없이 순순히 받아주었다. 그리고 그 옛날 그랬던 것처럼 우리에게 다시 끼니를 챙겨주기 시작했다.

미연은 결국 이혼서류에 도장을 찍었다. 오함마와 나는 장서방을 회유도 하고 협박도 해보았지만 소용이 없었다. 사람이 살다보면 바람도 피울 수 있고 그걸 누구보다도 잘 아는 사람이 어떻게 그렇게 이해심이 없냐고, 두 사람의 과거를 들추어내기도 했다.

기실, 두 사람은 각자 결혼생활을 하던 중 장서방이 미연이 운영하는 카페에 들렀다 서로 눈이 맞아 불륜의 관계에서 부부의 관계로 발전한 전력을 가지고 있었다. 그러자, 장서방은 자신이 그 때문에 벌을 받는 모양이라고, 남의 눈에 눈물나게 하면 결국 자신의 눈에는 피눈물이 나는 법이라는 걸 이제야 깨달았노라고 한탄을 하면서 이혼서류에 도장을 찍었다.

우리는 마흔 넘은 자식들이 줄줄이 노모 앞에 엎드러져 밥을 얻어먹게 됐다는 사실이 눈치가 보여 어떻게든 미연만은 따로 내보내 살게 하고 싶었지만 엄마는 태도가 분명했다. 여자 혼자 밖으로 내보내 살게 할 수 없다는 거였다. 그러면서 옛날엔 이보다 더한 것도 견뎠는데 뭐가 문제냐며 6·25 때 얘기를 들려주었다.

─그때 내 나이 열세 살인가 그랬느니라. 여덟 식구가 피난을 가다 어느 외딴집에서 하룻밤을 묵게 됐는데, 글쎄 그 일대가 빨갱이들 소굴이라 한밤중에 괴뢰군들이 총을 들고 들이닥쳤지 뭐니. 우리는 쥐죽은 듯 숨소리도 못 내고 광에 숨어 있는데, 휴, 어찌나 무섭던지…… 빨갱이들은 숨어 있는 반공분자를 찾는다고 눈에 불을 켜고 온 집 안을 이 잡듯이 뒤지며 대검으로 아무 데나 쑤시고 다니는데, 정말이지 그때 생각을 하면 지금도 가슴이 다 벌렁거린다야. 어쨌든 다행히 우리는 아무도 안 들키고 무사히 넘어갔단다. 그런데 다음날 아침에 일어나보니까, 세상에나! 우리뿐인 줄 알았

던 그 옹색한 집에 모두 여덟 식구가 숨어 있었지 뭐니. 나중에 어린애까지 다 따져보니까 전부 예순두 명인가 그랬지, 아마.

―에이, 거짓말.

오함마는 엄마가 시장에서 사온 인절미를 집어먹으며 말했다.

―내가 직접 겪은 거라니까 왜 에미 말을 못 믿니?

엄마가 눈을 흘겼다.

―아니, 어떻게 한 집에 예순두 명이 숨어? 그리고 빨갱이들이 이 잡듯이 샅샅이 뒤졌다면서 한 명도 못 찾았다는 게 말이 돼?

―그러니까 인간이라는 게 그만큼 지독한 거란다. 자기 목숨이 달리면 똥장군 안에 다섯 명이라도 들어가 살 수 있는 게 인간인데 이 넓은 집에 겨우 다섯 명이 같이 사는 게 뭐가 문제라는 거니? 사람이 몸만 성하면 됐지……

―그건 전쟁 때 얘기고 지금은 다르잖아.

―다르긴 뭐가 달라. 난 그때나 지금이나 다를 거 하나 없다.

엄마는 단호했다. 하긴 그녀에겐 일평생이 전쟁을 치르는 것과 다를 바 없었을 것이다. 가난한 살림에 아이 셋을 키우고, 남편을 수발하고, 홀몸이 되어 큰아들 옥바라지로 한 세월을 보내는 과정이 전쟁보다 하등 나을 것도 없었을 터, 전쟁통에 학도병으로 끌려가서도 멀쩡하게 살아 돌아왔던 아버지가 승용차에 치여 죽기까지 했으니까 말이다.

*

세 남매가 함께 살게 되었다고 해도 별반 달라진 건 없었다. 엄마는 부지런히 밥을 해댔고 오함마는 여전히 방귀를 붕붕 뀌어대면서 하루 종일 걸근대며 뻔질나게 주방을 드나들었다. 그는 아프리카의 마냥개미처럼 눈에 보이는 모든 걸 먹어치워 그가 지나가는 곳엔 아무것도 남아 있지 않았다. 또한 밤마다 옆에서 탱크가 지나가는 것처럼 큰 소리로 코를 고는 바람에 제대로 잠을 잘 수 없었다. 하지만 둘이 한방을 쓰는 게 갑갑했는지 곧 제 스스로 거실 소파로 거처를 옮겨 그나마 탱크 소리는 모면할 수 있었다. 미연과 민경 모녀는 각각 카페와 학원에서 밤늦게 돌아와 서로 부딪칠 일이 별로 없었다. 비록 오함마가 바지에 손을 넣고 불알을 조몰락거리는 습관을 버리지 못해 이따금씩 방에서 나오던 민경으로 하여금 질색을 하게 만들긴 했지만 말이다. 그렇게 엉겁결에 재구성된 우리 가족의 평균 나이는 사십구 세였다.

오래 전, 식구들 가운데 가장 먼저 집을 떠난 사람은 오함마였다. 고등학교를 졸업하던 해, 동네 건달들고 어울려 다니다 패싸움에 휘말려 폭행죄로 일 년형을 선고받고 교도소에 들어가게 된 거였다. 그뒤에도 수시로 집과 교도소를 번갈아 오가다 몇 년 뒤엔 아예 집에서 사라져버렸다. 아이가 하나 딸린 아홉 살 연상의 밤무대 여가수와 눈이 맞아 동거를 시작한 거였다.

42

오함마가 교도소에 가 있는 동안 미연이 집을 떠났다. 그녀는 상고를 졸업하고 정수기를 파는 개인사무실에 잠깐 나가다 '아는 언니'의 소개로 무역회사에 취직을 했는데, 집에서 다니기에 너무 멀다며 직장 근처로 방을 얻어 나갔다. '아는 언니'와 함께 자취를 하겠다는 거였다. 그러고 보면 미연의 인생엔 '아는 언니'가 참 많이도 등장했다. '아는 언니'의 소개로 취직을 하고 '아는 언니'와 함께 자취를 하다 또, '아는 언니'의 소개로 남자를 만나 결혼하고 나중엔 '아는 언니'와 동업으로 카페를 차렸으니 '아는 언니'는 미연의 인생에서 중요한 순간에 빼놓지 않고 등장했던 셈이다. 그럼에도 불구하고 나는 미연의 '아는 언니'를 한 번도 본 적이 없어 그 '아는 언니'가 그때의 그 '아는 언니'인지, 아니면 또다른 '아는 언니'인지 늘 헷갈리곤 했다. 그래도 미연이가 '아는 언니'들은 오함마가 입버릇처럼 말하는 '아는 동생'이나 나의 인생에 이따금씩 간여하는 '아는 선배'보단 분명 더 큰 영향력을 발휘했던 것 같다.

미연은 큰 눈에 키도 훤칠하고 붙임성이 있어서 남자들에게 인기가 많은 편이었다. 내 친구 중에서도 미연에게 눈독을 들인 녀석들이 여럿 있었으니까. 그녀가 수완이 좋아서였는지 아니면 인물이 좋아서였는지 모르겠지만 아는 언니와 동업으로 차린 카페는 장사가 제법 잘됐다. 그 카페가 어떤 성격의 카페인지 대강 짐작이 안 가는 바는 아니었으나 식구들은 미연에게 해라 마라 달리

참견할 계제가 없었다. 각자 먹고사느라 바쁘기도 했거니와, 제 앞길 제가 알아서 하겠지 하는 마음에 다들 모른 척했던 것이다.

미연이 차린 카페는, 오함마의 말에 의하면, '주다야싸'라는 곳이었다. 주간에는 다방, 밤에는 살롱, 즉, 낮에는 커피를 팔고 밤에는 술을 파는 카페라는 뜻이다. 결국 술장사였던 셈인데, 그래도 돈 버는 건 물장사밖에 없다고 미연은 장사를 시작한 지 일 년이 안 돼 3,000cc급 고급 승용차를 몰고 다녔다. 두 번의 이혼을 거치고 자리도 몇 번 옮기면서 장사가 예전 같긴 않았지만 그래도 이따금씩 엄마에게 약값이라도 쥐여주고 아버지 제삿날에 맞춰 제비(祭費)라도 내놓는 이는 미연밖에 없었다.

내가 영화감독으로 데뷔했을 때 미연은 나에게 값비싼 양복을 한 벌 맞춰주기도 했다(오빠, 무대인사할 때 배우들에게 치이지 않으려면 이태리제 양복 한 벌쯤은 있어야 되는 거 아냐?). 우리 가족에게는 아마도 이때가 가장 좋은 시절이었을 것이다. 영화가 개봉하던 날, 나는 식구들을 위해 따로 자리를 잡아주었고 영화를 보고 난 뒤 극장 간판 아래서 함께 가족사진을 찍었다. 당시 오함마도 마침 교도소에서 나와 당구장을 운영하고 있었다. 그 자금을 댄 것 또한 미연이었는데 두 사람이 수익금을 반씩 나누기로 하고 동업을 한 거였다. 이때만큼은 오함마도 열의를 가지고 일에 달라붙어 그가 운영하는 당구장은 전철역 근처에 있는 당구장 가운데서도 제법 손님이 많은 편이었다.

사진 속에서 우리 가족은 극장을 배경으로 모두들 활짝 웃고 있었다. 시댁 식구들과 마주치기 싫어서였는지, 아니면 영화를 보기도 전에 이미 실패를 예감했는지, 아내는……(다시금 얘기하지만 아내에 대해선 정말이지, 입도 벙긋하고 싶지 않다) 그날 극장에 오지 않았다. 그래도 식구들은 모두 즐거웠다. 나 또한 미연이 맞춰준 이태리제 양복을 입고 가족에게 둘러싸여 쑥스러운 웃음을 짓고 있었다. 아마도 이쯤에서 이야기가 끝났더라면 한 편의 훈훈한 가족영화가 될 수도 있었을 것이다. 하지만 인생은 영화가 끝난 이후에도 멈추지 않고 계속되는 법이다. 지루한 일상과 수많은 시행착오, 어리석은 욕망과 부주의한 선택…… 인생은 단지 구십 분의 플롯을 멋지게 꾸미는 일이 아니라 곳곳에 널려 있는 함정을 피해 평생 동안 도망다녀야 하는 일이리라. 애초부터 불가능했던 해피엔딩을 꿈꾸면서 말이다.

나는 흥행에 실패했고 미연에겐 다른 남자가 생겨 한동안 집안이 시끄러웠다. 나쁜 일은 겹친다고 했던가. 이즈음 오함마가 당구장에서 카운터를 보는 여자애를 강간해 다시 문제를 일으키고 말았다. 오함마는 아무런 변명도 하지 않았다. 하긴 뭐라고 변명을 하든 전과 5범의 말을 믿어줄 사람은 아무도 없었을 것이다. 결국 미연이 나서서 여자의 가족과 합의를 한 끝에 형량을 줄일 수 있었지만 합의금 조로 당구장 하나가 날아가고 말았다. 그리고 얼마 지나지 않아 아버지가 교통사고로 세상을 떠났다. 엄마는 언제나 입버릇처럼 '이보다 더 안 좋은 때도 있었다'며 스스로 위안을 삼는데 그 안 좋은 때란 바로 이 시기를 가리키는 말이었다.

*

담장 아래 놓여 있는 긴 소파엔 노파들 몇 명이 나와앉아 해바라기를 하고 있었다. 아마도 누군가 빌라에 사는 노인들을 위해 근처에 버려진 소파를 가져다놓은 모양이었다. 비록 여기저기 코팅이 벗겨지고 귀퉁이가 찢어져 내장재가 비어져나오긴 했지만 짙은 밤색의 가죽은 매우 질겨 보였고 원목으로 된 팔걸이 부분은 우아한 문양으로 조각되어 한때는 '제법 산다'는 집의 거실을 차지하고 있었을 게 분명한 고급 소파였다.

소파엔 늘 엄마 또래의 노파들이 기대앉아 일광욕을 즐기고 있었는데 그네들의 가난하고 추레한 모습과 소파의 우아한 자태가 대조되어 기묘한 분위기를 만들어내고 있었다. 어쩌면 그들은 평생 꿈꿔왔지만 처음부터 불가능했던, 부자가 된 기분을 이제야 만끽하고 있는지도 몰랐다. 그래서 이제는 용도 폐기된 소파와 가난한 노인들이 사이좋게 만나 지난 시절의 불화와 반목을 회고하며 느긋하게 쉬고 있는지도 몰랐다.

하지만 이것은 단지 나만의 감상적인 생각일지도 모른다. 왜냐하면 그 소파는 노인들이 단지 앉아서 쉬기에 좋았을 뿐만 아니라 빌라 안에서 일어나는 모든 일을 감시하기에도 더없이 좋은 장소였으니까. 애써 무심을 가장하고 있었지만 노인들의 호기심은 안쓰러우리만치 애절해 그들의 탐욕스런 시선은 언제나 주민들의 일거수일투족을 좇느라 분주했다. 사실, 그곳에 앉아 있으면 빌라에 누가 들고 나는지, 어느 집에 택배가 왔는지, 어느 집에서 콩나물을 무쳤는지, 뉘 집 아이가 '뗑깡'을 부리다 엄마한테 돼지게 얻어맞았는지 굳이 알고 싶지 않아도 환히 알 수밖에 없는 자리여서 나는 그 앞을 지날 때마다 뒤통수가 근지러웠다.

분리수거를 하기 위해 신문지와 페트병 등 재활용품을 모아들고 지나가며 가볍게 목례를 하자, 그들은 일제히 얼굴 가득 주름진 미소를 띠며 나에게 고개를 끄덕였다. 하지만 그들의 미소 뒤에 숨어 있는 축축하고 잔인한 시선은 분리수거를 하고 있는 나의 행동을 구석구석 핥고 있었다.

최근 그들의 최대 관심사는 무엇보다도 302호, 우리 집에서 벌어지는 일이었을 것이다. 강간죄로 교도소를 다녀온 큰아들과, 영화인지 뭔지를 하다 완전히 망해먹고 알크올중독자가 되어 돌아온 둘째아들, 바람을 피우다 이혼을 당해 친정으로 쫓겨온 막내딸…… 세상에 이보다 더 재밌는 얘깃거리가 또 있을까! 아무리 곱씹어도 지루하지 않고 몇 끼를 굶어도 좋을 만큼 짜릿한 이 콩가루 집안의 얘기를 그들은 하루 종일 되뇌며 무료한 시간을 달래고 있었을 것이다. 분리수거를 하고 있는 나의 귀엔 그들의 수군거리는 소리가 들리는 듯했다.

아니, 저 북어대가리처럼 빼썩 마른 건 또 뭐여?

뭐긴 뭐여? 302호 둘째아들이지.

302호?

아, 거 왜, 쥐 잡아먹은 거모냥 입술 시뻘겋게 칠하고 다니는 여편네 있잖어. 화장품 팔러 다니는.

오라, 그 성질머리 고약한 여편네? 그럼 저 북어대가리는 옛날에 뭘 하다가 홀랑 말아먹었다는 그 아들이구먼.

뭘 해서 말아먹었댜?

무슨 영환지 뭔지 해서 말아먹었다는디, 말이 그렇지, 워디 가서 기집장사를 하다 말아먹고 온 건지, 아니면 약을 하다 폐인이 돼서 왔는지 알 게 뭐여?

약은 또 무슨 소리예요?

저 퀭한 눈하며 빼썩 마른 거 봐. 내 눈엔 영락없는 마약쟁이구먼.

쯧쯧쯔, 저 나이가 되도록 장가도 못 가고 지 에미 집에 얹혀 있으니 마약쟁이보다 나을 것도 없지, 뭐.

그래도 큰아들보다는 낫지.

302호 여편네한테 큰아들도 있어요?

아, 거 왜 있잖어. 새끼 밴 도야지처럼 뒤룩거리면서 다니는 그 인간.

하이고야, 난 그거 보면 징그러워서, 그게 워디 사람이여? 짐승이지.

48

그것도 여적 장가도 못 가고 에미 앞에 업푸러져 있다는 거 아녀.

근데 그늠이 진짜 인간말종이랴. 가막소를 수도 읎시 들나들었다잖어.

가막소는 왜 갔디야?

거 왜 못 들었어? 어떤 여자애를 강제로 거시기혀서 그랬다고……

에구머니나. 무서라. 거 진짜 숭악한 놈일세.

원칙은 지금도 가막소에 들어가 맹꽁이잠쇠를 차고 있어야 허는디 나라에다가 말을 잘해놔서 집에 잠깐 다니러 온 거라잖여. 이번 여름만 나면 또 들어갈 거랴.

그 집에 딸도 하나 있지, 아마. 술집에 나간다는.

바람피우다 서방한테서 쫓겨났다는 그 딸내미 말이지?

그게 벌써 몇번짼지 모른댜. 그년이 화냥기가 있어서 사내라면 죽고 못 산다잖여. 아, 오죽하믄 서방 있는 년이 술집을 나가겠어.

보니까 딸도 하나 데리고 온 것 같은디……

그년도 지 에미 닮아서 벌써 싹수가 노랗던데 뭘. 제대로 인사하는 꼴 한 번 못 봤어. 커서 뭐가 될라는지……

아니, 근데 저것들은 낫살이나 처먹고 무슨 웬수가 져서 아직까지 늙은 지 에미 등골을 뽑아먹고 있댜?

그 여편네가 지지리도 복이 없어서 그러지, 머. 서방은 옛날에 차에 치여서 죽었다잖아.

근데 204호 할머니는 으트게 그렇게 저 집 일을 손바닥 들여다 보듯 환하게 안대유?

알긴 내가 뭘 알어. 그냥 여기저기서 들은 얘기지, 뭐.

하이고, 무서라. 나도 집에 저런 자식 하나 있었으면 어떡할 뻔했어? 때려죽일 수도 없고.

상근 할머니도 막내아들이 도둑질하다 잽혀서 가막소에 가 있다고 그러지 않았어유?

이누무 여편네가 무슨! 갸가 도둑질을 한 게 아니고 워낙 친구를 좋아해서 따라다니다보니께 으트게 가막소까지 따라가게 됐다고, 내가 말 안 했어?

그러게, 누가 길을 가다 끄냉이가 떨어져 있어서 집에 주워가보니까 그 끄냉이에 소가 묶여 있었더라는 그 얘기 아녀유.

아니, 이 늙은이가 어디서 찢어진 주둥이라고 함부로 놀려, 놀리기를!

아, 그만들 햐, 동네 챙피해 죽겠네.

분리수거를 마치고 돌아서려는데, 수거함 옆에 누군가 끈으로 묶어 내다놓은 낡은 전집이 한 질 눈에 띄었다. 헤밍웨이 전집이었다. 하드커버였지만 가장자리가 너덜너덜 해지고 쥐 오줌이라도 묻은 듯 종이가 누렇게 변색되어 있었다. 노인들이 앉아 있는 소파 쪽을 돌아보니 아무도 나를 쳐다보는 이가 없었다. 이때, 무슨 생각에서였을까, 나는 슬그머니 전집을 집어들고 황급히 집으로 돌아왔다.

방으로 들어와 노끈을 풀어보니 1968년도에 간행된 전집으로 모두 다섯 권이었다. 하지만 활자도 조악한데다 어릴 때나 보았던 세로쓰기여서 선뜻 읽을 엄두가 나지 않았다. 나는 괜한 걸 가져왔다는 가벼운 후회와 함께 책을 방구석에 밀어두었다.

*

거실에서 오함마와 민경이 나란히 앉아 텔레비전을 보고 있었다. 오함마가 엉덩이를 비틀며 예의 큰 소리로 방귀를 뀌었다.

뿌웅!

—아이, 씨발. 드러워.

대뜸 민경이 코를 막으며 인상을 찌푸렸다.

—이누무 기지배가 학생 입에서 씨발이 뭐야, 씨발이……

오함마는 화도 안 내고 킥킥대며 말했다.

—그러니까 왜 방귀를 뀌어요? 더럽게.

—뭐가 더러워? 넌 방귀 안 뀌어?

—안 뀌어요.

—정말? 너 방귀 뀌는지 안 뀌는지 내가 잘 지켜볼 거다.

오함마는 장난을 치느라 손을 자신의 엉덩이에 대고 방귀를 뀐 후, 재빨리 민경의 코에 갖다댔다. 민경이 비명을 지르며 자리에서 일어나 방으로 도망갔다. 오함마는 키득대며 자신의 손에 냄새가 나는지 맡아보았다. 오십 넘은 중늙은이가 애하고 티격태격하는 게 한심하기도 하고 우습기도 했다.

이때 딩동, 하고 벨이 울렸다. 내가 나가보려는데 방에 있던 민경이 다람쥐처럼 냉큼 튀어나와 문을 열어주었다. 알고 보니 피자를 시킨 거였다. 민경은 주머니에서 만원짜리 두 장을 꺼내 돈을 지불한 뒤, 피자를 들고 식탁에 앉아 박스를 열었다. 고소한 피자 냄새가 금세 거실에 가득 찼다. 나는 자신도 모르게 입에 침이 고였다. 그러고 보니 배도 출출할 시간이었다. 텔레비전을 보다 힐끗 돌아보니 민경이 피자를 한 조각 들고 막 입에 넣으려는 참이었다. 토핑으로 올린 큼직한 감자가 노릇노릇하게 잘 익었고 옆으로 길게 흘러내린 치즈가 너무나 유혹적이었다. 이때, 오함마가 한마디 했다.

—너, 그거 혼자 다 먹을 거냐?

그의 얼굴엔 비굴한 미소가 감돌았다.

—왜요? 이거 스몰 사이즈인데……

민경이 피자를 든 채 난처한 표정으로 말했다.

—그래도 너무 많지 않아? 너 그런 거 막 먹다간 나중에 내 꼴 난다. 너 삼촌처럼 이렇게 되면 좋겠어?

오함마가 손으로 뱃살을 흔들며 말했다.

저 인간이 도대체 뭐하자는 수작이지, 라고 생각했지만 정작 나 자신도 민경이 들고 있는 피자에서 눈을 뗄 수가 없었다.

—먹고 싶으면 시켜 먹으면 되잖아요.

민경이 새침하게 말하며 피자를 한 입 베어물었다. 그리고 길게 늘어진 치즈를 손가락에 말아 작은 입에 쏙 집어넣었다. 쳐다보지 말아야지, 하면서도 자꾸 피자 쪽으로 눈길이 가는 건 어쩔 수 없었다. 이때, 군침을 삼키며 쳐다보던 오함마가 말했다.

—좋아. 그럼 내가 재밌는 거 하나 보여줄 테니까 피자 한 조각 나눠줄래?

—봐서 재밌으면요.

저 인간이 도대체 나이가 몇살인데 애하고…… 하면서도 나는 오함마가 하는 꼴을 지켜보았다.

—이제부터 뱃고동 소리를 낼 테니까 눈을 감고 한번 들어봐. 이거 내가 남보원한테서 직접 배운 거거든.

뱃고동 소리는 오함마의 특기 중 하나인데 늘 남보원에게서 직접 배웠다고 뻥을 치고 다닌다.

—알았어요, 한번 해보세요.

민경이 흔쾌하게 눈을 감자, 오함마는 손을 말아쥐고 입을 갖다댔다. 그리고 곧, '부……!' 하며 뱃고동 소리를 냈다. 그가 남보원에게서 직접 배웠다는 건 뻥이지만 마이크도 없이 내는 소리치곤 제법이었다. 오함마가 얼굴이 시뻘게지도록 힘들게 뱃고동 소리를 내며 민경의 반응을 살폈다. 그러자 민경이 눈을 뜨며 말했다.

—에이, 안 똑같네. 똑같으면 한 조각 주려고 했는데……

—너, 몰라서 그렇지, 이거 진짜 똑같은 거야. 내가 남보원한테서 직접 배운 건데……

오함마가 볼멘소리로 말했다.

— 나, 남보원이 누군지 몰라요.

민경이 피자를 한 입 가득 베어물며 말했다. 하긴, 민경이 남보원을 알 리 없었다. 뱃고동 소리 또한 들어본 적이 없을 것이다.

— 그리고 나 피자 먹는데 자꾸 쳐다보지 마요. 소화 안 되니까.

어린애한테 완전히 농락을 당한 꼴이었다. 오함마는 절망한 표정으로 옆으로 돌아앉아 담배를 피워물며 뭐라고 구시렁거렸다.

— 기지배. 차갑기는. 하여간 지 에미 어릴 때 하는 짓이랑 똑같네, 똑같아.

민경은 입을 삐죽 내밀고는 도우의 남은 가장자리를 노란 갈릭 소스에 찍어 입에 쏙 집어넣었다. 이때, 누군가 갑자기 버럭 소리를 질렀다.

— 야, 주근깨! 넌 싸가지만 없는 줄 알았더니 의리도 없냐? 삼촌들 있으면 같이 드세요, 그리고 나눠 먹어야지……

아아! 믿을 수 없게도 그 말은 오함마가 한 말이 아니었다. 그것은 바로 내 입에서 나온 말이었다. 오함마조차 어리둥절한 눈으로 나를 쳐다보았지만 나는 정말이지, 너무 화가 났다. 아무리 철없는 계집애라지만(그리고 아무리 스몰 사이즈라지만!) 어떻게 피자 한 판을 혼자 다 처먹을 생각을 했단 말인가.

— 아, 뭐야? 이 집은 피자도 마음대로 못 먹어.

민경이 짜증을 부리며 말했다. 그러면서 다시 피자를 한 입 베어물었다. 나는 이성을 잃고 마구 소리를 지르기 시작했다.

　—야, 너희 엄마 돈 잘 번다고 유세하는 거야, 뭐야? 누가 피자 시켜 먹을 줄 몰라서 안 시켜 먹는 줄 알아?

　내가 소리를 지르자 민경은 급기야 피자를 먹다 말고 엎드려 울기 시작했다. 오함마가 민경을 달래는 척 재빨리 피자 한 조각을 집어먹으며 말했다.

　—야, 피자 하나 갖고 왜 그래? 그만해.

　하지만 이미 꼭지가 돌아버린 나는 계속 소리를 질러댔다.

　—내가 그깟 피자 한 조각 때문에 이러는 게 아냐, 응? 교육이 잘못됐잖아, 교육이. 어떻게 된 애가 공동체의식도 없고 희생정신도 없고 싸가지까지 없어. 그리고 넌 뱃고동 소리 안 들어봐서 모르겠지만 이 정도면 진짜 똑같은 거거든.

　이때, 엄마가 현관문을 열고 들어섰다.

　—쟨 왜 대낮부터 질질 짜고 있니?

　그러자 오함마가 기다렸다는 듯이 일러바쳤다.

　—피자 혼자 먹는다고 인모새끼가 뭐라고 그랬거든. 거 낮살이나 들어서 애나 울리고 참……

　치사한 인간……

　하지만 엄마는 역시 내 편이었다. 울고 있는 민경의 등짝을 한대 후려치며 한마디 했다.

　—넌 이 기지배야, 먹을 게 있으면 어른들부터 드리고 먹는 게 순서지, 니 에미가 그렇게 가르치든?

그러고는 피자를 한 조각씩 떼어 오함마와 나에게 나눠주었다.
예스!

*

그날 저녁, 우리는 모처럼 베란다에 나와 삼겹살을 구워먹었다.
낮에 있었던 피자사건 때문인지 저녁 무렵, 엄마가 집 앞 정육점
에서 삼겹살을 잔뜩 사온 것이다. 미연도 일찍 들어와 모처럼 온
식구가 한데 모였다. 마치 야외에 나온 듯 우리는 바닥에 신문지
를 깔고 휴대용 가스버너에 불을 붙이고 고기를 구웠다. 그사이에
엄마는 상추를 씻고 쌈장을 만들었다. 고기를 굽기 시작하자 곧
베란다에 연기가 가득 찼지만 우리는 너나할것없이 부지런히 젓
가락을 놀렸다. 피자 때문에 삐쳐 있던 민경도 고기 굽는 냄새에
슬그머니 방에서 나와 젓가락을 집어들었고 미연도 평소에 밥상
앞에서 깨지락대던 것과는 사뭇 다르게 입이 미어져라 고기를 쑤
셔넣었다. 특히나 오함마는 입에 고기를 잔뜩 쓸어넣고 씹고 있는
동안에도 쉴새없이 젓가락을 불판 위로 가져갔다.
　―아, 씨발. 천천히 좀 먹어. 고기에서 피 떨어지는 거 안 보여?
　나는 불판 위로 가져가는 오함마의 젓가락을 탁 쳐냈다.
　―걱정 마, 새끼야. 난 이런 거 먹어도 소화만 잘되니까. 그리
고 고기 좀 그만 뒤집어. 고기하고 여자는 딱 한 번씩만 뒤집어야
지, 안 그러면 육즙이 다 빠져나가서 맛이 없어, 인마.

56

이 인간은 앞에 엄마가 있든 어린 조카딸이 있든 상관하지 않고 주둥이를 놀려댄다.

—소화가 되든 말든 걱정 안 하는데 다른 사람 먹을 게 없잖아.

내가 눈총을 주며 타박하자 엄마가 오함마를 감싸고 나섰다.

—놔둬라. 고기 많이 사왔으니까 실컷들 먹어.

—으이구, 식탐하고는 정말……

미연도 오함마를 향해 눈을 흘겼지만 정작 자신도 쉴새없이 고기를 입으로 가져갔다.

—이거 어디서 샀어? 나 원래 돼지고기 못 먹는데 이 고기는 맛있네.

흥, 안 처먹기는. 돼지고기든 소고기든 그저 고기라면 환장을 하는 년이 내숭은. 아마도 밖에서 남자들을 만나면 저런 식으로 내숭을 떠는 모양이로군.

—내가 다니는 정육점이 따로 있어. 딴 데는 근수도 속이고 고기도 어디서 가져오는지 영 시원찮은데 그 집이 고기 하나는 틀림없단다.

엄마도 삼겹살을 한 점 집어 상추에 싸며 말했다.

최근의 엄마에겐 의아한 대목이 하나 있었다. 그것은 온 식구가 한데 모여살면서부터 엄마에게 알 수 없는 활기가 느껴졌다는 점이었다. 아무리 나이보다 젊어 보인다고는 하지만 엄마는 이미 칠순이 넘은 노인이었다. 게다가 근래에 엄마에게 기분 좋을 일이라곤 손톱만큼도 없었다. 오히려 막내딸 미연까지 이혼을 하고 친정으로 쫓겨나 엄마로선 그야말로 혀를 깨물고 죽어도 시원찮을 상황이었을 텐데도 엄마는 마치 물 좋은 온천에라도 다녀온 것처럼 얼굴에 생기가 넘치고 목소리까지 한 톤 더 높아졌다.

그날, 나는 그 이유를 짐작할 만한 단서를 발견할 수 있었다. 고기를 먹다 문득 엄마를 쳐다보니 그녀는 어느새 젓가락을 내려놓은 채 우리들이 먹는 양을 물끄러미 바라보고 있었던 것이다. 그 표정은 오래 전, 엄마 앞에 제비새끼들처럼 나란히 앉아 밥을 먹을 때 어린 우리들을 지켜보던 바로 그 표정이었다. 그저 못 입히고 못 먹이는 자식들을 안쓰러워하는 눈빛과 그래도 열심히 먹고 잘 자라니 다행이라는 흐뭇한 미소가 뒤섞인 복잡한 표정을 나는 그날 삼겹살을 굽는 자리에서 다시 목격한 것이다.

자식들이 장성해 머리가 희끗해져가는 중년이 되었어도 엄마 눈엔 그저 노란 주둥이를 내밀고 먹을 것을 더 달라고 짖어대는 제비새끼들처럼 안쓰러워 보였을까? 그래서 비록 자식들이 모두 세상에 나가 무참히 깨지고 돌아왔어도 그저 품을 떠났던 자식들이 다시 돌아온 게 기쁘기만 한 걸까?

―근데 엄마, 어쩐 일로 고기를 다 사왔어? 나 혼자 있을 땐 고기 한 번 못 먹은 것 같은데……

오함마가 마지막 남은 고기까지 입안에 쓸어넣고 우적거리며 물었다. 다른 식구들은 이미 배가 불러 다들 젓가락을 놓고 뒤로 물러앉은 뒤였다.

─어쩐 일은 무슨…… 민경이도 있고, 다들 고기 먹은 지가 오래된 것 같아서 사왔지, 뭐. 그리고……

엄마는 그릇을 들고 일어서며 한마디 덧붙였다.

─사람은 어려울수록 잘 먹어야 된다.

나는 엄마의 그 말에서 뭔가 심상치 않은 결기 같은 게 느껴졌는데 실제로 그날의 삼겹살을 시작으로 엄마는 거의 한 끼도 빠짐없이 고기를 상 위에 올렸다. 삼겹살은 기본이고 돼지갈비나 제육볶음도 하루가 멀다 하고 상에 올라왔다. 이따금씩 닭도리탕이나 닭백숙, 또는 소불고기가 올라올 때도 있었지만 주로 올라오는 것은 역시 돼지고기였다. 집에선 매일같이 아침부터 뭔가 지지고 볶는 냄새가 났고 잔칫집처럼 하루 종일 고기 굽는 냄새가 가시질 않았다. 나중엔 급기야 커다란 소의 사골을 구해와 들통에 넣고 한나절씩 고아대는 바람에 온 집 안에 누린내가 가득 찼다.

나는 다소 어리둥절한 기분이었다. 도대체 엄마가 무슨 생각으로 저렇게 고기에 집착을 하는 걸까? 게다가 고깃값도 만만치 않을 텐데 그 비용은 다 어떻게 감당하는 거지? 미연이 생활비 조로 내놓는 돈만 가지고는 어림도 없을 텐데…… 혹시 엄마가 너무 절망에 빠진 나머지 우리에게 남은 돈으로 고기를 실컷 해먹인 다음 마지막으로 고기에 청산가리를 넣어 다 같이 죽으려는 게 아닐까? 그만큼 엄마의 태도에는 뭔가 결기를 넘어 오기가 느껴질 만큼 비장한 데가 있었는데, 더욱 이해할 수 없는 건 정작 우리들 자신이었다.

　매 끼니 상 위에 고기가 올라왔지만 우리는 생전 고기 구경을 못 해본 빈민들처럼 한 번도 마다하지 않고 상 위에 올라온 고기를 늘 맛있게, 그리고 남김없이 먹어치웠다. 그렇게 몇 끼를 먹다 보면 곧 물릴 법도 했지만 식탁엔 언제나 우리 삼남매가 게걸스럽게 고기를 뜯고 씹고 삼키는 소리로 시끄러웠다. 오함마는(누가 봐도 당장 뭔가 조처를 취해야 할 것 같은 순수한 비곗덩어리!) 거의 매 끼니 삼사 인분의 고기를 먹어치웠고 '원래 돼지고기는 못 먹는다'며 내숭을 떨던 미연도 아무 말 없이 꾸역꾸역 고기를 씹어 넘겼으며 나 또한 그 동안 못 먹은 걸 보상이라도 받겠다는 양 허발을 하며 고기를 뜯어댔다.

　결국, 얼마 지나지 않아 다들 얼굴에 기름기가 번들거렸고 똥배가 나와 허리띠를 늘려야 했지만 아무도 '고기 먹기' 경쟁을 멈추려고 하지 않았다. 그래서 우리가 아침에 삼겹살을 구워먹는 동안 엄마는 점심에 먹을 돼지불고기를 재우는 동시에 한쪽 들통에선 사골을 고고 있기 일쑤였다.

　고기를 안 먹는 것은 민경뿐이었다. 그애는 며칠 고기를 먹더니 곧 질렸는지 한두 점 깨지락대다 젓가락을 내려놓았다. 그리고 마치 흉한 괴물을 쳐다보듯 잔뜩 경멸 어린 눈으로 게걸스럽게 고기를 먹고 있는 우리 삼남매를 쳐다보았다.

　우리 가족사에 유래 없는 그 고기 먹기 경쟁은 불볕더위가 찾아올 때까지 계속되었다. 엄마는 마치 고기로 승부를 보려는 사람처럼 보였다. 언젠가 엄마는 밥을 먹고 있는 우리를 물끄러미 쳐다보다 길게 한숨을 내쉬며 혼잣말처럼 중얼거렸다.

—휴, 어릴 때 고기 한번 제대로 못 먹이고 정부미만 먹였으니 애들이 부실해서⋯⋯

사실, 부실한 사람은 아무도 없었다. 오함마는 어릴 때부터 비만을 심각하게 걱정해야 할 지경이었고 미연도 훤칠한 키에 건강미가 넘쳤다. 나 또한 술에 찌들어 몸을 망치기 전까진 감기 한번 걸려본 적이 없는 건강체질이었다. 그런데도 엄마는 우리가 세상에 나가 패배하고 돌아온 것이 모두 어릴 때 잘 거둬먹이지 못한 자신의 탓이라고 여기는 것 같았다. 아무리 그래도 그렇지, 콜레스테롤의 위험에 대해 모를 리도 없을 텐데 중년이 된 자식들에게 아침저녁으로 죽어라 고기만 먹이다니! 혹시 엄마가 미친 게 아닐까?

무기여 잘 있거라

헤밍웨이를 생각할 때 가장 먼저 떠오르는 것은 다름아닌 그의 손이다. 카메라를 응시하고 있는 위태로운 눈빛과 만지면 손이 찔릴 것처럼 억세 보이는 그 유명한 턱수염도 분명 인상적이지만, 엽총을 든 채 방금 전 자신이 죽인 레오파드의 털을 쓰다듬고 있는 그의 두툼한 손은 항시 그의 얼굴에 앞서 떠오르는 것이다. 물오리와 영양, 담비와 사자 등 수많은 짐승들을 사냥했고, 나무책상에 앉아 노트에 뭔가를 끊임없이 적어넣었으며, 쿠바에서 카스트로와 악수를 나누었던 바로 그 손 말이다. 그리고 마침내 자신의 머리를 향해 엽총의 방아쇠를 당겼던 그 손……

내가 그의 무성한 털로 뒤덮인 손을 먼저 떠올리는 이유는 아마도 『노인과 바다』의 늙은 어부, 산티아고 때문일 것이다. 평생 작살을 던지고 낚싯바늘에 찔리고 밧줄을 감느라 상처입어 자주 피를 흘리고 차가운 바람과 짜디짠 바닷물에 나무껍질처럼 거칠어진 그의 손이 나는 왠지 작가 자신의 손처럼 느껴졌던 것이다.

　방구석에 밀어두었던 헤밍웨이의 전집 중 한 권을 무심코 집어들었을 때 나는 오래 전, 우리 삼남매가 텔레비전 앞에 나란히 모여앉아 〈주말의 명화〉를 보던 장면이 떠올랐다. 오함마는 대개 영화가 방영되는 도중에 잠이 들었지만 중간에 엄마가 찐 고구마라도 내오면 잠결에도 어떻게 알아챘는지 발딱 일어나 먹을 걸 다 찾아먹은 후에야 다시 잠이 들곤 했다(어릴 때부터 그의 얼굴엔 항상, '또 배고프다, 씨발'이라고 쓰여 있었다). 그가 먹다 지쳐 먼저 잠든 뒤에도 미연과 나는 영화가 끝날 때까지 초롱초롱 눈을 빛내며 텔레비전 앞을 지키고 있었다.
　코는 어떻게 해요? 난 항상 코가 어디로 가는지 궁금했어요.
　이것은 〈누구를 위하여 종은 울리나〉에서 스페인 처녀 마리아가 키스를 하려는 공화파의 요원 로버트 조던에게 하는 말이다. 지금은 다소 유치하게 들릴지 모르지만 당시엔 얼마나 가슴 설레는 대사였던지!

　전집 중에서 내가 제일 먼저 집어든 책은 『아프리카의 푸른 언덕』이었다. 그것은 1933년 동아프리카 탄자니아에서 사파리 여행을 하며 경험한 이야기를 담은 논픽션이었는데 그 책을 먼저 집은 이유는 『누구를 위하여 종은 울리나』나 『무기여 잘 있거라』처럼 너무 많이 알려진 소설들은 이미 읽었다고 생각했기 때문이었다. 하지만 실제로 그 작품들을 언제 읽었는지는 전혀 기억나지 않았다. 아마 『허클베리 핀의 모험』이나 『돈키호테』처럼 너무 유명한 작품들을 이미 읽었다고 착각하는 것처럼 헤밍웨이의 경우도 마찬가지였으리라.

처음 헤밍웨이의 소설을 읽기 시작했을 때, 나는 하루에 한 페이지도 다 읽을 수가 없었다. 그 동안 알코올이 뇌세포를 망가뜨렸는지 마치 난독증에라도 걸린 것처럼 단어는 낯설고 의미는 제멋대로 흩어졌다. 군더더기 없는 그의 간결한 문체도 별 도움이 되지 않았다. 나는 독서체험이 전혀 없는 어린아이처럼 더듬거리며 간신히 『아프리카의 푸른 언덕』을 읽기 시작했지만 세로쓰기인데다 글씨가 너무 작은 것도 문제였다. 노안으로 인해 책을 가까이 볼 수 없기 때문이었다.

소장하고 있던 책과 비디오컬렉션을 모두 내다판 이후, 나는 오랫동안 책도 읽지 않았고 영화도 보지 않았다. 책을 읽을 만큼 한가한 기분도 아니었고 영화를 볼 의욕도 없었기 때문이었다. 그 동안 내 손은 무엇을 하고 있었을까? 내 손은 헤밍웨이처럼 삼 미터가 넘는 녹새치를 잡아올린 적도 없었고, 여자와 팔짱을 낀 적도 없으며, 아이의 머리를 쓰다듬어준 적도 없었다. 물론 전쟁에 참여해 구급차를 운전한 적도 없었고, 피 묻은 손으로 추락한 헬기의 문을 열어젖힌 적도 없으며, 자신의 머리에 대고 엽총의 방아쇠를 당긴 적은 더더욱 없었다. 아마도 기껏해야 소주잔이나 기울이고 쓰레기봉투를 묶고 남몰래 수음이나 했을 테지…… 그리고 이제 그 손은 하루에 세 번, 수저를 놀리는 것과 헤밍웨이 소설의 책장을 넘기는 것 말고는 아무것도 하는 일이 없게 되었다.

*

주여, 때가 왔습니다
지난여름은 참으로 위대했습니다
당신의 그림자를 해시계 위에 얹으시고
들녘엔 바람을 풀어놓아주소서

마지막 과실들을 익게 하시고
이틀만 더 남국의 햇볕을 주시어
그들을 완성시켜 마지막 단맛이
짙은 포도주 속에 스미게 하소서

지금 집이 없는 사람은 더이상 집을 짓지 않습니다
지금 고독한 사람은 이후로도 오래 고독하게 살아
잠자지 않고, 읽고, 그리고 긴 편지를 쓸 것입니다
낙엽이 흩날리는 날에는 가로수들 사이를
불안스레 이리저리 헤맬 것입니다

머리를 깎는 동안, 나는 미용실 벽에 걸린 액자를 들여다보고 있었다. 그 속엔 릴케의 시와 함께 낙엽이 지는 가을날의 아름다운 풍경이 담겨 있었다. 숲속 개울가에 작은 물방앗간과 단풍으로 짙게 물든 나무들, 그 사이를 수줍게 흐르는 시냇물…… 액자 속의 사진은 분명 아름답긴 했지만 너무 대놓고 낭만적이라서 도무지 현실 같아 보이지 않는 한편, 이미 지나치게 많이 소비되어 늙은 창녀처럼 처량해 보이기까지 했다. 처음엔 달리 눈을 둘 곳이 없어서 액자를 들여다보았지만 무심히 시를 읽는 동안 나는 왠지 시의 마지막 연이 나의 남은 삶에 대한 담담한 예고처럼 느껴졌다. 나는 인생의 가을쯤에 해당되는 시기에 도달해 있었다. 그런데 아직 집이 없다. 나는 앞으로 새로운 영화를 만들 수 있을까? 그래서 부자가 되어 집을 장만할 가능성은 얼마나 될까? 그 집에서 사랑하는 여자와 오순도순 행복하게 남은 생을 보낼 수 있을까?

아무리 좋게 봐줘도 그럴 가능성은 단 일 퍼센트에도 미치지 못했다. 오랫동안 집도 절도 없이 불안스레 이곳저곳 헤매고 다니며 정부보조금으로 겨우 연명하다 난방도 안 되는 차가운 방에서 독거노인으로 고독한 죽음을 맞을 것이다.

휴, 나는 자신도 모르게 길게 한숨을 내쉬며 정면의 거울로 눈길을 돌렸다. 거울 속엔 커트보를 뒤집어쓴 가난한 중년의 남자가 퀭한 눈으로 앉아 있었다.

─근데 누구 닮으신 것 같아요.

열심히 머리를 자르고 있던 미용사가 웃으며 말을 건넸다.

마흔 살쯤 되었을까? 그녀의 얼굴엔 '과거를 묻지 마세요'라고 쓰여 있었다. 그녀의 과거에 대해 아는 건 아무것도 없었지만 그냥 그런 느낌이었다. 입을 열자 여자는 곧 나이든 여자 특유의 서글서글함을 드러냈다. 지나치게 말한다면 조금 멍청한 느낌이랄까?

─제가……요?

내가 거울을 통해 의아한 표정을 지어 보이자, 여자는 미소를 띠며 고개를 끄덕였다. 눈가엔 잔주름이 자글자글했지만 웃는 입매엔 아직 희미한 성적 매력이 남아 있었다. 만일 그녀의 과거가 복잡했다면 그것은 아마도 성적 매력과 그에 미치지 못하는 지능 지수와의 간극 때문일 것이다.

─제가 누굴 닮았다는 거예요?

─여기 오는 어떤 손님 있거든요. 근데 그 아저씨하고 많이 닮았어요.

─그래요?

나는 대수롭지 않게 대답했지만 여자는 계속 말을 이었다.

─근데 그 아저씨는 되게 뚱뚱한데……

여자의 말을 듣자, 퍼뜩 오함마의 얼굴이 떠올랐다. 그러고 보니 이 남성전용 미용실을 가르쳐준 것도 다름아닌 그였다. 하지만…… 맙소사! 아무려면 백이십 킬로그램의 그 괴물과 내가 닮았단 말인가. 여자는 뭔가 알고 있다는 듯 배시시 웃으며 말했다.

— 맞죠? 그 아저씨 동생.

나는 마지못해 고개를 끄덕였다. 젠장!

— 어머, 그럼 진짜 영화감독 맞아요? 난 영화감독은 텔레비전에서밖에 못 봤는데……

여자는 가위질하던 손을 멈추고 호들갑을 떨었다. 나는 당장 커트보를 벗어 여자의 주둥이를 틀어막고 싶은 심정이었다. 오함마는 도대체 왜 동네 미용사에게 쓸데없는 얘기까지 했을까? 나는 그에게 울컥 화가 치밀었다. 이때, 여자가 마침표를 찍듯 말했다.

— 그런데 그 영화 망했다면서요?

— 아, 네…… 뭐, 그렇게 됐어요.

나는 대강 말을 얼버무렸다. 여자는 몸을 돌려 옆머리를 자르기 시작했다.

— 그래도 형이 동생분 자랑 많이 하세요. 그땐 배우가 연기를 너무 못해서 영화가 안 살았다고……

오함마가 내 자랑을 했다고? 흥, 동생이 영화감독이라는 걸 과시해서 여자에게 환심이라도 사려고 했겠지. 추잡한 인간 같으니!

— 근데 금방 다시 영화 만드신다면서요? 지금 시나리오 쓰고 있다고 그러시던데……

오함마가 그런 거짓말까지 했던가? 머리가 술에 절어 소설책도 제대로 못 읽는 인간이 시나리오는 무슨 시나리오란 말인가. 영화에 대해 생각하자 오래된 습관처럼 가슴이 답답해져왔다.

이때, 머리를 자르던 미용사의 가슴이 가볍게 나의 팔꿈치를 스쳤다. 짧은 순간이었지만 그 부드러운 촉감은 순식간에 아랫도리로 내려가 성기를 딱딱하게 발기시키고 말았다. 근래에 없던 일이라 당황해서 나는 엉덩이를 뒤로 슬쩍 밀어넣었다. 오랫동안 여자와 접촉도 없었는데 난데없이 왜 그곳이 발기된 걸까? 엄마가 고기를 하도 먹여서 그런가?

나는 행여 들킬세라 엉덩이를 뒤로 잔뜩 빼고 있으면서도 내 몸이 성적 신호에 제대로 반응하고 있다는 사실이 기분 나쁘진 않았다. 게다가 여자는 시간이 지날수록 매력이 있어 보였다. 나이가 든데다 머리가 약간 비어 보이긴 했지만 주름 잡힌 눈웃음과 적당히 볼륨 있는 몸매가 섹시한 느낌마저 주었다. 오함마가 여자에게 환심을 사려고 한 걸 이해할 수도 있을 것 같았다.

―근데, 새로 만드는 영화는 무슨 내용예요?

내가 대답이 없자, 여자가 재차 물어왔다. 이때 무슨 생각에서 그런 거짓말이 튀어나왔을까?

―그게…… 뭐, 아직 다 쓴 건 아닌데…… 에이, 얘기로 들으면 재미없어요. 나중에 영화로 나오면 보세요.

―그래도 얘기해주세요. 영화 나오기 전에 감독님한테서 미리 얘기를 듣는 게 어디 쉬운 일인가요?

여자는 한껏 눈웃음을 치며 말했다. 그러자 나는 준비하고 있었다는 듯 입을 열었다.

―그게…… 베트남전쟁 때 얘기거든요.

—어머, 그럼 전쟁영화예요?

　—굳이 말하자면 뭐 그렇죠.

　—나 전쟁영화 되게 좋아하는데…… 근데, 내용이 어떤 거예요?

　나는 발기한 성기를 감추기 위해 슬그머니 다리를 꼬며 얘기를 시작했다.

　—베트남전에 참전한 한 장교가 있었는데 다리에 부상을 입어 후송됩니다. 그때 어느 병원에 입원하게 되는데 거기서 베트남 간호사와 사랑에 빠지는 얘기죠.

　—어머, 재밌겠다. 그래서 어떻게 되는데요?

　여자가 추임새를 넣었다.

　—두 사람은 병원에서 다른 사람의 눈을 피해 뜨거운 사랑을 나눕니다. 그러다 여자가 임신을 하게 되고 병원장에게 그만 두 사람의 관계가 발각되죠. 그래서 장교는 전선으로 복귀명령을 받고……

　—그럼 금방 헤어지는 거예요? 너무 슬프다.

　여자는 금방 울상이 되었다(세상에! 이런 관객만 있다면 내 영화가 망할 리도 없었을 텐데……).

　—어쨌든 장교는 다시 전선으로 돌아오는데 그 장교가 있는 부대가 독일군의 대대적인 공격을 받습니다.

　—베트남에 독일군도 있었어요?

　아차, 싶었지만 나는 태연하게 반문했다.

―독일군요? 설마요. 베트남에 독일군이 있을 리가 있겠어요.

―방금 독일군이라고 하셨잖아요.

―아, 그럼 제가 실수를 했나보네요. 제가 말하려고 한 건 베트콩이었어요, 베트콩.

―난 독일군이라고 그래서 깜짝 놀랐잖아요.

놀랄 것도 많고 슬플 것도 많은 여자였다.

―어쨌든 베트콩에게 패해서 후퇴를 하는데 공교롭게도 장교는 첩자로 몰리게 돼요.

―어머, 왜요?

나는 그 대목에서 프레드릭이 첩자로 콜리게 된 과정이 기억나지 않았다. 그래서 대충 얼버무렸다.

―뭐, 그냥 전쟁통이다보니까…… 어쨌든 장교는 이 때문에 탈옥을 하게 되고 병원에 있을 때 만났던 그 간호사와 재회하게 됩니다. 그리고 두 사람은 보트를 훔쳐 타고 강을 건너서 태국으로 도망가죠.

여자는 어느덧 가위질을 멈췄고 나의 목소리는 무겁게 가라앉았다.

―두 사람은 전쟁도 잊고 태국의 시골에 숨어서 잠시 행복한 시간을 보냅니다. 그런데……

―행복하게 사는 게 끝이 아녜요?

여자는 안타까움에 목이 메었다.

―글쎄요, 나도 두 사람이 행복하게 오래오래 살았으면 좋겠다

고 생각했는데 여자가 아이를 낳다 그만……

나는 이 대목에서 짧게 헛기침을 하고 중요한 기밀을 전달하듯 한껏 목소리를 죽였다.

—아이는 탯줄에 목이 감겨 죽은 채로 태어나고 여자도 출혈이 너무 심해서 그만…… 죽고 말죠.

여자는 안타까움에 손톱을 물어뜯고 있었다.

—영화의 마지막 장면은 이렇게 처리하면 어떨까 생각중입니다. 혼자 남은 장교가 병원 밖으로 나옵니다. 밖엔 비가 내리고 있고, 장교는 비를 맞으며 홀로 호텔로 돌아가는 거죠. 쓸쓸히……

여자는 금방이라도 눈물이 흘러내릴 것처럼 아무런 말도 못 하고 거울을 통해 나를 응시하고 있었다.

이때, 미용실 문이 벌컥 열리며 뚱뚱한 중년 여자가 아들로 보이는 사내아이의 손을 잡고 들어섰다. 여자의 얼굴엔 볼드체로 '비켜!'라고 쓰여 있었다. 오는 도중에 아이와 이미 한판 푸닥거리를 한 듯 아이의 얼굴엔 벌건 손자국과 함께 울음기가 남아 있었다. '비켜'는 네가 왜 그 자리에 앉아 있냐는 듯한 태도로 나를 쳐다보며 미용사에게 시비를 걸듯 물었다.

—많이 기다려야 돼요?

—다 됐어요. 잠깐만 기다리세요.

미용사는 서둘러 커트보를 벗기고 내 머리를 털어주었다.

*

　헤밍웨이의 소설을 영화로 옮긴 〈무기여 잘 있거라〉는 두 가지 버전이 있다. 하나는 게리 쿠퍼가 주연한 1932년 작이고, 또하나는 록 허드슨이 주연한 1957년 작이다. 어릴 때 내가 〈주말의 명화〉에서 본 영화가 어떤 버전이었는지는 지금 기억나지 않는다. 다만 프레드릭 헨리가 병원을 나와 비를 맞으며 호텔로 돌아가는 마지막 장면에서 당시 초등학생이었던 미연이 눈물을 질질 짜며 울었던 사실은 분명하게 기억하고 있다.

　나는 엄마가 죽은 것도 아닌데 병신같이 왜 우냐고, 당장 그치라고 미연을 윽박질렀다(고백하자면 실은 나 자신도 눈물이 쏟아질 것 같았기 때문이었다). 이때 미연은 느닷없이 내 뺨을 철썩 갈기고 울면서 제 방으로 가버렸다. 나는 어안이 벙벙해 미연에게 맞은 뺨을 감싸쥐고 있었는데 미연이 우는 소리에 잠이 깬 오함마는 여동생을 왜 울리냐며 나머지 뺨을 때렸다.

　지금 생각하면 우스꽝스런 해프닝이지간 어린 미연을 울린 걸 보면 헤밍웨이에겐 (좀 죄송한 얘기지만) 어느 정도 신파조가 있지 않았나 싶다. 이런 멜로드라마틱한 통속성 때문에 어떤 이들은 그의 장편보다 단편에 더 높은 점수를 주기도 한다. 그러나 헤밍웨이가 팔 헥타르의 과수원과 야채밭에 둘러싸인 스페인 풍의 호화저택에서 열 명이 넘는 하인을 거느리그 살 수 있었던 것은 바로 그 감상적인 신파 덕분이 아니었을까? 그러니 부자가 되고 싶은 작가여, 신파조를 잊지 마시라!

그날 밤, 나는 실로 오랜만에 수음을 했다. 머릿속엔 미용실 여자의 커다란 엉덩이가 둥실둥실 떠다녔고 코끝에선 샴푸향이 감돌았다. 나는 팔꿈치에 스쳤던 젖가슴의 감촉을 기억해내려 애쓰며 빠르게 손을 놀렸다. 여자는 눈웃음을 치며 내 품속을 파고들었다. 그리고 몸속의 모든 신경들을 한곳으로 끌어모아 잔뜩 부풀렸다. 곧이어 가벼운 경련과 함께 안개처럼 뿌옇고 축축한 파정의 순간이 다가왔다. 짧고 쓰디쓴 쾌락의 뒤끝에 나는 이불을 뒤집어쓰고 누워 마지막으로 섹스를 한 게 언제였는지 기억을 떠올려보려고 했다. 하지만 그게 언제였는지 그리고 상대가 누구인지조차 기억나지 않았다.

*

엄마 집에 모여 함께 살기 시작한 이후, 미연이 처음 외박을 했다. 밤늦게 전화가 걸려왔는데 '아는 언니'네 집에서 자고 온다는 거였다. 엄마는 전화기에 대고 뭔가 잔소리를 늘어놓았고 민경은 늘 있는 일이라는 듯 입을 삐죽 내밀었다.

—흥, 또 시작이네.

뭐가 또 시작이라는 거지? 나는 민경의 말이 무슨 뜻일까 궁금했는데 잠시 후, 오함마가 내 방으로 건너왔다.

─미연이년이 또 남자가 생겼나보다.

그는 담배를 물고 자리에 벌렁 누우며 지나가는 말처럼 한마디
했다.

역시 그런 거였군. 나는 혼자 고개를 끄덕였다.

여자의 인생은 간단해. 언제 팬티를 벗어야 하는지만 알면 되
거든.

내가 아는 한 선배 감독의 말이다(그의 얼굴엔 늘 '꺼억!'이라
고 쓰여 있었다. 뭔가 잘 처먹고 트림하는 소리다).

─그럼 남자의 인생은요?

내가 웃으며 응대하자 그가 대답했다.

─그건 더 간단하지. 남자는 그냥 비위만 좋으면 돼.

그래서일까? 그는 실제로 비위가 좋아 온갖 해괴한 보양식들을
잘도 먹어댔고 비위 좋은 영화들을 잘도 만들어냈다. 그리고 무엇
보다도 관객의 비위를 잘 맞출 줄 알아 나중엔 제작에까지 손을
대 큰 성공을 거두기도 했다.

그나저나 미연은 과연 팬티를 언제 벗어야 하는지 잘 알고 있는
걸까? 그리고 여자의 인생이 팬티를 언제 벗어야 하는지만 알면
정말 다 해결되는 걸까? 만일 그렇다면 그것은 제작자의 말처럼
간단한 일은 아닐 것이다. 왜냐하면 그 누구에게도 간단한 인생이
란 없을 테니까.

미연에 대해 생각하자 나는 가슴이 답답해져 자리에 벌렁 누워
버렸다. 하긴 여자 나이 마흔다섯에 팬티를 언제 벗든 그게 무슨

상관이랴. 미연은 종종 식구들 앞에서 팬티 바람으로 돌아다니다 엄마에게 '나이든 오빠들 앞에서 그게 뭔 꼴이냐'며 잔소리를 듣곤 했지만 정작 그녀 자신은 오함마나 나에게 신경도 쓰지 않았다. 그녀는 이제 늙은 오빠들을 더이상 남자로 여기지 않게 된 걸까, 아니면 폐경도 오기 전에 오랫동안 자신을 짓눌러왔던 여성성을 스스로 포기하게 된 걸까. 나는 자리에 누워 여동생의 팬티에 대해 이런저런 생각을 하고 있었다. 그때 담배를 피우던 오함마가 옆으로 몸을 돌리며 나를 불렀다.

—야, 오감독.

—왜?

—그 여자 봤냐?

—누구?

—미용실 여자.

—봤지.

—그래, 네가 보기에 어떻디?

—뭐가 어때?

—괜찮지 않냐?

—머리 괜찮게 깎던데……

나는 일부러 딴전을 피웠다.

—그게 아니라…… 됐다, 인마.

그는 옆으로 돌아누우며 재떨이에 담배를 비벼껐다.

휴, 꼴에 남자라고…… 그나저나 이 인간은 비위도 좋은데 인생이 왜 이 모양이지?

미연에게 남자가 생겼다는 정황이 하나둘씩 드러났다. 하루가 멀다 하고 외박을 하는가 하면 핸드폰을 들고 화장실에 들어가 혼자 낄낄대며 누군가와 길게 통화를 하기도 했다. 그러곤 갑자기 살을 뺀다며 오밤중에 민경을 데리고 나가 집 앞에 있는 학교 운동장을 뼁뼁 돌기도 하고 온갖 종류의 마사지와 팩을 하느라 요구르트를 사온다, 감자를 간다, 오이를 썬다 하며 유난을 떨기도 했다. 게다가 평소에 그렇게 허발을 하던 고기를 더이상 쳐다보지도 않게 되었다.

우리는 뭔가 수상쩍은 정황이 포착될 때마다 은연중에 눈빛을 주고받으며 미연의 행동거지를 눈여겨 살피곤 했는데 거기에 신경을 쓰지 않는 건 민경뿐이었다. 그애의 유일한 관심사는 용돈이었다. 엄마가 남자를 갈아치우든 말든, 오박을 하든 말든 아무 관심이 없었다. 그저 일주일에 한 번씩 지급되는 용돈이 무사히 건네지기만 한다면 엄마가 성전환수술을 해서 남자가 된다 해도 그애는 눈 하나 깜짝하지 않을 것이다.

상대에 대해 관심이 없기는 미연도 마찬가지였다. 그녀는 딸아이가 공부를 잘하든 못하든 전혀 신경쓰지 않았고 따라서 공부를 해라, 마라 잔소리도 하지 않았다. 그저 가서 뭘 하든 남들이 학교 가는 시간에 학교 가고 학원 가는 시간에 학원을 가기만 하면 오케이였던 것이다. 그런 미연이 제일 싫어하는 것은 바로 민경의 학교 교사나 학원 선생들로부터 전화를 받는 거였다. 그런 경우는 대개 민경이 문제를 일으켰을 때인데 수업을 빼먹었다든가, 선생에게 대들었다든가 하는 문제로 전화를 받는 걸 미연은 끔찍하게 싫어했다. 하지만 그 경우에도 해결방법은 간단했다. 그것은 바로 용돈을 끊는 거였다. 왜냐하면 그것이 민경에게는 그 어떤 잔소리나 매질보다도 가혹한 처벌이었기 때문이었다. 비행의 경중에 따라 일주일에서 한 달까지 용돈을 끊곤 했는데 그럴 때마다 민경은 울며불며 히스테리를 부리곤 했다. 하지만 아무리 발광을 하고 사정을 해도 소용이 없었다.

어릴 때부터 용돈과 학원비로 맺어진 이 기묘한 모녀관계는 얼핏 생각하면 골치 아픈 양육 문제를 돈으로 해결하려는 무지한 부모의 전형적인 예라고 생각할 수도 있겠지만, 어떤 점에선 서로 물고 빨고 핥느라 개인의 인생을 모두 소진시켜버리는 여느 한국식 가족관계보다 더 간편하고 합리적인 면도 있었다. 정상적이지 않은 가족사와 뭔가 석연치 않은 직업, 복잡한 남자관계 등 늘 무언가 아슬아슬한 상황에서 두 모녀가 그런 식으로 서로 공존하는 방법을 찾은 건 어쨌든 다행이라면 다행한 일이었다.

*

'과거를 묻지 마세요'(그러니까 미용실 여자)와 함께 안면도로 놀러 가기로 한 것은 두번째로 미용실을 찾았을 때였다.

—처녀 때 한 번 가봤는데 해변이 얼마나 넓은지 걸어도 걸어도 끝이 없더라고요. 그때 나중에 꼭 다시 와봐야지, 라고 마음먹었는데 사는 게 뭔지 이십 년이 다 되도록 한 번을 못 가보네요.

그날따라 여자는 유난히 수다스러워 묻지도 않은 과거의 이력을 줄줄이 털어놓았는데, 경상북도 구미에서 태어나 고등학교를 마친 뒤, 서울에 올라와 함께 자취를 하던 사촌언니를 따라 미용기술을 배우게 되었다는 얘기와 사촌형부의 소개로 만난 남자와 결혼을 했지만 의처증 때문에 몇 년 못 살고 헤어져 지금은 중학교에 다니는 딸을 혼자 키우며 사촌언니가 운영하던 미용실을 물려받아 그럭저럭 꾸려가고 있다는 얘기를 라디오DJ처럼 줄줄이 읊어댔다. 그리고 이야기의 말미에 처녀 떠 친구들과 놀러갔던 안면도 이야기까지 나왔던 것이다.

여자의 얘기를 듣는 내내 나는 파트리스 르콩트 감독의 〈미용사의 남편〉(한국에선 '사랑한다면 이들처럼'이란 달달한 제목으로 개봉되었다)이란 프랑스 영화를 생각하고 있었다. 손님이 들어오면 나는 외투를 받아 걸고 가운을 입혀준다. 그가 자리에 앉아서 순서를 기다리는 동안 신문을 가져다주고 커피를 한 잔 권할 수도 있다(싸구려 믹스커피가 아니다. 갓 볶은 자메이카 산 원두를 직접 갈아서 내린 신선한 드립커피다). 라디오에선 올드재즈 풍의 나른한 음악이 흘러나오고 아내가 사각거리며 머리를 자르는 소리만이 간간이 들려온다. 잘려나간 머리는 하얀 커트보를 스치며 부드럽게 낙하한다. 나는 손님에게 방해가 되지 않도록 조심스럽게 바닥에 떨어진 머리카락을 쓸어담는다. 이발이 끝나면 손님의 머리를 감겨준다. 구석구석 가려운 곳도 긁어주고 관자놀이를 눌러 마사지도 해준다. 손님이 기분좋게 거울을 들여다보며 머리를 말리는 동안 예쁜 교복을 입은 딸이(비록 친딸은 아니지만) 학교를 마치고 미용실에 들른다. 나는 아이에게 웃으며 묻는다.

배고프지? 피자 한 판 시켜줄까?

그래! 이번엔 라지 사이즈로 시키는 거다. 대범하게. 까짓거, 못 시킬 게 뭐 있단 말인가! 우리는 미용실 문을 닫고 사이좋게 피자를 나눠 먹는다.

아빠도 한 쪽 드세요.

딸애는 누구처럼 피자 한 판을 혼자 다 처먹는 그런 싸가지 없는 아이가 아니다.

그래, 고맙다. 냄새가 참 좋구나.

나는 아이가 건네준 피자를 한 입 베어문다. 피자는 달콤하고 아내와 딸의 얼굴엔 행복한 미소가 가득하다. 뭐, 생각해보면 그리 나쁜 삶은 아니다. 아니, 늙은 형제들과 싸가지 없는 조카딸과 복닥거리는 지금의 형편에 비하면 호사라고 불러도 좋을 만큼 괜찮은 삶인 것 같다.

여기까지 생각한 나는 그만 여자에게 '정 그렇다면 까짓거, 한 번 같이 가면 되지, 뭐가 걱정이냐'는 말을 던지고야 말았다.

— 정말요?

여자는 눈을 동그랗게 뜨고 나를 쳐다보았다. 비록 눈가에 주름이 잡히긴 했지만 천진한 인상이었다.

　—감독님이 안면도에 데려다주신다면 저야 고맙죠. 가면서 영
화 얘기도 듣고……

*

　미용실을 나오는 순간, 나는 스스로에게 너무 어이가 없었다.
자동차는커녕 버스를 타고 갈 차비조차 없는데 도대체 무슨 수로
안면도까지 간단 말인가! 어찌어찌 차는 빌린다 쳐도 기름 값에
톨게이트 비에, 그래도 명색이 바닷가인데 소주에 회 한 접시는
먹어줘야, 진행이 빠르면 하룻밤 같이 자고 올 수도 있는데 뭐,
거기까지 데려간 데에 대한 보답으로 여자가 횟값은 낸다고 쳐도
처음부터 여자에게 여관비까지 내라고 할 수는 없는 노릇 아닌가.
　나는 감당하지도 못할 약속을 한 자신이 한심하고 부끄러워 나
도 모르게 발걸음이 빨라졌다. 가능하면 미용실로부터 멀리 도망
가고 싶었기 때문이었다. 이제 앞으로 그 미용실을 갈 일은 절대
없을 것이다. 미용사의 남편이고 뭐고 다 끝이다!

　시장통을 지나 집으로 향하는 좁은 골목으로 들어섰을 때였다.
교복을 입은 한 무리의 학생들이 골목 모퉁이에서 담배를 피우고
있는 게 눈에 들어왔다. 나는 그냥 못 본 척 아이들 앞을 지나치려
고 했다. 나에겐 담배를 피우는 대한의 청소년들을 불러서 야단을

칠 만큼 강한 공동체의식이 없다. 세상살이에 실패한 알코올중독자인 주제에 무슨 자격으로 아이들을 야단친단 말인가(잘못하다 아이들에게 두들겨맞지나 않으면 다행이다).

그런데 뜻밖에 학생들 무리 속에 있는 민경을 발견했다. 민경도 다른 아이들과 함께 담배를 꼬나물고 다리를 떨며 입으로 연신 '씨발'거리고 있었다. 그녀도 나를 발견했는지 급하게 아이들 뒤로 몸을 숨겼다. 이때 무슨 생각에서였는지 나는 학생들 무리를 향해 다가가며 큰 소리로 민경을 불렀다.

—야! 장민경, 거기서 뭐해!

민경은 골목 위쪽으로 도망가기 시작했다. 나는 민경의 뒤를 쫓았다. 민경은 날다람쥐처럼 이리저리 골목길을 잘도 빠져나갔다. 하지만 다리가 짧은데다 등에 무거운 가방까지 메고 있어 곧 나에게 따라잡히고 말았다. 나는 민경의 어깨를 잡아챘다.

—너 애들하고 뭐하고 있었어?

그래, 요 싸가지, 너 오늘 제대로 걸렸다! 나는 속으로 쾌재를 부르면서도 겉으론 짐짓 엄한 표정을 지어 보였다. 민경은 도망가는 것을 포기하고 그 자리에 서서 숨을 할딱거렸지만 여전히 성질은 살아 있어서 내 팔을 홱 뿌리쳤다.

—이거 놔요.

—너 담배 피웠지.

나는 민경의 눈을 쳐다보며 취조를 하듯 물었다. 바로 코앞에서 목격했으니 부정할 수도 없는 노릇이었다.

— 그게 삼촌이랑 무슨 상관예요.

민경은 새침하게 고개를 빳빳이 들고 말했다. 나는 울컥 화가 치밀었지만 애써 마음을 가라앉히며 차분하게 말했다.

— 그래, 네가 담배를 피우든 말든 나하고는 상관없어. 그런데 네 엄마가 알면 뭐라고 그럴까? 우리 딸 참 잘했다고 그러겠지.

엄마라는 말에 민경은 찔끔해서 입을 다물었다.

— 하긴 내가 네 아빠도 아니니까 상관할 바는 아니지. 하지만 네 엄마는 달라. 낮이나 밤이나 일을 하면서도 언제나 네가 잘못된 길로 빠지지나 않을까 걱정하고 있단다. 그러니까 난 그냥 못 본 체하고 넘어갈 수가 없어. 무슨 말인지 알겠니?

— 저기요……

민경이 잔뜩 풀 죽은 목소리로 입을 열었다.

— 왜?

— 엄마한텐 말하지 마세요.

— 그러니까 나한테 네 엄마를 속이라는 거니?

— 누가 속이래요? 그냥 말하지 말라는 거죠.

— 애야, 의당 해야 할 말을 안 하고 감추는 건 상대를 속이는 것보다 더 나쁜 짓이란다. 나는 네 엄마를 속이는 짓은 못 해.

나는 한껏 이죽거리며 여유 있게 담배를 피워물었다.

— 한 번만 봐주세요. 앞으로 진짜 안 피울게요.

급기야 민경이 울상이 되어 내 앞에 완전히 굴복하고 말았다. 하지만 나의 목표가 단지 싸가지를 무릎 꿇리는 데에 있었던 건 아니었다.

　―너 왜 그러니? 엄마한테 맞을까봐 그러니?

　―아뇨, 맞는 건 자신 있어요.

　―그럼 뭐가 겁나서 그러니? 속 시원하게 고백하고, 맞을 건 맞고, 용서할 건 용서하고, 서로 그러면 되는 거잖아.

　―그게 아니라…… 엄마가 알면 용돈을 안 주잖아요.

　―오라! 그러니까 넌 맞는 것보다 용돈을 못 받을까봐 겁이 나서 그러는구나.

　―네, 엄마가 알면 아마 한 달은 용돈을 끊을 거예요.

　민경은 완전히 기가 죽어 땅만 쳐다보고 있었다.

　―그래도 어쩌지? 난 네 엄마한테 꼭 말해야 할 것 같은데……

　급기야 민경이 버럭 짜증을 냈다.

　―아 씨바, 그럼 나보고 어쩌라고요.

　―그러니까 사람이 죄를 짓고는 못 사는 거야. 하지만 내가 한 가지 방법을 알려줄게.

　―뭔데요?

　민경이 희색이 돌며 나를 쳐다보았다.

　―너 일주일에 용돈을 얼마씩 받지?

　―십만원요.

　학생 용돈으론 적지 않은 금액이었다. 아마도 골치 아픈 양육 문제를 돈으로 봉합하려면 그 정도는 되어야 하는 모양이다. 어쨌든……

─보자, 한 달이면 사십만원이네. 그럼 우리 한번 계산을 해
보자.

─무슨 계산이요?

민경이 의아한 듯 쳐다보았다.

─그러니까 내가 입만 다물고 있으면 네 지갑엔 아무 이상 없
이 꼬박꼬박 돈이 들어오겠네. 일주일에 십만원씩.

─그런데요?

─그러니까 다시 말해서 내가 너한테 일주일에 십만원씩 주는
거나 마찬가지네.

─삼촌이 주는 건 아니잖아요.

─물론 내가 주는 건 아니지. 하지만 결과적으론 내가 주는 것
과 다름이 없는 거야. 아직도 무슨 말인지 이해가 안 되니?

─아이씨, 빙빙 돌리지 말고 본론이 뭔지나 말해봐요.

민경이 결국 짜증을 냈다.

─좋아, 그럼 내가 알기 쉽게 말해주지. 내가 입을 다물어서 네
가 돈을 받을 수 있다면 나에게도 그 돈에 대한 권리가 있는 거야.

─무슨 권리요?

─말하자면 돈에 대한 소유권 같은 거지.

─그래서요?

─그러니까 앞으로 한 달 동안 네가 받는 용돈의 반은 나한테
줘야 해. 이제 무슨 말인지 이해가 되니?

─네?

민경이 도저히 믿을 수 없다는 표정으로 나를 쳐다보았다.

— 왜? 싫어? 싫으면 그만두고.

나는 태연한 척 애써 민경의 시선을 외면했다.

— 엄마한테 뒈지게 맞고 한 달 동안 용돈을 한 푼도 못 받는 게 나을지 아니면 아무 일 없이 반이라도 받는 게 나을지 잘 생각해 봐. 인수분해보다 쉬운 문제니까.

민경은 마치 징그러운 짐승을 쳐다보듯 한동안 나를 바라보다 뜻밖에 선선히 대답했다.

— 좋아요. 앞으로 한 달 동안 반씩 떼어줄 테니까 약속은 지켜야 돼요.

역시 계산이 빠른 아이였다.

— 그래, 보기보다 머리가 좋구나. 그런데 너 어제 용돈 받은 날이었지?

— 그런데요?

— 그럼, 잠깐 지갑 좀 줘볼래?

— 지갑은 왜요?

— 글쎄, 줘봐.

민경이 미심쩍은 눈으로 엉거주춤 지갑을 꺼내자 나는 낚아채듯 지갑을 빼앗았다. 지갑 안엔 모두 칠만원이 남아 있었다. 나는 그 가운데 오만원을 꺼내고 지갑을 돌려주었다.

— 자, 계산은 오늘부터다.

— 아, 씨발. 나 운동화 사야 되는데……

─운동화는 다음달에 사도 돼. 내가 보기엔 아직 멀쩡한데 뭘.

나는 태연하게 담배를 바닥에 비벼끄며 말했다.

─그리고 난 지금 너에게 중요한 인생의 비밀을 하나 가르쳐준 거야.

─그게 뭔데요?

민경이 지갑을 가방에 넣으며 물었다.

─입만 잘 다물고 있어도 돈을 벌 수 있다는 거. 그리고……

나는 민경의 코앞에서 오만원을 흔들어 보인 후, 호주머니에 돈을 넣고 돌아서며 한마디 했다.

─담배 피우면 키 안 큰다.

*

─안 돼요!

미용실 여자는 화들짝 놀라 자신의 치마 속으로 파고드는 내 손을 밀어냈다. 장소는 안면도 바닷가 근처의 어느 주차장, 해가 떨어진 지 얼마 안 되어 수평선 위에 아직 붉은 기운이 남아 있는 저녁 무렵이었다. 차를 타고 오는 내내 우리는 아슬아슬한 농담을 주고받으며 키득거렸고(감독님, 그렇게 안 봤는데 되게 엉큼하시다. 호호호) 차 안은 금세 중년 남녀의 끈적끈적한 성적 에너지로 가득 차 자동차 뒷유리창에 '19금' 딱지라도 붙여야 할 판이었다.

횟집에선 좀더 노골적인 시선을 교환하며 희미하게 남아 있는 어색함과 함께 급히 소주를 입안으로 털어넣어 우리는 금세 소주 두 병을 작살냈다(어머! 오늘 나 왜 이러니?). 실로 얼마 만에 마셔보는 술인지 목젖과 식도에서 자지러지게 비명을 질러대는 것 같았다. 참돔회를 먹으며 마신 소주는 우리의 얼굴을 노을처럼 발갛게 물들였고 라디오에선 달달한 쌍팔년도식 발라드가 흘러나오고 있었다. 만일 그날 두 사람 사이에 아무 일도 일어나지 않는다면 그거야말로 참으로 기이한 일이 아닐 수 없는 상황이었다. 그런데 안 된다니! 도대체 무슨 꿍꿍이란 말인가?

 여자의 저항에 잠시 멈칫했던 나는 우선 키스라도 하려고 했지만 여자는 고개를 돌리며 소리쳤다.
 ─감독님, 이러지 마세요!
 그제야 뭔가 심상치 않은 느낌에 여자의 눈을 들여다보니 단지 내숭을 떠는 것만은 아니었다. 나는 갑자기 힘이 쭉 빠져 여자의 몸에서 손을 떼고 담배를 피워물었다.
 ─미안해요. 전 감독님하고 이렇게까지는 생각을 안 했는데……
 여자가 정말 미안한 듯 고개를 창밖으로 돌리며 말했다.
 어린 조카딸을 협박해 돈을 뜯어내고 미연이년 눈치를 봐가며 겨우 차를 빌려 여기까지 왔는데 그냥 아무 일도 없이 돌아가야 하다니! 이건 페널티킥을 얻어놓고 관중석을 향해 똥볼을 찬 꼴이 아닌가. 오라! 그렇다면 여자는 내가 생각한 것처럼 순진하기만 한 건 아니었군.

─좋아요. 그럼 한 가지 물어봅시다.

나는 화난 얼굴로 여자 쪽을 돌아보았다.

─수자씨는(수자는 '과거를 묻지 마세요'의 이름이다) 섹스를 사용가치로 보는 겁니까, 아니면 교환가치로 보는 겁니까?

─네?

수자씨가 눈을 동그랗게 뜨고 쳐다보았다.

─그러니까 자신의 욕망을 채우기 위해 섹스를 하는지, 아니면 어떤 물품이나 가치가 있는 다른 어떤 것과 교환을 하기 위해 섹스를 하느냐고 물은 겁니다.

─그게 도대체 무슨 말예요, 감독님?

수자씨는 점점 더 알 수 없다는 표정이었다.

─순진한 척하지 말고 사용가치인지, 교환가치인지 대답을 해보세요.

나는 자신도 모르게 목소리가 높아졌다.

─욕망은 잘 모르겠고, 근데 물품하고 바꾼다는 건 무슨 뜻예요? 혹시 감독님은 내가 돈을 받고……

─꼭 돈이 아니더라도 남녀관계에 있어서의 거래, 그러니까 결혼에 대한 약속이나 미래에 대한 보장, 또는 거기에 상응하는 어떤 대가라는 게 있잖습니까. 그것도 일종의 교환가치로 보자면……

─나한테 자꾸 너무 어려운 얘기 하지 마세요. 난 감독님이 무슨 소릴 하는지 정말 모르겠어요.

급기야 여자는 울상이 되어 고개를 파묻었다.

하긴, 나이 오십이 가까워오는 실패한 알코올중독자가 그녀의 아랫도리와 교환할 만한 게 뭐가 있을까? 사십팔 년 묵은 더러운 입냄새가 쓰키다시로 딸려오는 쓰디쓴 충무로 실패담? 아니면, 독한 소주와 냉소가 양념으로 버무려진 세상에 대한 한탄?

밤길을 운전하고 돌아오는 내내 나는 한 번도 수자씨 쪽으로 눈길을 주지 않았다. 그녀는 고개를 돌린 채 창밖만 바라보고 있었다. 그러다 어느 순간 옆을 돌아보니 수자씨가 어깨를 떨며 울고 있었다. 젠장, 정작 울어야 할 사람은 난데! 그래도 우는 여자를 보고 있자니 안쓰러운 생각이 들었다. 어쩌다가 이 여자는 낯선 남자의 차를 얻어타고 낯선 바닷가에 와서 쓰디쓴 소주를 마시고 이리 슬피 울고 있는 것일까.

나는 휴지를 집어 수자씨에게 슬그머니 건네주었다. 그러자 그녀는 팽 하며 소리나게 코를 풀었다. 그러곤 그 소리가 민망했는지 곧 킥, 하고 웃었다. 울다가 웃으면 어디어디 털 난다는데……

—오다가 감독님이 한 말이 무슨 뜻일까 곰곰이 생각해봤는데……

미용실 앞에 차를 세웠을 때, 수자씨가 입을 열었다.

—아무리 생각해봐도 난 감독님이 한 말이 무슨 뜻인지 모르겠어요. 감독님은 공부를 많이 했으니까 아시는 게 많겠지만 전 가

방끈이 짧아서 그렇게 복잡한 생각은 해본 적이 없거든요. 하지만 오늘 감독님하고 같이 안 자고 온 건 이유가 있어요.

— 왜요? 제가 무슨 잘못이라도 했습니까?

— 아니요, 감독님이 무슨 잘못이 있겠어요. 감독님 덕분에 바다 구경도 하고, 회도 먹고 좋았는데……

— 그럼, 도대체 왜……?

바다 구경도 하고, 회도 먹고 좋았는데 왜 안 주냐고 노골적으로 물어볼 수가 없어 나는 말끝을 흐렸다. 그러자 수자씨는 내 눈을 똑바로 쳐다보며 대답했다.

— 감독님은 나를 사랑하지 않잖아요.

순간, 뭔가 무거운 물체에 발등을 짓찧은 느낌이었다. 사랑? 사용가치나 교환가치 말고 뭐가 또 있었나? 나는 뭔가 대답을 하려고 했지만 아무런 말도 떠오르지 않았다. 수자씨는 잠시 나를 쳐다보다 차 문을 닫고 미용실을 향해 걸어갔다.

사랑이라고? 세월에 시들어가는 중년의 남녀가 오다가다 만나 그저 하룻밤 외로움을 달래자는 것뿐인데, 게다가 우리는 이제 겨우 세 번 만났을 뿐인데 정색을 하고 사랑이라니! 도대체 이 무슨 썰렁한 신파란 말인가!

그날 밤, 나는 옆에서 오함마가 코 고는 소리를 들으며 내가 마지막으로 사랑한 게 언제였을까 생각해보았지만 마치 누군가를 단 한 번도 사랑해본 적이 없는 사람처럼 사랑이란 단어가 낯선 외국어처럼 생경하게 느껴졌다. 그래, 마침나 나는 괴물이 되고야 말

왔구나! 인생에서 아무런 의미도 찾지 못하고 술에 찌들어 사는 동안 어느 틈엔가 감정은 메마르고 사랑을 믿지 않는 괴물…… 그게 바로 마흔여덟에 발견한 나의 모습이었다.

마이너리그

젊은 시절, 헤밍웨이는 그의 첫 아내인 해들리와 파리에서 몇 년
간 지낸 적이 있었다. 그곳에서 그는 거트루드 스타인, 에즈라 파
운드 등 미국의 예술가집단과 교류하며 작가의 꿈을 키우고 있었
다. 훗날, 당시를 회상한 글 「파리는 축제다」에서 헤밍웨이는 다음
과 같은 글을 남겼다.

파리에서, 우린 젊었으며 그곳에서 소중하지 않은 것은 없었
다. 가난조차도. 갑작스런 생활의 여유도, 달빛도, 당신 옆에 누
워 있는 누군가의 숨소리도.

하지만 헤밍웨이는 얼마 지나지 않아 해들리와 이혼을 하고 다
시는 행복했던 그 시절로 돌아갈 수 없었다. 작가로서의 명성을

쌓아갈수록 그는 무절제한 충동과 편집증적인 모험에 빠져들었다. 무비스타와도 같은 화려한 경력과 달리 그의 내면은 더없이 쓸쓸하고 황폐했으며 그는 끝내 구원의 길을 찾지 못한 채 자신의 머리를 향해 방아쇠를 당겼던 것이다.

내게도 아마 헤밍웨이의 젊은 날과 같은 시절이 있었을 것이다. 세상은 신비하고 달콤한 희망으로 빛나며 옆에 누워 있는 누군가를 진심으로 사랑하고, 그래서 소중하지 않은 것이 없었던 시절…… 하지만 그 상대가 누구였는지, 당시의 감정이 어땠는지는 이제 잘 기억나지 않는다. 중요한 건 그 모든 것이 사라졌다는 것이며 다시는 그 시절로 돌아갈 수 없다는 거였다.

가난한 사람들이 사는 공간에선 소리가 멈추지 않는 법이다. 이즈음 오함마가 또 한 건 사고를 쳤다. 바로 집 근처 공터에 차를 세워놓고 애인과 카섹스를 하던 한 남자를 두들겨팬 거였다. 그는 바로 미연이 최근에 새로 만나기 시작한 남자였고 상대는 물론 미연이었다. 차 안에서 남자 밑에 깔려 있는 여동생을 발견한 오함마는 남자가 미연을 강간하고 있다고 생각해 눈알이 뒤집혀 다짜고짜 사내를 차 밖으로 끌어내 두들겨패기 시작했다. 미연이 겨우 팬티를 끌어올리고 차에서 뛰어나와 뜯어말렸지만 이미 눈이 돌아간 오함마를 멈추게 할 수는 없었다. 비명을 질러대며 발을 구르던 미연은 급한 김에 옆에 있던 벽돌을 집어들어 오함마의 뒤통수를 내리찍었다. 벽돌에 맞아 오함마가 잠시 기절해 겨우 소동이 멈추었을 땐 이미 사내의 갈비뼈 두 개가 부러진 뒤였다.

— 잘한다. 차 안에서 그짓 하는 게 무슨 불법이야? 왜 죄도 없는 사람을 두들겨패?

내가 오함마를 흘겨보며 한마디 하자 머리에 붕대를 감은 오함마가 연신 담배를 뻐끔거리며 볼멘소리로 대답했다.

— 그게 아니라, 씨발, 그 새끼는 여관 갈 돈도 없나, 왜 하필이면 집 앞에서 그짓을 하는 거야? 무슨 동네 똥개도 아니고…… 그리고 난 그 새끼가 미연이를 강간하는 줄 알았지.

흥, 제가 강간범인 주제에 말리긴 누굴 말려. 나는 속으로 비웃었다. 다행히 미연이 중재를 해서 고소를 당하는 것은 면한 상태였지만 한밤중에 빌라 사람들이 모두 나와서 소동을 지켜본 터라 이미 인근엔 해괴한 소문이 파다하게 퍼져 있었다.

— 그리고 미연이년도 그래, 나한테 들켰기에 망정이지 제 딸년한테 들키면 어쩔 뻔했어?

— 차 안에서 그짓을 하든, 여관에서 그짓을 하든 미연이가 지금 몇 살인데 남의 일에 끼어들어.

— 에이, 칠칠치 못한 년. 남자를 만나도 어디서 그런 거지 같은 놈을 만나가지고……

그래도 찢어진 입이라고 주저리주저리 변명을 하던 오함마는 담배를 신경질적으로 눌러끄고 벌렁 자리에 누워버렸다.

뿌웅.

고기가 한 차례, 헤밍웨이가 한 차례, 그리고 장맛비가 한 차례 지나가고 나자 본격적인 더위가 시작되었다. 한낮의 뜨거운 태양은 낡은 콘크리트 건물을 불판처럼 뜨겁게 달구었고 식구들은 속옷만 겨우 걸친 채 서로의 땀내를 맡고 방귀 소리를 들으며 여름을 나야 했다. 거대한 찜통에 빌라 건물을 통째로 넣고 찌는 것처럼 가혹한 무더위 앞에서 프라이버시 따위는 생각할 계제가 아니었다. 식구들은 모두 사방팔방 방문을 열어젖힌 채 '더위 죽겠다'를 연발하며 건기에 하마가 물을 찾듯 연신 목욕탕을 드나들었다.

식구들 중에서 더위를 가장 못 견뎌한 건 물론 오함마였다. 그는 백이십 킬로그램의 거구를 주체하지 못해 땀을 줄줄 흘리면서 거실에서 안방으로, 안방에서 소파로, 소파에서 현관으로 조금이라도 더 시원한 곳을 찾아 이리저리 굴러다니다 급기야 돗자리를 들고 빌라 옥상으로 올라가더니 밤새 굶주린 모기에게 성대한 파티를 열어준 뒤 결국 다시 집으로 기어내려왔다. 스물네 평의 좁은 빌라 안에서 당장이라도 질식할 것처럼 괴로워하고 있는 그를 보고 있으면 쥐라기의 공룡이 멸종한 이유를 이해할 것도 같았다.

그렇게 말하고 있는 나 자신 또한 공룡보다 하등 나을 것도 없었다. 아프리카 오지에 고립된 채 죽음을 기다리는 『킬리만자로의 눈』의 주인공 해리처럼 나는 좁은 방 안에서 무력하게 뒹굴거리며 여름을 보냈다.

　나를 구원해줄 비행기는 언제 올까? 아니면 트럭이라도. 그런 게 찾아올 리 없다는 걸 이미 알고 있었지만 나는 찌는 듯한 더위 속에서 나의 처지와 나의 실패, 그리고 그 실패의 과정에 대해 생각했다. 어디서부터 일이 잘못된 걸까? 어느 대목에서 잘못된 선택을 했기에 이 막다른 곳에 도달한 걸까? 전체 플롯에서 인생을 그르치게 된 전환점은 어디였을까? 어릴 때 졸린 눈을 비벼가며 본 그 망할 놈의 〈주말의 명화〉가 내 안에 불운의 씨앗을 던져놓았던 걸까? 영화서클에 있는 선배를 따라 프랑스문화원에 가서 자막도 없는 장 뤼크 고다르의 영화를 보며 내용도 모르고 뿌듯해하던 그 순간부터 지금의 실패가 예고되어 있었던 걸까?

　나는 아마도 끝내 해답을 찾을 수 없을지 모른다. 한 길 물속보다 얕은 좁은 변기 안에서 벌어지는 일들도 다 알지 못하는데 어떻게 그런 복잡한 일들을 이해할 수 있단 말인가. 예컨대, 물 위에 뜨는 똥과 바닥에 가라앉는 똥은 무슨 차이가 있는지, 똥구멍이 찢어져 일주일 내내 볼일을 볼 때마다 분수처럼 피를 뿜어내 변기 안을 시뻘겋게 물들이는데도 죽지 않는 이유가 무엇인지 나는 알지 못한다. 한번은 똥이 사라진 적도 있었다. 볼일을 마친 뒤 물을 내리려고 보니 변기 안에 똥이 보이지 않았다. 분명히 똥을 누었는데 도대체 그 똥은 어디로 갔단 말인가! 배수구 안쪽으로 숨었나 싶어 무릎을 꿇고 앉아 아무리 뒤져봐도 변기 안은 깨끗했다. 분명 똥이 몸에서 빠져나가는 걸 느꼈고 밑을 닦았을 때 휴지에

변이 묻어 있는 걸 확인했는데도 똥의 행방은 묘연했다. 도대체 변기 안에서 무슨 일이 벌어진 걸까? 그야말로 '〈식스센스〉 이후 최대의 반전'이 아닐 수 없었다.

그날의 대변실종사건 이후, 나는 볼일을 볼 때마다 반드시 배설물을 확인하는 버릇이 생긴 한편, 중학교 때 배운 질량보존의 법칙에 대해 깊은 의심을 품게 되었다.

여름 내내 방 안에서 뒹구는 동안 아무것도 뚜렷해진 건 없었다. 한 가지 다행인 것은 모든 인간관계가 파탄이 난 나로선 만날 사람도 없고 아무런 약속도 없어 생각할 시간이 아주 많다는 거였다. 이즈음 나는 『해는 또다시 떠오른다』를 읽고 있었다.

*

미연의 남자가 정식으로 집을 찾아온 것은 더위가 한창 기승을 부리던 어느 주말이었다. 그는 땀을 줄줄 흘리면서도 양복에 넥타이까지 갖춰 매고 양손에 커다란 수박을 들고 찾아와 엄마에게 넙죽 절부터 올렸다. 까무잡잡한 얼굴에 키가 작았지만 나름대로 다부지고 성실한 인상이었다. 게다가 그 나이에 차 안에서까지 그짓을 하는 걸 보면 정력도 매우 왕성한 게 틀림없었다(미연인 좋겠네!). 한마디로 장모를 안심시키는 얼굴이랄까? 그의 얼굴엔 '생활력'이라고 쓰여 있었다. 미연이 '근배씨'라고 소개한 그는 보험판매 일을 하고 있는데 현재 영업소에서 팀장을 맡고 있다고 했다.

그는 영업사원답게 붙임성이 있어 오함마와 나에게 대뜸 형님이라고 부르며 앞으로 잘 부탁한다고 싹싹하게 인사를 했다. 하지만 지난번의 구타사건 때문인지 오함마는 구석에 앉아 머쓱한 표정으로 손으로 발바닥을 문질러 굵은 가락국수 같은 걸 만들어내고 있었다.

미연이 처음 남자를 데려왔을 때도 상황은 아마 비슷했을 것이다. 당시 나는 제발이지 그가 미연을 데려가 이 가난한 집구석에서 해방시켜주기를 바랐다. 그래서 동화 속 주인공들처럼 아들딸 낳고 '행복하게 오래오래' 살기만을 기원했다. 그것이 무능한 오라비인 내가 매제에게 바라는 모든 것이었다. 하긴 세상 어느 오빠들 그렇지 않겠는가!

하지만 결과는 그렇게 되지 않았다. 민경을 낳고 오순도순 몇 년 재밌게 사는가 싶더니 남자의 사업이 잘 안 풀려 미연이 '아는 언니'와 동업으로 카페를 차렸다는 얘기가 들리고 둘이 싸움이 잦다는 둥, 미연에게 다른 남자가 생겼다는 둥 이런저런 불안한 소문이 나돌더니 결국 파탄이 나고 말았다.

이어 두번째 남편인 장서방을 거쳐 '생활력'이 세번째 남자였으니 대강 십 년에 한 번 꼴로 남자를 바꿔 데려온 셈이었다. 그러니 나로서도 딱히 할 말이 없어(신용불량자인 내가 '생활력'에게 무슨 할 말이 있겠는가!) 집 안은 더위도 느낄 수 없을 만큼 분위기가 썰렁했다. 엄마가 음료수라도 내온다며 주방으로 들어가자 공기가 더욱 어색해졌다.

—뭐라고 말들 좀 해봐.

미연이 오함마와 나에게 눈총을 주자 그래도 오함마가 장남이라고 먼저 입을 뗐다.

—강서방이라고 했지?

—네, 형님.

—뭐, 지난 일은 지난 거니까 그냥 그렇다고 치고……

말하자면 그게 나름 사과를 한답시고 한 말인데 갈비뼈 두 대가 그냥 그렇다고 치면 될 일인가?

—거, 뭐냐. 보험회사에 다닌다니까 생각난 얘기가 하나 있는데, 세상에는 피해야 할 사람이 세 종류가 있대.

—그게 뭔데요, 형님?

—하나는 짭새고, 또하나는 여호와의 증인이야. 그럼 나머지 하나가 뭔지 알아?

—글쎄요, 거지 아닌가요?

—틀렸어. 나머지 하나는 바로 보험모집인이야.

그리고 혼자 낄낄대며 웃었다. 그게 오함마가 어색한 분위기도 살릴 겸, 인사치레로 건넨다고 건넨 말이었다. 과연 오함마다운 인사치레였다.

—아니, 오빠는 이 사람 앞에서 그걸 말이라고 하고 있어?

미연이 버럭 역정을 내자, 보험모집인 '근배씨'가 재빨리 수습을 했다.

— 괜찮아요, 미연씨. 그래도 삼등 안언 들었잖아요. 안 그래요,
형님들? 하하하.

상견례치고는 참 가관인 상견례였다.

— 미친년이지, 저게. 이혼한 지 얼마ㄴ 됐다고 벌써 남자를 집
으로 끌어들여?

미연이 남자와 함께 나가고 난 뒤, 그가 사온 수박을 잘라 먹으
며 오함마가 수박씨와 함께 뱉어낸 말이었다.

— 그래도 사람은 성실해 보이던데……

엄마는 아마도 그가 타고 온 3,000cc급 검은 승용차가 마음에
드는 모양이었다.

                              *

정식으로 결혼을 한 것은 아니지만 그날 집에 다녀간 것을 계기
로 두 사람은 집안에서 공식적인 관계가 되었다. 주말에 단둘이
여행을 다녀오기도 하고 돌아올 때면 신혼여행을 다녀온 부부처
럼 선물을 사갖고 오기도 했다. 근배씨가 이런저런 선물을 들고
올 때마다 엄마는 께름칙한 얼굴로 이렇게 살 게 아니라 하루빨리
식을 올리는 게 어떻겠냐고 은근히 두 사람에게 압박을 가했지만
미연은 두 번이나 실패했는데 이제 와서 서두를 게 뭐 있냐며 마
냥 느긋하기만 했다. 알고 보니 근배씨도 이미 한 번 이혼을 한 전

력이 있는데다 필리핀으로 조기유학을 보낸 민경 또래의 딸이 하나 딸려 있었다.

이에 대해 민경이 어떤 생각을 하고 있는지는 알 수 없었다. 근배씨가 민경의 세번째 아빠가 되는 건 시간문제였지만 그가 과하다 싶을 만큼 후하게 집어주는 용돈에 맛을 들였는지 그애는 이렇다 저렇다 말이 없었다.

근배씨는 이따금씩 가족을 데리고 신도시 안에 있는 패밀리레스토랑이나 유원지 근처의 매운탕집에 데려가 인심을 쓰기도 했다. 그저 먹는 거라면 허발을 하는 오함마는 '어머니, 오늘 뭐 드시고 싶으신 거 없어요?'라거나 '형님, 이 근처에 어디 닭백숙 잘하는 집 없어요?' 같은 말이 나오기 무섭게 앞장서서 자동차 조수석에 올라탔지만 나는 비슷한 연배인 그에게 늘 얻어먹기만 하는 게 쪽팔려서 '배가 아프다'거나 '민물고기를 안 좋아해서……'라는 이유로 종종 집에 혼자 남아 라면을 끓여 먹곤 했다.

언젠가 소파에서 깜빡 잠이 들었다 깬 적이 있었다. 눈을 떠보니 미연이 일을 끝내고 돌아왔는지 슬립 차림으로 거실 구석에 있는 거울 앞에 앉아 화장을 지우고 있었다. 군살이 좀 붙긴 했지만 슬립 위로 드러난 미연의 몸매는 아직 탄력이 있어 보였다. 그녀는 화장을 다 지운 뒤에도 한동안 거울을 들여다보며 일어설 생각을 안 했다. 어딘가 처연한 표정이었지만 한편으론 자신의 얼굴에서 뭔가를 열심히 찾고 있는 것처럼 보이기도 했다. 다른 식구들은 모두 방에 들어가 잠들었는지 집 안이 고요했다.

나는 일어난 기척을 할까 했지만 왠지 미연의 비밀스런 순간을 엿본 것 같아 그냥 자는 체하고 있었다. 그녀는 삼십 분도 넘게 목석처럼 앉아 자신의 얼굴을 뚫어지게 들여다보고만 있었다. 미연은 도대체 자신의 얼굴에서 무엇을 찾고 있는 걸까? 이미 지나가버린 젊음의 흔적? 아니면 유난히 신산스러웠던 인생의 뒤안길? 또는 안개처럼 불투명하고 생각할수록 두렵기만 한 미래의 자화상?

나는 여자의 그런 뒷모습을 어디선가 본 적이 있다는 기시감이 들었다. 그것은 미연이 아니라 중년 무렵의 엄마였다. 내가 중학교에 다닐 무렵이었을까? 엄마는 거울 앞에 앉아 화장을 지우다 말고 지금의 미연처럼 오랫동안 거울을 들여다보고 있었다. 엄마가 입고 있던 낡은 슬립은 여기저기 기운 자국이 남아 있어 그저 가난하고 각박하게 살아온 세월의 두께만이 무겁게 얹혀 있을 뿐, 여자의 속옷이 주는 특유의 성적 긴장이나 평온한 휴식 같은 느낌은 조금도 없었다. 그때 나는 엄마의 쓸쓸한 뒷모습을 훔쳐보며 희미하게나마 엄마의 부서진 희망 같은 걸 감지했다. 그런데 훌쩍 시간을 건너뛰어 또다시 여동생의 뒷모습에서 여자의 무겁고 숙연한 운명을 들여다보고 있다니, 여자의 인생은 그렇게 대를 이어 반복되는 것인가?

문득, 거울을 통해 미연과 눈이 마주쳤다.

―어? 언제 왔냐?

나는 어색하게 기지개를 켜며 물었다.

―안 잤어?

―응, 깜박 잠들었나보다.

미연은 잠시 잊고 있었던 듯 얼굴에 뭔가를 바쁘게 찍어바르며
물었다.

―요새 뭐 하고 지내?

응, 요즘 네 딸에게 삥을 뜯으면서 지내, 라고 대답할 수가 없어
나는 대충 얼버무렸다.

―뭐, 그냥 책도 읽고 바람 쐬러 저수지에도 가고 그러지……

미연은 내 손에 들려 있는 책을 물끄러미 바라보다 한숨을 내쉬
었다.

―휴, 그래도 우리 집에서 대학 나온 사람은 오빠 하난데……

미연의 말에 나는 맷돌을 올려놓은 것처럼 가슴이 답답해져 달
리 할 말이 떠오르지 않았다.

어릴 때 미연은 나를 유난히 따르는 편이었다. 공부를 잘하는
오빠가 자랑스러웠는지 친구들이 놀러오면 일부러 나에게 소개해
주기도 하고 숙제를 도와달라는 핑계로 자주 내 방에 들어와 귀찮
게 굴기도 했다. 그녀는 내가 아버지나 오함마와는 다른 삶을 살
거라고 믿었던 모양이었는지 늘 내가 하는 일에 관심이 많았다.
하지만 기대는 물거품이 되고 희망은 부서졌다.

―근데, 오빠. 그 사람 어떤 것 같아?

―누구, 근배씨?

―응.

―글쎄, 난 잘 모르겠는데…… 아직 겪어보질 않았으니까.

―그래도 사람 인상이라는 게 있잖아. 오빠가 보기에 어때?

―글쎄, 난 그냥 보험회사 영업사원처럼 보이던데……

미연은 아마도 나에게 뭔가 긍정적인 대답을 기대했을 것이다. 그래서 자신도 알 수 없는 불안한 선택에 대해 작은 확신을 갖고 싶었을 것이다. 하지만 몇 년간 살 붙이고 살던 마누라에게 다른 남자가 있는지 어떤지도 모르는데 어떻게 얼굴 몇 번 보고 사람 속을 안단말인가! 겉으로는 멀쩡해 보여도 근배씨가 실은 이미 오래 전에 파산을 했는지, 그래서 그가 끌고 다니는 고급 승용차도 대포차인지 어떤지 알 수 없는 노릇이다. 나는 혹여 그가 뒷산에 시체를 여러 구 묻은 연쇄살인자로 밝혀진다고 해도 별로 놀라지 않을 것이다. 원래 인간이란 뭐든 할 수 있고, 뭐든 될 수 있는 존재니까.

―아니, 그게 뭐 어려운 얘기라고 말도 못 해? 대학물 먹었다고 큰오빠랑 좀 다를 줄 알았더니 둘 다 똑같은 인간들이네.

급기야 미연이 버럭 화를 내고 자리에서 일어나 화장실로 들어 갔다.

그러게 누가 나한테 그런 어려운 질문을 하라나?

곧이어 미연이 물도 안 내리고 소변을 보는지 '쏴!' 하는 요란한 소리가 고요한 집 안에 울려퍼졌다. 방금 전 거울 앞에 앉아 자신의 내면을 들여다보던 쓸쓸한 중년 여성의 모습은 온데간데없이 사라지고 어느새 거칠고 억척스러운 카페 마담으로 돌아온 것이다.

*

투우사들 말고는 아무도 자기 인생을 철저하게 살지 못해.

『해는 또다시 떠오른다』의 주인공 제이크 번즈는 이탈리아 전선에서 부상을 입어 성욕을 느껴도 섹스를 할 수 없는 불행한 인물이다. 대신 그는 저자인 헤밍웨이와 마찬가지로 투우에 열광한다. 흥분한 관중들에게 둘러싸인 채, 붉은 카포테를 펼쳐들고 목숨을 담보로 성난 황소와 상대하는 투우사의 삶은 분명 특별한 데가 있다.

나는 프리미어리그 축구경기를 볼 때마다 운동장에서 뛰고 있는 선수들의 극적인 삶을 부러워한다. 투우사들만큼 위험하진 않지만 축구선수들의 삶 또한 짜릿하긴 마찬가지일 것이다. 역전골이 골문을 가르는 순간, 심장은 터질 듯 파닥이고 긴장으로 팽팽해진 근육은 그라운드를 박차고 날아오르며 짐승 같은 포효는 지축을 뒤흔든다. 극적인 것은 패배한 쪽도 마찬가지다. 바닥에 주저앉아 눈물을 훔치고 신을 원망하며 잔디를 쥐어뜯고 동료들과 어깨를 끌어안으며 서로를 위로한다. 그들은 현대의 투우사들이다.

과연 보통사람들의 인생에 이토록 극적이고 드라마틱한 순간은 얼마나 될까? 가슴이 터질 듯한 환희와 기쁨, 혹은 그 자리에 주저앉고 싶은 좌절의 순간은 얼마나 자주 찾아올까? 아무리 산전수전 다 겪은 사람의 삶이라 할지라도 구십 분짜리 프리미어리그 축구경기에 비하면 맥 빠진 일일드라마처럼 지루하고 상투적일 것이다. 그러니 마이너리그 중의 마이너리그, 인생의 패배자들만 모아놓은 우리 가족은 오죽하겠는가.

지루한 여름이 다 끝나가던 어느 주말 저녁, 페널티킥만큼은 아니지만 나름 '위협적인 프리킥' 정도의 사건이 한 번 있었다. 호나우두나 베컴이었다면 골망을 뒤흔들어 관중석을 한 번쯤 들었다 놓을 수도 있었겠지만 방귀쟁이 오함마에게 그런 기량이 있을 리 없었다.

그날 국수를 삶아 간단한 점심을 먹고 난 뒤, 엄마와 미연모녀는 찜질방에 다녀온다며 집에서 나갔고 나도 바람이나 쐬고 오겠다며 밖으로 나서 집엔 오함마 혼자 남게 되었다. 그런데 저수지로 가던 도중 공교롭게도 갑자기 소나기가 쏟아지기 시작했다. 우산을 안 가져온 나는 급히 집으로 돌아갔는데 거실에서 텔레비전을 보던 오함마가 보이지 않았다. 방에서 낮잠이라도 자나 싶어 문을 빼꼼 열어보니 오함마는 내가 들어온지도 모르고 바닥에 누워 혼자 수음을 하고 있었다. 바지를 무릎까지 내린 채 용을 쓰며 살 속에 파묻혀 잘 보이지도 않는 성기를 열심히 주물러대고 있었던 것이다.

나는 차마 못 볼 걸 본 역겨움에 금방이라도 토할 것처럼 치를 떨면서도 아무리 나이 오십이 넘은 인간망종이라 하더라도 성욕을 탓할 수는 없는 노릇 아닌가, 하는 생각에 모른 척 돌아서려 했다. 그런데 그때, 그의 손에 들려 있는 여자 팬티가 눈에 들어왔다. 그것은 만화캐릭터가 그려져 있는 작은 주니어용 팬티였다. 오함마는 그 작은 팬티를 한 손에 들고 냄새를 맡기도 하고 성기에 대고 문지르기도 하며 용을 쓰고 있었던 것이다.

　저 개 같은 인간이……!

　나는 발로 문을 뻥 걷어차며 방으로 뛰어들었다. 그리고 사타구니를 손바닥으로 가린 채 놀라 쳐다보는 오함마의 배를 힘껏 내질렀다. 발길질이 명치에 제대로 꽂혔는지 오함마는 끽소리조차 못 내고 몸을 웅크리며 바닥에 나뒹굴었다. 나는 손에 잡히는 대로 물건을 마구 집어던지며 오함마를 두들겨팼다.

　─야, 네가 사람이냐, 이 개 같은 새끼야!

　오함마도 제 잘못을 알았는지 저항도 않고 구석에 몰려 한참 두들겨맞다 변명을 하듯 가까스로 말을 내뱉었다.

　─이 집에선 씨발, 딸딸이도 못 치나.

　나는 더욱 화가 치밀었다.

　─뭐라고! 이 짐승만도 못한 새끼! 누가 딸딸이 치는 걸 뭐래? 이게 누구 팬티야? 응? 이거 민경이 팬티 아냐?

　오함마는 할 말이 없는지 말을 얼버무렸다.

　─그, 그게 아니고……

—그게 아니면 뭐야, 이 돼지 같은 새끼야! 넌 민경이를 보면서 도대체 무슨 생각을 하는 거야? 응? 걘 우리 조카딸이야. 그리고 이제 겨우 중학생이라고, 이 변태새끼야!

나는 민경이 팬티를 오함마 얼굴에 집어던지며 마구 발길질을 했다. 때마침 찜질방에 갔던 엄마와 미연모녀가 예정보다 일찍 집에 돌아왔다. 그리고 집에서 벌어진 소동에 놀라 급히 방으로 뛰어왔다. 이때의 장면은 아마도 우리 가족 모두에게 영원히 잊기 어려운 순간이 되었을 것이다.

바지를 무릎까지 내린 채 사타구니를 손으로 움켜쥐고 방구석에 몰려 울부짖고 있는 백이십 킬로그램의 오함마와 미친놈처럼 눈이 돌아가 마구 욕설을 퍼부으며 발길질을 해대고 있는 나, 그리고 그 난동의 한가운데 나뒹구는 앙증맞은 주니어용 팬티 한 장……

—아이고, 얘야. 도대체 무슨 일인지 모르지만 말로 해라, 말로. 이러다 사람 죽이겠다.

엄마는 울상이 되어 나를 뜯어말렸지만 미연은 이미 대강의 사태를 눈치챈 듯 나에게 무슨 일이냐고 물어보면서 오함마를 싸늘하게 노려보았다. 나는 바닥에 나뒹구는 팬티와 오함마를 번갈아 가리키며 말을 더듬었다.

—글쎄, 그게…… 저 변태 같은 인간이…… 저 팬티를 갖고…… 아이고, 내 창피해서 말도 못 하겠다.

하지만 그 정도로도 이미 미연은 사태를 충분히 파악했다. 그녀는 다짜고짜 오함마에게 달려들어 머리를 쥐어뜯기 시작했다.

—야, 이 개 같은 인간아! 네가 그러고도 삼촌이야!

미연은 오함마의 머리를 쥐고 마구 흔들며 악을 쓰다 팬티를 집어 오함마의 코앞에 대고 흔들며 물었다.

—도대체 이거 갖고 무슨 짓을 했어, 응?

—나, 난 아무 짓도 안 했어. 그냥 빨래걸이에 있어서 갖고 온 거야.

미연은 오함마의 머리를 마구 잡아흔들며 악을 썼다.

—그러니까 그짓 하면서 머릿속으로 누군가 생각을 했을 거 아냐. 응? 민경이가 지금 몇살인지 알아? 내 이 개 같은 인간을 정말……!

—진짜 민경이 생각 안 했어! 난 그거 민경이 건지도 몰랐단 말이야.

오함마는 울먹이며 필사적으로 부인했다.

—그럼, 누구 생각했어?

미연이 다그치자 오함마가 다급하게 외쳤다.

—미스 한!

오함마의 말에 잠시 정적이 흘렀다.

미스 한? 도대체 미스 한이 누구지?

—미스 한이 누구야?

내가 물었다.

—미용실에 있는 그 여자. 너도 알잖아.

수자씨의 성이 한이었던가? 나는 잠시 멍해져 있다 다시 오함마에게 달려들어 멱살을 잡아끌었다.

―미스 한이고 뭐고 당장 이 집에서 나가! 빨리 안 나가!

내가 오함마의 멱살을 잡아 밖으로 끌어내리려고 했지만 오함마
는 뭐라고 짐승처럼 울부짖으며 버텼다. 둘이 실랑이를 벌이고 있
던 어느 순간, 엄마가 큰 소리로 외쳤다.

―다들 그만해!

엄마의 예사롭지 않은 외침에 돌아보니 엄마는 뭔가 결연한 표
정으로 바닥에 떨어진 팬티를 노려보고 있었다. 그러다 이윽고 입
을 떼었다.

―그 빤쓰, 민경이 빤쓰 아니다.

―뭐? 이게 민경이 빤쓰가 아니라고?

미연이 물었다.

―그래. 이 집 빤쓰에 대해선 내가 제일 잘 안다.

하긴 그거야 엄마가 제일 잘 알겠지만……

―그럼…… 누구 빤쓰야?

엄마는 잠시 머뭇거리다 작은 소리로 중얼거렸다.

―그 빤쓰…… 내 빤쓰다.

엄마의 얼굴은 부끄러움에 빨개졌지만 표정은 비장했다.

미연이 당황한 얼굴로 잠시 쳐다보다 팬티를 집어 민경의 코앞
에 들이밀었다.

―민경아, 이거 네 빤쓰 아냐?

순식간에 모든 식구들의 눈이 민경에게로 쏠렸다. 민경은 잠시

팬티를 살펴보다 천천히 고개를 가로저었다.

— 이거, 내 거 아닌데……

            *

엄마는 왜 흔히 '사리마다'라고 불리는 펑퍼짐한 주부용 속옷이 아니라 주니어용 팬티를 입는 걸까? 혹시 누군가 아직 엄마의 팬티를 봐줄 남자가 있다는 걸까? 그렇다고 쳐도 그게 과연 엄마의 엉덩이에 들어가기나 하는 걸까?

엄마와 미연, 그리고 민경은 민망했는지 각자 방으로 들어갔고 나는 혼자 거실에 앉아 담배를 피우며 문제의 팬티에 대해 생각하고 있었다. 오함마는 그 팬티를 들고 수음을 하며 누굴 떠올린 걸까? 어린 조카딸을 상상한 걸까? 아니면 자신의 말대로 미용실 여자를 떠올린 걸까? 그나저나 누굴 떠올리든 머릿속에서 벌어지는 일을 심판하는 게 과연 정당하다고 할 수 있을까?

이때 뭔가 우지끈하며 문이 부서지는 소리가 들렸다. 놀라 쳐다보니 오함마 방의 문짝이 부서지며 문고리가 쑥 빠져나갔다. 나는 자리에서 벌떡 일어섰고 엄마와 미연도 놀라 방에서 뛰어나왔다. 경첩이 떨어지며 부서진 문짝은 방에 앉아 있는 오함마 머리 위로 떨어졌는데 그의 목에는 박스를 묶을 때 쓰는 끈이 묶여 있었다. 한눈에 사태가 파악되었다. 오함마가 방에서 혼자 목을 매어 자살을 하려고 문고리에 끈을 맸는데 워낙 몸무게가 많이 나가다보니 문짝이 버티지 못하고 부서져나간 거였다.

엄마는 한달음에 달려가 목을 잡고 캑캑대는 오함마의 목에서 끈을 풀어주었고 오함마는 바닥에 엎어져 섧게 울었다.

—아이고, 이놈아. 에미 앞에서 이게 무슨 짓이냐. 응?

오함마는 엄마와 함께 울먹이며 목이 메어 꺽꺽대는 와중에도 연신 뭐라고 중얼거렸는데 대강 풀어쓰면 다음과 같다.

나만 죽으면…… 집안이 평안할 텐데…… 죽으려고 해도…… 내 뜻대로 안 되고…… 살려고 해도 살 길이 없으니…… 도대체 나보고 어쩌라는 건지……

—그러게 뒈질 마음이 있으면 저수지 옆의 밤나무에 목을 매지 왜 집구석에서 쇼를 하고 지랄이야, 지랄이.

미연이 엄마 품에 안겨 우는 오함마에게 독설을 퍼붓자, 엄마는 오함마를 감싸고돌았다.

—으이구, 매정한 년. 아무리 못나도 같은 식군데, 넌 어떻게 그런 말을 할 수가 있냐.

그러자 미연이 더욱 차갑게 내뱉었다.

—식구는 무슨 식구야. 사실 저 인간은 엄마 배로 낳은 자식도 아니잖아.

순간, 나는 뒤통수를 맞은 것처럼 멍해졌다. 오함마가 엄마 배로 낳은 자식이 아니라고?

미연의 입에서 튀어나온 뜻밖의 말에 당황한 기색이 역력한 엄마가 버럭 소리를 질렀다.

―저년이 근데 주둥이를……! 넌 그만 방으로 들어가!

　미연이 뭐라고 구시렁대며 방으로 들어가자 엄마는 힐끔거리며 내 눈치를 살폈다. 이미 오십이 넘은 나이에 한배로 낳았든 두 배로 낳았든 무슨 차이가 있을까마는 가족 안에 나만 모르는 비밀이 존재했다는 사실에 나는 갑자기 식구들 모두가 낯설게 느껴졌다. 평생 오함마를 친형으로 알고 지냈는데 엄마가 낳은 자식이 아니라면 오함마는 아버지가 밖에서 시앗을 봐 들여온 자식이란 말인가? 또한 미연의 말이 사실이라면 엄마와 오함마는 실제로 피 한 방울 섞이지 않은 남이란 얘긴데 아버지도 죽은 마당에 어떻게 엄마는 다 늙은 오함마를 제 자식 돌보듯 돌볼 수 있었을까? 미연이 가족의 어두운 비밀에 대해 처음 알게 된 건 언제일까? 그리고 오함마는? 나는 머리가 혼란스러워 문을 열고 밖으로 나갔다. 휴, 이제 와 출생의 비밀이라니, 이 무슨 삼류 막장드라마란 말인가!

　나는 저수지까지 한달음에 달려가 방죽에 앉아 담배를 한 갑 가까이 축내고 날이 어두워서야 집으로 돌아왔다.

　엄마는 분리수거장 옆 소파(빌라 노인들이 앉아 주민들을 감시하는 바로 그 소파!)에 혼자 앉아 있었다. 노인들과 아이들은 모두 집으로 저녁을 먹으러 들어갔는지 주차장엔 엄마 외에 아무도 없었다. 나는 슬그머니 엄마 옆에 앉아 담배를 피워물었다. 엄마는 나를 힐끗 쳐다보더니 먼저 길게 한숨을 내쉬었다.

　―이제 와 얘기해봤자 뭘 어쩌겠냐마는 사실 한모 친엄마는

한모가 두 살 때 폐병으로 죽었단다. 그래서 내가 느이 아버지한 테 재취로 들어간 거야. 그러니까 따지고 보면 니들하고는 이복 형제지.

나는 말없이 신발로 바닥을 문질렀다.

─내가 니들한테 뭘 속이려고 한 것도 아니고, 좋은 얘기가 아 니니까 그냥 가슴에 묻어뒀던 건데 얼마 전에 미연이년이 어디서 무슨 소릴 들었는지 나한테 물어보더라. 그래서 다들 나이도 먹고 알 건 알아야 할 것 같아서 얘기를 했는데 그만……

엄마는 손수건을 꺼내 눈가를 찍어내며 말을 이었다.

─남들은 어떻게 생각할지 모르겠지만 알고 보면 한모만큼 착 한 애도 없다. 어릴 때부터 걘 뭘 먹이든 넙죽넙죽 잘 받아먹고, 뭘 입히든 군소리도 없고…… 으이구, 불쌍한 자식.

엄마는 팽 하며 코를 힘껏 풀었다. 엄마 눈에 오함마가 착해 보 이면 나머지는 다들 천사라도 된단 말인가!

─그리고 내 배로 낳은 자식은 아니지만 솔직히 나는 쟤가 더 편하다. 넌 느이 아버지를 닮아서 사람이 차가워. 말 붙이기도 어 렵다.

내가…… 그랬던가?

─어쨌든 이제 와 달리 생각할 거 없다. 누가 뭐래도 한모는 우 리 집 식구니까.

엄마는 나에게 다짐을 받듯 단호하게 말하고 자리에서 일어섰다.

　—복잡하게 생각할 거 없어, 오감독. 그냥 외로운 남자들 딸딸
이 한 번 대신 쳐준다고 생각하면 돼.

　그는 실내인데도 불구하고 선글라스를 쓰고 있어 표정은 알 수
없었지만 그의 이마엔 '내 돈 떼먹고 성한 놈 못 봤다'라고 쓰여
있었다. 그의 반질반질한 얼굴에선 어딘가 저속한 퇴폐의 분위기
가 느껴졌으며 얇고 축축한 입술은 집요하고 탐욕스러워 보였다.

　박사장이라고 불리는 그를 소개한 것은 영화배급사에서 일하는
한 대학 선배였다. 알량한 인간관계에서 그나마 파산 직전까지 나
와 연락을 주고받던 사이였던 그는 어떻게 엄마 집 전화번호를 알
아냈는지 전화를 걸어와 대뜸 일거리를 하나 소개해주겠다고 했
다. 대강 설명한 바에 따르면, 박사장이라고 하는 한 사채업자가
있는데 영화 제작에 관심이 있어 적당한 감독을 물색중이라는 거
였다. 나보다 겨우 서너 살밖에 많아 보이지 않았지만 박사장은
처음부터 대뜸 반말이었다.

　—우린 포장 같은 건 할 줄 모르니까 단도직입적으로 얘기할
게. 최부장 얘기 들어보니까 오감독이 다른 건 몰라도 떡신은 간
지나게 찍는다고 해서……

　박사장은 시나리오를 한 편 내 앞에 툭 던져놓았는데 조악한 표
지에 '빨간 마누라'라는 제호가 붙어 있었다.

　—이거 내가 직접 쓴 시나리온데 뭐, 처음 써보는 거라 허술한

데도 좀 있겠지만 내용만 좋으면 난 그런 거 안 따져. 에로영화라는 게 뭐야? 한마디로 남자 놈들 꼴리게 해주면 되는 거 아냐. 요즘 인터넷이다 뭐다 해서 비디오시장이 완전히 죽었다지만 난 아직도 이쪽 분야는 가능성이 무궁무진하다고 봐. 그러니까 오감독은 시나리오대로만 찍어주면 돼.

그의 얼굴엔 창작자로서의 과도한 자부심이 엿보였다.

─그러니까…… 장르가 에로영화라는 거네요.

내가 시나리오를 만지작거리며 물었다.

─왜? 에로는 안 찍나?

박사장의 표정이 싸늘해졌다.

─아니요, 그건 아니지만…… 내용이 대충 어떤 겁니까?

나는 지푸라기라도 잡고 싶은 심정이었다.

─뭐 간단해. 어떤 가정주부가 있는데 이 여자가 좀 밝히는 여자야. 근데 남편이 밤일을 못해. 아예 물건이 서질 않는 거야. 그러던 어느 날 여자가 미용실에 가서 머리를 빨갛게 염색하고 왔는데 어떻게 된 일인지 남자가 그걸 보고 거시기가 딱 선 거야. 한마디로 빨간색에 '삘'이 꽂힌 거지. 뭐 잘 알겠지만 그걸 유식한 말로 페티시즘이라고 그러거든. 어쨌든 여자는 남편 거시기가 빳빳하게 선 걸 보고 신이 나서 잽싸게 팬티를 벗는데 밑에는 그냥 까맣잖아. 그걸 보더니 남자 거시기가 다시 픽 죽는 거야. 빨간색에만 꽂히는 희한한 놈이니까. 그래서 어떻게 했겠어? 다음날 여자가 밑의 털까지 다 빨갛게 염색을 하고 와서 신나게 떡을 친다, 뭐

대강 그런 얘기야. 그래서 제목이 '빨간 마누라'거든. 어때? 재밌
겠지?

그는 속사포처럼 말을 쏟아내고 얇은 입술을 혀로 핥았다.

—글쎄요, 재밌긴 한데……

내가 애매한 표정으로 쳐다보자, 그의 표정이 다시 싸늘해졌다.

—시나리오 갖고 가서 한번 읽어봐. 그리고 찍을 마음이 있으
면 이번 주말까지 연락해.

주섬주섬 시나리오를 챙겨 일어서는 나의 뒤통수에 대고 그가
한마디 덧붙였다.

—깊이 생각해서 결정해. 잘 알겠지만 충무로에 노는 감독들은
많아.

미국적인 삶에 2막은 존재하지 않는다.

한때 헤밍웨이와 깊은 우정을 나누었던 피츠제럴드의 말이다.
하지만 나는 그 말을 '영화감독의 삶에 2막은 존재하지 않는다'로
바꾸고 싶다. 감독들에겐 두 가지 종류의 비애가 있다. 하나는 제
아무리 충무로생활을 오래 했어도 데뷔를 하기 전엔 그저 익명의
감독 지망생일 뿐, 유령처럼 아무런 존재가 없다는 것이다. 그보
다 더 불행한 건 일단 영화를 한 편 찍고 나면 그때부턴 평생 영화
감독으로 살아가야 한다는 것이다. 시쳇말로 '한번 감독은 영원한
감독'인 셈이다. 하지만 감독 가운데 데뷔작이 곧 그의 마지막 작
품이 될 확률이 칠십 퍼센트이며 세 편 이상 영화를 만들 확률은

십 퍼센트에도 미치지 못한다. 따라서 대부분의 감독들은 감독은 감독이되 더이상 영화를 찍을 수 없는 유령감독으로 충무로의 뒷골목을 배회하며 살아가는 것이다. 끝내 공연되지 않을 2막의 꿈을 포기하지 못한 채.

집으로 돌아오는 전철 안에서 나는 박사장이 썼다는 시나리오를 읽어보았다. 시나리오는 예상보다 더 끔찍했다. 구성은 아이들이 화장실 벽에 낙서를 해놓은 것처럼 황당하고 무계했으며 대사는 저속하고 노골적인데다 절반이 '으으으응……!' '아아아아……!' '흐흐흐흥……!'과 같은 신음소리로 채워져 있어 저질 영화의 끝이 어디인지 제대로 보여주고 있었다. 만일 시나리오대로 영화를 찍는다면 그해의 골든라즈베리 상*을 싹쓸이하고도 남을 것 같았다.

주말이 될 때까지 나는 시나리오를 머리맡에 두고 박사장의 제안을 받아들여야 할지 말지 고민했다. 어차피 막장에 다다른 감독 생활인데 몇 푼이라도 받고 찍어야 하는 게 아닌가 하는 생각이 드는 한편, 만일 그 영화를 찍는다면 나는 분명히 그리고 영원히 충무로를 떠나야 할 거라는 생각이 들었다. 가능성이 제로에 가깝긴 하지만 혹시라도 찾아올지 모를 기회마저 잃을 게 분명했다.

---

* Golden Raspberry Awards : 아카데미 시상식 하루 전날 개최되는 영화제로 그해 '최악의 영화'를 선정하여 작품상, 감독상, 남녀주연상, 남녀조연상, 각본상 등 분야별로 발표한다.

게다가 대학 선배를 통해 가이드라인으로 제시한 감독료는 시나리오만큼이나 어처구니없는 금액이었다. 단지 몇 달 동안 연명할 정도의 돈을 벌기 위해 미래를 모두 포기할 것인가? 나는 『노인과 바다』에 등장하는 운이 다한 늙은 어부 산티아고를 생각했다. 그가 사십 일 동안 고기를 한 마리도 잡지 못하자 사람들은 그를 '살라오'가 되어버렸다고 놀린다. '살라오'란 스페인어로 '최악의 사태'를 뜻하는 말이다. 나는 사십 일이 아니라 십 년간 영화를 못 찍고 있다. '살라오'가 되어버린 지 십 년이 넘은 것이다. 이제 십 년 만에 물고기를 잡을 수 있는 기회가 오긴 했지만 그것은 한번 출어하면 다시는 돌아올 수 없는 망망한 바다였다.

*

팬티사건 이후, 오함마는 눈에 띄게 기가 죽어 늙은 개처럼 슬금슬금 눈치를 보며 식구들 눈에 잘 띄지 않는 구석자리만 골라 다녔다. 미연은 오함마와 마주칠 때마다 '귀신은 뭐 하고 있어? 저 인간 안 잡아가고' 하는 표정으로 쳐다보았고 그럴 때마다 오함마는 팥죽 한 그릇에 장자권을 팔아버린 에서처럼 무력하게 구석방으로 기어들곤 했다.

— 뭐 하고 있냐?

오함마는 책을 읽고 있는 내 옆에 앉아 슬그머니 내 담뱃갑에서 담배를 한 대 꺼내물었다. 근래에는 말수도 줄고 식사량도 줄어 왕사탕을 물고 있는 것처럼 보이던 양볼이 눈에 띄게 홀쭉해졌다.

—보면 몰라?

내가 눈길도 주지 않고 퉁명스럽게 받자, 오함마는 머리맡에 쌓아놓은 헤밍웨이 전집을 뒤적거리며 물었다.

—뭐, 내가 읽을 만한 것 좀 있냐?

오함마가? 헤밍웨이를?(지나가는 개가 웃겠네, 이 사람아)

내가 대꾸도 안 하고 옆으로 돌아누웠지만 오함마는 나의 노골적인 무시에도 아랑곳 않고 책을 뒤적거리다 그중의 한 권을 집어들었다. 『노인과 바다』였다.

—이 책은 대강 무슨 얘기냐?

—그냥 낚시하는 얘기야.

나는 책을 힐끗 쳐다보며 귀찮다는 듯 건성으로 대답했다.

—낚시? 낚시 좋지. 내가 캄보디아에 있을 때 메콩 강에서 한 길이 넘는 메기를 낚시로 잡은 적이 있거든. 하여간 그놈이 크기도 엄청 크지만 어찌나 힘이 센지 다섯 명이 타고 있는 배를 수백 리나 끌고 갔잖아. 중간에 포기할 수도 없고, 은근히 오기도 생기고, 그래서 어디까지 가나보자, 하면서 밤새도록 줄을 풀었다 놨다 실랑이를 하다보니까 어느새 멀리 동이 터오는 거야. 그러다 어느 마을을 지나는데 강가에 사람들이 나와서 떠드는 게 보이더라고. 그런데 이상하게 말을 한마디도 못 알아듣겠어. 알고 보니까 이놈의 메기가 국경을 넘어서 우리를 라오스까지 끌고 간 거

야. 잘못하면 태국까지 갈 뻔했다니까.

아무리 기가 죽어도 입은 살아 있는지 오함마는 말도 안 되는 무용담을 늘어놓았다. 원래 낚시꾼들이 과장이 심하다고는 하지만 이 정도면 가히 챔피언급이라 할 수 있었다. 그가 과연 하루에 책을 몇페이지나 읽는지, 또한 읽고 얼마나 이해를 할지 의심스럽긴 했지만 그날 이후, 오함마는 『노인과 바다』를 늘 옆에 끼고 다니며 손에서 놓지 않았다.

영화사에 다녀온 지 한 주가 지났다. 나는 박사장에게 전화를 하지 않았다. 물론 영화사에서도 아무런 연락이 없었다. 박사장 말대로 충무로에 노는 감독들은 많으니까 감독을 새로 물색하는 건 어렵지 않을 것이다.

내가 감독직을 포기한 건 새로운 기회나 일말의 가능성, 혹은 최후의 반전 따위를 기대하고 있기 때문은 아니었다. 막장에 다다른 유령감독으로선 아무리 싸구려 영화라 하더라도, 또한 그 커리어가 내 발목을 잡는다 하더라도 늙은 형제들과 좁은 집에서 복닥거리며 세월을 보내는 것보다 밖에 나가 영화를 찍는 게 나을 수도 있을 것이다.

하지만 나는 자신이 없었다. 크시슈토프 키에슬로프스키*는

---

* Krzysztov Kieslowski(1941~1996) : 폴란드의 영화감독. 〈십계〉〈베로니카의 이중생활〉〈살인에 관한 짧은 필름〉 등의 작품이 있다.

'영화감독이라는 노동은 내게 너무 힘든 직업이었다'라고 고백한 적이 있었다. 이어 그는, 영화를 만든다는 것은 관객을 동원하고 영화제에 나가고 비평이 실리고 인터뷰를 하는 것이 아니라 매일 아침 여섯시에 일어나는 것을 뜻하며, 혹독한 추위와 눈비, 진흙탕과 무거운 조명기를 의미한다고 했다. 이는 직접 연출을 해본 사람이 아니면 이해할 수 없는 말이다. 그런데 과연 알코올에 찌들어 체력이 바닥난 몸으로 혹독한 촬영과정을 견딜 수 있을까? 또한 피폐할 대로 피폐해진 정신상태로 분별력을 잃지 않고 현장을 이끌어갈 수 있을까?

헤밍웨이의 초기 단편 가운데 「킬러」란 작품이 있다. 킬러들이 노리는 것은 올레 앤더슨이란 스웨덴 출신의 전직 권투선수이다. 누군가 올레 앤더슨을 찾아가 킬러들이 그의 목숨을 노리고 있다는 사실을 알려준다. 하지만 그는 도망칠 생각도 없이 무력하게 침대에 누워 죽음을 기다린다.

알려준 건 고맙지만 한 가지 문제가 있네. 그것은 내가 밖으로 나갈 마음이 전혀 없다는 거야.

내가 가진 문제는 올레 앤더슨과 같은 무기력증이었다. 나는 끝을 알 수 없는 수렁에 빠진 듯 밖으로 나갈 기운도 없었고, 나가서 영화를 찍을 의욕도 없었다. 설사 나를 향해 다가오고 있는 게 무자비한 킬러들이었다 하더라도 말이다.

오함마는 점점 더 말수가 적어졌다. 하루 종일 무얼 하는지 방에 처박혀 좀처럼 거실에도 나오지 않았다. 『노인과 바다』를 읽는가 싶기도 했지만 책을 펼쳐놓은 자리를 보면 늘 그 자리가 그 자리인 듯 별 진전이 없어 보였다. 덕분에 나는 거실 소파를 독차지하고 앉아 부드러운 가을의 햇살을 만끽하며 지냈다.

월드컵 예선경기가 있던 날, 거실에 앉아 축구경기를 보고 있는데 민경이 배낭을 메고 방에서 나왔다.

—너 어디 가니?

—알아서 뭐하게요?

예의 싸가지 없는 대답이 돌아왔다.

—그래, 네가 어딜 가든 상관없는데 이번주 입금이 아직 안 됐더라.

내가 느물거리며 쳐다보자 민경은 군말 없이 지갑을 꺼내 돈을 건넸다. 세어보니 십만원이었다. 어쩐 일인가 싶어 나는 민경과 돈을 번갈아 쳐다보았다.

—이 주일 치니까 이걸로 끝난 거예요.

그 동안 근배씨한테서 받은 용돈을 차곡차곡 모은 모양이었다.

나는 민경에게 받은 돈에서 만원짜리 한 장을 도로 건넸다. 민경이 의아한 표정으로 쳐다보았다.

—받아. 삼촌이라고 용돈 한번 못 줬는데 학용품이라도 사서

써라.

민경이 어이없다는 듯 쳐다보다 냉큼 낚아채 뒤도 안 돌아보고 밖으로 나갔다. 나는 민경의 뒤통수에 대고 한마디 했다.

—어른한테 용돈을 받았으면 '고맙습니다' 하고 인사를 해야지. 도대체 예의가 없어, 예의가.

그리고 나머지 돈을 주머니에 쑤셔넣었다.

그날 저녁, 민경은 늦게까지 집에 돌아오지 않았다. 엄마가 학원에 전화를 해보니 학원에는 아예 가지도 않았다고 했다. 모두들 민경이 학원을 빼먹고 땡땡이를 쳤다고 생각했는데 밤늦게 퇴근한 미연이 책상 위에서 민경이 남긴 메모를 발견했다.

엄마, 나 찾지 마. 엔만하면 고등학교 졸업할 때까지 참을라고 했는데 더이상 같이 못 살겠어. 할머니도 실코 삼촌들도 실코 엄마 새 남자친구도 실코 다 실어. 그러니까 이제부턴 각자 잘 살아. 내 걱정 하지 말고. 나중에 돈 많이 벌면 돌아올게.

민경이 가출을 했다는 사실이 밝혀지자 미연이 울고불고 난리를 피웠다. 마지막으로 본 게 나였으니 나에게 추궁이 쏟아지는 건 당연했다.

—아니, 오빠는 애가 집 나가는 것도 눈치 못 챘어?

—난 그냥 학원 가는 줄 알았지.

―뭐 다른 낌새는 없었어요, 형님?

누가 연락을 했는지 어느새 근배씨도 와 있었다. 난 차마 민경과 나 사이의 은밀한 돈거래에 대해선 말을 할 수가 없어 그냥 눈만 끔벅거렸다.

―이 편지 좀 봐봐, 무슨 단서 같은 게 없는지…… 오빠, 무슨 미스터린지 뭔지 하는 영화도 만들었잖아.

나는 민경이 남긴 글을 몇 번이나 반복해서 읽었지만 아무런 단서도 찾을 수 없었다. 길 그리섬 반장*이나 폭스 멀더 요원**을 불러와도 상황은 마찬가지였을 것이다.

―뭐, 짚이는 거 없어?

미연이 채근을 하자, 나는 난처한 듯 헛기침을 하며 한마디 했다.

―맞춤법이 다 틀렸네.

―뭐라고?

―맞춤법이 틀렸다고. 한두 개도 아니고…… 여기 '찻지 마'는 지읒받침이 맞거든. 그리고 '엔만하면'은 '웬만하면'이 맞고.

나를 쳐다보던 미연과 근배씨는 어이없다는 반응이었다.

―아니, 그게 지금 이 마당에 할 소리야! 아휴, 속 터져.

―내 말은 그런 뜻이 아니고, 이 정도면 걔는 학원 선생들이 하

---

* TV드라마 〈CSI : 과학수사대〉의 등장인물. 3급 감식수사관.
** 폭스 사에서 제작한 TV드라마 〈엑스파일〉의 남자 주인공. FBI 요원.

는 얘기를 한마디도 못 알아들었을 거라고.

―그래서?

―그러니 생각해봐. 알아듣지도 못하는 얘기를 몇 시간씩 듣고 있으려면 민경이 입장에선 얼마나 괴로웠겠어. 그것도 몇 년씩이나. 아마 세상에 그보다 더 끔찍한 고문은 없을 거야.

―그러니까 민경이가 학원에 가기 싫어서 가출을 했다는 거야?

―아마 나 같으면 가출을 했을 거야. 사람이 그렇게는 못 사는 거거든.

―그게 무슨 개떡 같은 소리야! 난 저 인간보다 작은오빠가 더 짜증나!

미연이 오함마가 있는 방을 가리키며 버럭 고함을 질렀다. 이때, 오함마가 방문을 열고 슬그머니 고개를 내밀었다. 이를 본 미연은 대뜸 달려가 오함마의 멱살을 잡았다.

―이 개 같은 인간! 너 때문에 민경이도 나갔으니까 너도 당장 이 집에서 나가!

미연이 그악스럽게 오함마의 멱살을 잡아끌자, 오함마는 울상이 되어 어찌할 바를 모르고 엉거주춤 끌려나왔다.

―아이고, 애야. 이게 왜 한모 때문이니? 응? 그 빤쓰, 내 빤쓰라고 했잖아.

엄마는 오함마에게서 미연을 떼어내며 말했다. 근배씨는 난데없는 팬티 얘기에 무슨 말인가 싶어 쳐다보다 미연을 말렸다.

―미연씨, 무슨 일인지 모르지만 좀 참으세요.

미연은 오함마를 끌어내리려다 힘에 부쳤는지 급기야 바닥에 주
저앉아 대성통곡을 하기 시작했다.

─이놈의 집구석, 불이라도 확 싸질러서 다 같이 뒈져버렸으면
좋겠다!

─아이고, 애야. 제발 그런 끔찍한 소리 좀 하지 마라.

*

'행복한 가정은 모두 똑같지만 불행한 가정은 각각 다른 방식
으로 불행하다'고 말한 사람이 톨스토이였던가. 민경이 집을 나간
지 일주일이 지났다. '아는 언니'에게 카페를 맡겨놓았던 미연은
삼 일 만에 다시 일을 나갔다. 근배씨는 자기 때문에 민경이 집을
나간 것처럼 안절부절못하며 솔선해서 경찰서에 가출신고를 하고
민경의 친구들에게 수소문을 했지만, 그저 남들 하는 대로 대강의
조처를 취했을 뿐 그리고 달리 대책이 있을 리 없었다.

나는 민경이 준 돈으로 담배를 사 피울 때마다 묘한 기분이 들
었다. 민경은 집을 나가면서 왜 나에게 돈을 주었을까? 비록 싸가
지가 바가지인데다 아무 때고 불퉁거리며 삼촌에게 대들긴 했지
만 몇 달간 한솥밥을 먹다보니 그사이에 정이라도 든 걸까? 사람
이 하나 빠져나가고 나니 집 안이 텅 빈 듯 허전해 엄마의 한숨소
리만 유난히 크게 들렸다.

주말 저녁, 근배씨가 소주와 함께 광어회를 잔뜩 사가지고 왔다. 침울한 집안 분위기를 조금이라도 풀어주려는 생각에서인 것 같았다. 식구들은 초고추장에 광어회를 찍어먹으며 술을 마셨다.

— 배신자 같은 년. 내가 저를 어떻게 키웠는데…… 아무리 부모자식간이라고 해도 사람 사이에 의리라는 게 있는데 제가 나를 배신해? 흥, 나쁜 년.

미연이 처음부터 무리를 한다 싶더니 금세 취해버려 자리에 있지도 않은 민경에게 욕을 해댔다. 오함마도 모처럼 방에서 나와 간간이 젓가락을 들긴 했지만 예전처럼 식탐을 내진 않고 묵묵히 소주만 마셨다. 그는 근래에 면도를 하지 않아 수염이 텁수룩하게 자라 있었다. 광어회를 먹는 동안 나는 수염을 기른 그의 모습이 누군가와 닮았다고 생각했지만 그게 누군지는 생각나지 않았다.

— 그나저나 올해는 왜 이렇게 늦게까지 덥냐? 추석이 얼마 안 남았는데……

엄마가 분위기를 돌리려 짐짓 유난스럽게 부채질을 하며 말했다.

— 그러게요, 오늘은 더 더운 것 같네요.

근배씨가 이어받았다.

— 이 연립주택이라는 데가 사람 죽이는 데야. 어디 이게 사람 살 데냐? 밤이 되면 좀 시원해지는 맛이 있어야지……

말은 그렇게 했지만 엄마는 이미 십 년 넘게 '사람 죽이는 데'서 살고 있었다.

―맞아, 우리 자양동 살 때 단독주택에서 살았잖아. 마당도 넓고 시원하고. 난 그때가 좋았는데……

모처럼 내가 맞장구를 쳤다. 우리 삼남매는 모두 그 단독주택에서 학창 시절을 보냈다.

―그때가 뭐가 좋아. 난 아주 끔찍했어.

미연이 대번에 반박을 했다.

―아버지가 기름 값 아낀다고 보일러도 못 틀게 해서 겨울이면 얼어 죽는지 알았어.

엄마가 잠시 멈칫했다 미연의 말을 무시하고 계속 말을 이었다.

―참, 니들, 고욤나무 있었던 거 생각나니? 서리가 내리면 고욤을 따서 뒷마당에 있는 항아리에 담아놨다 겨울에 한 공기씩 퍼먹으면 살얼음이 살짝 얼어서 아삭아삭한 게 정말 달았지.

하지만 미연은 여전히 마땅찮은 표정이었다.

―근데 아버지는 왜 감나무가 아니라 고욤나무를 심었던 거야? 떫기만 하고, 씨만 많고. 다른 집엔 앵두나무도 있고 감나무도 있는데 우린 고욤이 뭐야, 고욤이. 그러니까 만날 기 한번 못 펴보고 지지리 궁상으로 살았지.

같은 경험이라도 누군가에겐 그리운 추억이 되지만 다른 누군가에겐 끔찍한 기억으로 남기도 하는 모양이다.

―내가 제일 싫었던 게 뭔지 알아? 마당에 있는 펌프였어.

―펌프가 왜?

내가 물었다.

—왜 그렇게 담장을 낮게 했는지 아침에 펌프에서 세수할 때마다 학교 가는 애들이 다 들여다보는 게 너무 싫었어. 그래서 대야에 물을 받아가지고 부엌으로 들어가서 세수했잖아.

—그래도 마당은 넓었잖아. 참, 너 거기서 토끼도 기르지 않았어?

나는 미연을 위로하고 싶은 생각에 애써 해묵은 기억을 끄집어냈다.

—기르면 뭐해? 나중에 저 인간이 다 잡아먹은걸.

미연이 오함마를 가리키며 대답했다. 그런 일도 있었나? 난 그 집이 나쁘지 않았는데 이상하게도 미연은 나쁜 것만 기억하고 있었다.

열두시가 다 되어 근배씨가 집에 간다며 자리에서 일어섰다. 그는 말수가 적었지만 지켜볼수록 섬세하고 속이 깊은 사람이었다. 능력으로 보나 인격으로 보나(그리고 정력으로 보나) 아무리 짜게 점수를 준다 해도 나나 오함마보다는 훨씬 나은 인간이었다. 나는 근배씨를 배웅할 겸 밖에 나가 담배를 한 대 피우고 들어왔다.

들어와보니 엄마가 술자리를 치우고 있었는데 잔뜩 취한 미연이 다시 민경이 욕을 해대기 시작했다.

—아니, 제년이 집을 나가면 누가 공짜로 밥 한 끼 먹여줄 것 같아? 그래, 잘됐어. 그년도 고생을 해봐야 세상 어려운 줄도 알고 부모 고마운 줄도 알지. 제까짓게 어디 술집에 나가서 돈을 벌 거

야, 뭘 할 거야?

—넌 말을 해도 어떻게 그런 끔찍한 소리를 하니. 개가 몇살인
데 술집엘 나가.

—술집이 뭐가 끔찍해? 이 집 식구들 다 거기서 벌어오는 돈으
로 먹고사는데.

미연은 취한 눈으로 식구들을 노려보며 말했다. 엄마는 황급히
미연을 부축해 방으로 데려가려 했다.

—그만 일어나 들어가자. 웬 술을 혼자 이렇게 마시고……

하지만 미연은 엄마의 손을 사납게 뿌리치며 말했다.

—그럼 내가 밥장사라도 하는지 알았어? 나 상고 졸업하고 정
수기회사에 다닌다고 그랬을 때 다들 뭐라고 생각했어? 진짜 회
사 나가는지 알았어? 그런데 옷이 왜 그렇게 많은지 궁금하지도
않았어? 홍, 그 알량한 월급 가지고 그런 옷을 만져볼 수나 있을
것 같아?

—얘야, 그만하고 들어가자니까.

엄마가 다시 미연을 달랬지만 미연은 아랑곳 않고 선언을 하듯
내뱉었다.

—나 그때 룸살롱 나갔어.

순간, 우리는 냉동이 된 듯 멈칫했다. 머리에 뭔가 쿵 하고 떨어
진 기분이었다. 우리를 훑어보는 미연의 눈엔 독기가 가득했다.

—아마 다들 눈치채고 있었을 거야. 근데 왜들 모른 척했어? 그
때 누군가 따귀라도 갈기면서 욕이라도 하지 그랬어. 아니면 머리

라도 깎아서 집에 들어앉히든가. 그런데 나한테 뭐라고 하는 사람
이 한 명도 없었어. 씨발, 무슨 가족이 그래?

어느새 미연의 눈에서 눈물이 줄줄 흘러내렸지만 그녀는 닦을
생각도 않고 우리를 심판하듯 천천히 둘러보았다. 오함마와 나는
죄인처럼 고개를 푹 숙인 채 말없이 듣고간 있었다.

—그 더러운 돈 벌어가지고 엄마 생활비 주고 아버지 약값 댔
어. 오빠 양복도 해주고. 근데, 어떻게 나한테 고맙다는 말 한마디
도 없어?

—휴, 말을 안 해서 그렇지, 왜 모르겠니. 너 고생한 것도 다 알
고……

엄마가 한숨을 쉬며 달랬지만 미연은 계속 말을 이었다.

—다들 모른 척 넙죽넙죽 잘도 받아썼지? 차라리 그 더러운 돈
못 받겠다고 내 앞에 내던지지그랬어. 아니면 머리끄덩이 잡고 욕
이라도 해주든가……

급기야 미연은 바닥에 엎드려 오열을 터뜨렸다. 엄마는 그런 미
연을 끌어안고 손수건으로 눈물 콧물을 연방 찍어냈다.

미연이 상고를 졸업하고 정수기를 파는 사무실에 나갈 때만 해
도, 나는 개나 소나 다 가는 대학에도 못 가고 월급도 몇 푼 안 되
는 어정쩡한 사무실에 나가는 여동생이 그저 안쓰럽기만 했는데
(당시 미연의 월급은 '점심 먹여주고 이십오만원'이었다), 얼마 지
나지 않아 아는 언니와 같이 자취를 한다며 집을 나가고부터 미연

은 미스터리에 둘러싸인 낯선 가족이 되고 말았다. 어쩌다 집에 한 번 들를 때마다 보이던 생경한 옷차림과 어색한 눈빛, 금방이라도 폭발할 것 같은 공격적인 태도와 거친 말투…… 우리는 점점 더 사이가 서먹해졌고 다시는 과거의 깊은 우애를 회복할 수 없었다.

*

미연은 여전히 바닥에 엎드려 어깨를 떨며 섧게 울고 있었다. 이 때, 오함마가 전혀 예기치 못한 행동을 했다. 자리에서 일어나 주춤주춤 무릎걸음으로 다가가 미연을 와락 끌어안은 것이다. 그리고 함께 울먹이며 말했다.

—미연아, 울지 마라. 응? 네가 이렇게 우니까 나도 자꾸 눈물이 나잖아.

그는 눈물이 그렁그렁한 눈으로 엄마를 쳐다보며 말했다.

—엄마, 우리 미연이 진짜 불쌍하지 않아요? 서방질하다 이혼당해서 집으로 쫓겨왔는데 민경이까지 집을 나가버렸으니 이제 우리 미연이 어떻게 살아야 해요?

오열하던 미연이 당황해 잠시 울음을 멈추고 어리둥절한 표정으로 오함마를 쳐다보았다. 그러다 버럭 소리를 지르며 그의 가슴을 왈칵 떠밀었다.

—이거 놔, 이 웬수야!

하지만 오함마는 아랑곳 않고 미연을 더욱 힘껏 끌어안았다.

―엄마, 이게 왜 그런지 알아요? 이게 다 엄마가 죄가 많아서 그래요.

나는 도대체 저 인간이 무슨 헛소리를 하나 싶어 쳐다보았다. 오함마는 계속 울먹이며 지껄였다.

―다른 사람은 몰라도 엄마는 알잖아요. 예? 그때 왜 그러셨어요, 엄마……

순간, 엄마의 얼굴이 석고처럼 굳어졌다. 나는 왈칵 분노가 치솟아 오함마의 옆구리를 발로 힘껏 걷어찼다.

―미친 새끼! 엄마가 무슨 죄가 있다고 지랄이야!

오함마는 뒤로 벌렁 나자빠졌지만 좀비처럼 곧 일어서서 이번엔 나를 향해 다가왔다.

―인모도 그렇잖아요, 엄마. 우리 인모, 공부도 잘하고 진짜 똑똑한 애인데 어쩌다 인생이 이렇게 꼬였는지 모르겠어요. 제수씨는 딴 놈이랑 눈 맞아서 도망가고, 엄마 집에 얹혀사는데 못난 형 때문에 다리도 제대로 못 뻗고……

―그만해, 이 미친 새끼야! 네깟 주제에 누굴 동정해!

나는 미친놈처럼 악을 쓰며 오함마를 마구 두들겨팼다. 어떻게 해서든 그의 입을 막고 싶었다. 하지만 그는 몸을 웅크리고 울면서 계속 떠들어댔다.

―엄만 내가 어려서 모를 거라고 생각하지만 난 다 알아요.

―그만해! 이 새끼야!

저놈의 주둥이! 그의 입에서 뭔가 더 끔찍한 얘기가 나오기 전에 저놈의 주둥이를 틀어막아야 한다! 나는 오함마의 배를 깔고 앉아 목을 조르기 시작했다. 텁수룩한 수염이 손등을 찔렀다.

─죽어, 이 마귀새끼야! 죽어!

오함마는 목이 졸려 캑캑대면서도 뭔지 잘 알아들을 수 없는 소리로 계속 웅얼거렸다.

─엄마가…… 그 전파사…… 구씨하고…… 그러지만 않았어도……

순간, 목을 조르던 손에 힘이 탁 풀렸다. 뭔가 쿵 하며 머리를 내리치는 기분이었다. 저게 무슨 소리지? 오함마는 목을 부여잡고 어린애처럼 큰 소리로 엉엉 울었다. 미연은 영문을 몰라 어리둥절한 표정으로 엄마를 쳐다보았고 엄마는 혼이 나간 듯 목석처럼 멍하게 서 있었다.

*

유년의 기억 중에서 어떤 것은 당시엔 너무 어려 그 의미를 파악하지 못하고 단지 기억 속에만 묻어두었다가 오랜 세월이 흘러 어른이 된 연후에야 비로소 그 의미를 깨닫게 되는 경우가 있다. 오함마의 입에서 '전파사 구씨' 얘기가 흘러나왔을 때 나의 머릿속에서도 그와 비슷한 일이 일어났다.

당시 내 나이가 몇살이었는지는 기억나지 않는다. 네댓 살? 혹은 그보다 많은 예닐곱? 내가 초등학교에 입학하기 전인 것만은 분명한데 무엇 때문인지 잔뜩 화가 난 오함마가 뒤에서 쫓아오고 나는 울면서 집으로 도망가고 있었다. 될성부른 나무는 떡잎부터 알아본다고 어린 나이임에도 불구하고 오함마의 손엔 이미 벽돌이 들려 있었다. 나의 기나긴 수난과 핍박은 그렇게 일찌감치 시작되었던 것이다.

나는 징징 울면서도 죽어라 도망쳐 대문을 열고 마당으로 뛰어들며 눈으로 절박하게 누군가를 찾았다. 그것은 물론 엄마였다. 하지만 엄마는 마당에 없었다. 오함마가 멧돼지처럼 대문을 박차고 쫓아들어왔을 때, 건넌방에서 뭔가 기척이 들린 듯했다. 나는 신발을 신은 채 다급하게 '엄마!' 하고 부르며 건넌방을 향해 도망갔다. 내가 건넌방 문을 열어젖히는 순간, 오함마가 뒤에서 등덜미를 낚아챘다. 이 때문에 우리는 한데 뒤엉켜 우당탕 소리를 내며 건넌방 안으로 돌진했다.

그때, 내가 본 것이 무엇이었는지는 지금도 명확지 않다. 치마가 걷혀올라가 허옇게 드러난 엄마의 허벅지? 바지를 내린 채 그 위에 엎어져 있던 낯선 사내? 황급히 치마를 추스르던 엄마의 당황한 눈빛? 엉거주춤 바지춤을 끌어올리던 사내의 사타구니에 매달려 있는 거무튀튀한 성기? 어쩌면 그 모든 것이 나의 머릿속에서 만들어낸 상상인지도 모른다. 하지만 방 안에 어떤 사내와 엄마가 함께 있었고 그 사내가 아버지가 아니었다는 것만은 분명했다.

오함마가 말한 '전파사 구씨'가 그였을까? 나는 그가 전파상이었는지 철물상이었는지에 대해서도 전혀 아는 바가 없다. 그런데 왜 '전파사'라는 말을 들었을 때 불현듯 그 장면이 떠올랐을까? 뇌의 어느 기억장치 속에 그 장면이 저장되어 있었기에 수십 년간 삭제되지 않고 남아 있다 그 순간 불쑥 튀어나왔을까?

나는 그 야릇한 장면을 해석하려고 시도한 적이 한 번도 없었다. 이 문서에 손을 대는 자, 죽음을 면치 못하리라. 그것은 해독할 수도 없고 절대 해독을 해서도 안 되는, 수도원 지하 서고에 깊이 잠들어 있는 금단의 문서였던 것이다.

해독이 불가능한 건 그뿐이 아니었다. 어느 한 시기에 엄마의 모습이 집에서 완전히 사라진 적이 있었다. 그날의 사건이 있은 지 얼마 지나지 않아서였다. 그때의 일을 기억하는 이유는 한동안 엄마 대신 아버지가 밥을 해주었기 때문이었다. 당시에도 나는 여전히 벽돌을 든 오함마에게 쫓겨다녔는데 이즈음 나는 힘들게 쫓겨다니는 것보다 그냥 오함마의 분이 풀릴 때까지 두들겨맞는 게 더 낫다는 걸 깨달았다. 아무리 도망쳐봐야 오함마의 화만 더 돋울 뿐 나를 보호해줄 엄마는 집 안 어디에도 없었기 때문이었다. 그 결과 나는 초등학교에 입학하기도 전에 이미 상당한 맷집을 보유하게 되어 막상 학교에 들어갔을 땐 선생들의 잔매질이 간지럽게만 느껴졌다(생각해보라! 선생에게 종아리를 맞고 아프다고 울기는커녕 제자리에 돌아와 혼자 비식비식 웃고 있는 여덟 살짜리 사내애를. 또한 그 음산한 나의 모습을 보고 잔뜩 겁을 먹은 짝꿍의 표정을!).

엄마가 다시 집으로 돌아온 것은 이듬해 봄, 아무도 없는 마당에서 방과 후 일과처럼 오함마가 나를 두들기고 있을 때였다. 덜컹 대문이 열리자, 아버지가 굳은 얼굴로 앞장서 들어왔고 뒤이어 엄마가 보따리를 손에 든 채 마치 서울의 부잣집 친척을 방문한 시골 아낙처럼 쭈뼛대며 마당으로 들어섰다. 오함마에게 두들겨 맞던 나는 반가움과 서러움에 큰 소리로 엄마를 부르며 한달음에 달려갔다. 그러다 나도 모르게 우뚝 멈춰 섰다. 퉁퉁 부은 엄마의 얼굴이 생경하기도 했지만 무엇보다 낯선 것은 엄마의 등에 업혀 있는 갓난아기였다. 아이는 낳은 지 몇 달 되지 않은 듯 머리숱이 얼마 없었고 포대기 안에서 겨우 얼굴만 내놓은 채 유난히 커다란 눈을 깜박거리며 나를 쳐다보고 있었다.

그때 내가 주체할 수 없는 낯선 감정에 스스로 당황해 울음을 터뜨렸던가? 다시금 얘기하지만 당시 어른들 사이에서 무슨 일이 있었는지 나는 알지 못한다. 엄마가 전파상과 어떻게 눈이 맞아 도망을 가게 되었는지, 도망가 살림을 차리고 어떻게 아이까지 낳게 되었는지, 그러다 어떤 연유로 전파상과의 관계가 종말을 맞게 되었는지, 한편 아버지는 어떻게 엄마가 있는 곳을 알아냈는지, 하지만 이미 아이까지 생긴 사실을 알고 아버지의 가슴이 어떻게 무너져 내렸는지에 대해서도 알지 못한다. 그래도 오랫동안 살 붙이고 살며 자신의 자식을 낳아준 여자인지라 아버지도 어쩔 수 없었던 걸까? 나는 아버지가 어떻게 엄마를 다시 집으로 데리고 왔는지 그 과정에 대해서도 들은 바가 없다. 또한 그때 유난히 큰 눈을 깜박이며 포대기 안에서 나를 쳐다보던 그 계집애가 미연이었다고도 말하지 않겠다. 모든 건 뒤엉킨 기억회로 저편에 깊숙이 묻힌 채 영원히 해독되지 않을 암호로 남아 있어야 하기 때문이다.

*

막장드라마의 끝은 과연 어디일까? 이러다 혹 어느 날, 대기업의 총수가 내 앞에 나타나 '실은 내가 네 아비다'라고 말하는 건 아닐까? 지금이라도 그런 멍청하고 어처구니없는 행운이 찾아온다면 좋겠지만 설혹 내가 진짜 재벌회장의 잃어버린 아들이라 해도 그쪽에서 내 몰골을 보는 순간, 애써 진실을 외면하고 내 출생의 비밀을 영원히 묻어두고 싶어하지 않을까?

굳게 잠겨 있던 지하 서고의 문이 열리고 오함마의 입을 통해 금단의 비밀이 세상에 흘러나온 이후 나는 다시 술을 마시기 시작했다. 더럽고 혼란스런 기분에 술을 마시지 않고서는 도저히 배길 수가 없었던 것이다. 그것은 절대로 열어봐서는 안 되는 비밀문서를 엿본 죗값이었지만 아무리 술을 마셔도 더러운 기분은 씻기지 않았다.

엄마를 포함해 나나 미연이나 오함마나 전과자이긴 마찬가지였다. 우리는 모두 실패의 낙인을 간직하고 있었고 과거에 발목이 잡혀 있었다.

도대체 이놈의 집구석에 멀쩡한 사람은 아무도 없단 말인가? 그리고 평범하게 산다는 것이 우리 식구들에겐 그토록 어려운 일이었던가? 형제간의 따뜻한 우애와 건강하고 깨끗한 아이들, 서로에 대한 걱정과 배려, 유순하고 성실한 가족구성원들, 사랑이 넘치는 넉넉한 저녁식사(어머니, 이 뚜껑에 밥 좀 비벼서 드셔보세요. 짜지도 않고 알이 꽉 찼네요. 그래, 참 맛있구나. 애비도 뚜껑 하나 줘라)……

나는 평범한 사람들이 그런 행복을 얻기 위해서 무슨 짓을 하는지 궁금했다. 그것은 그저 위선에 가득 찬 역할극에 지나지 않는 걸까? 그래서 실은 그것이 드라마에서나 가능할 뿐, 현실에선 영원히 실현될 수 없는 허망한 판타지일까?

집에 들어와 함께 살기 전까지 나는 가족에 대해 생각해본 적이 한 번도 없었다. 그것은 생각할 때마다 가슴을 답답하게 하고 힘이 쭉 빠지게 만드는, 평생 달고 사는 오래된 지병 같은 거였다. 평생 가난에서 벗어나지 못하고 변두리만을 떠돌며 낭떠러지를 걷듯 살아온 천애의 삶, 아무리 똥줄 타게 뛰어다녀봤자 입에 풀칠하는 것조차 버거웠던 무능과 무지, 숱한 수모와 상처, 불명예와 오명의 역사…… 도대체 내가 어떻게 가족에 대해 자부심과 애정을 가질 수 있단 말인가!

오함마는 하루 종일 방에 들어앉아 밖에 나오지 않았다. 어쩌다 눈길이 마주쳐도 황급히 눈을 피해 도망치듯 방으로 기어들어갔다. 밤늦게 술에 취해 방에 들어가면 그는 이미 불을 끄고 이불을 뒤집어쓴 채 잠들어 있었다. 휴지로 똥구멍을 틀어막았는지 방귀 소리도 들리지 않았다.

서로 눈길을 피하기는 다른 식구들도 마찬가지였다. 우리는 가능한 한 얼굴을 마주치지 않으려고 애를 썼다. 아침에 일어나면 엄마는 이미 화장품가방을 들고 밖으로 나간 뒤였다. 나는 엄마가 식탁 위에 차려놓은 밥을 먹고 나가 하루 종일 저수지 등지로 쏘다니다 날이 어두워지기 무섭게 술을 마시기 시작했다.

엄마는 어떻게 이런 엄청난 가족의 비밀을 수십 년 동안 감쪽같이 묻어둘 수 있었을까? 엄마와 아버지가 금실이 좋은 부부라고는 절대 말할 수 없지만 복잡한 과거사 때문에 분란이 생긴 적도 없었다. 따라서 그 문제가 자식들이 인지할 만큼 분명하게 수면 위로 올라온 적도 없었다. 그런데 오함마처럼 아둔한 인간이 어떻게 그 의미들을 깨닫게 된 걸까? 그가 일찌감치 공부를 때려치우고 비행의 길을 선택한 게 혹시 당시에 받은 정신적 충격 때문이었을까? 만일 그렇다면 왜 그토록 오랫동안 숨겨왔던 사건을 이제야 끄집어내게 된 걸까? 그것도 민경이 집을 나가 가뜩이나 집 안 분위기가 어수선한 그 상황에서 말이다. 어쩌면 그에게 때 이른 치매가 찾아온 건 아닐까?

나는 곧 엄마 집으로 들어오기 이전만큼 술을 마셔댔고 살갗 위로 다시 벌레가 기어다니기 시작했다. 중독의 특성은 그 주체를

142

향한 지독한 자기 파괴의 열정에 있다. 그것은 쾌락을 매개로 그 주체의 완전한 죽음을 목표로 한다. 그의 육체를 모두 갉아먹고 영혼을 완전히 연소시킬 때까지 중독은 멈추지 않는다. 이미 수도 없이 가본 길이어서 그런지 내가 다시 알코올중독자로 돌아가는 데에는 그리 긴 시간이 필요하지 않았다.

헤밍웨이와 나

　누군가 소파에 엎드려 자고 있는 내 어깨를 흔들었다. 간밤의 지독한 숙취로 만사가 괴롭고 귀찮았다. 눈도 떠지질 않았다. 저리 가라는 듯 허공에 대고 팔을 내저었다. 하지만 상대는 여전히 내 어깨를 흔들어댔다. 나는 짜증을 내며 가까스로 눈을 떴다. 누군가 희뿌옇게 서서 나를 내려다보고 있었다. 서서히 노출과 초점이 맞추어지며 상대의 얼굴이 점점 더 뚜렷해졌다.

　순간, 나는 눈을 의심했다. 나를 깨운 사람은 다름아닌 헤밍웨이였다. 덥수룩한 수염과 짙은 눈썹, 선명한 이마의 주름…… 틀림없는 헤밍웨이였다. 그 모습은 자살하기 몇 년 전 쿠바에서 유서프 카쉬*가 찍은 사진 속의 모습과 유사했다. 카쉬의 사진 속에

---

　* Yousuf Karsh(1908~2002) : 터키 출신의 사진가.

서 헤밍웨이는 지혜와 힘을 지닌 노대가의 풍모를 잘 드러내고 있다. 하지만 조금만 자세히 들여다보면 그것은 평생 카메라 앞에서 멋진 포즈로 일관해온 연륜으로 겨우 연출한 이미지일 뿐 그의 눈빛은 매우 지치고 불안해 보인다. 그 모습은 당시 이미 고혈압과 당뇨, 신경쇠약과 망상에 시달리고 있던 그가 마지막 에너지를 모아 간신히 만들어낸 슬픈 포즈였을 뿐이다. 내가 눈을 뜬 것을 보고 마침내 그가 입을 열었다.

— 또 술 마셨구나.

얼굴엔 가벼운 미소를 띠고 있었지만 바위처럼 무거운 음색이었다. 나는 힘겹게 고개를 끄덕이며 그를 올려다보았다. 그런데 참 이상한 일이었다. 헤밍웨이는 색이 바래고 유행이 지난 듯한 베이지색 양복을 입고 있었는데 그 양복이 왠지 눈에 익었다. 그 양복을 어디서 봤을까? 그래, 뭔가 기억이 난다. 어떤 파티에서였다. 베이지색 양복을 입은 누군가 마이크를 잡고 노래를 부르고 있다. 뚱뚱한 몸을 우스꽝스럽게 흔들어대며 열창을 하고 있다. 익숙한 가락이다.

이 세상의 부모 마음 다 같은 마음
아들딸이 잘되라고 행복하라고
마음으로 빌어주는 박영감인데
노랭이라 비웃으며 욕하지 마라
나에게도 아직까지 청춘은 있다

원더풀 원더풀 아빠의 청춘
브라보 브라보 아빠의 인생

　브라보, 브라보! 그래, 영어로 노래를 부르는 걸 보니 헤밍웨이가 틀림없다. 그런데 가만? 이건 〈아빠의 청춘〉 아닌가? 헤밍웨이가 〈아빠의 청춘〉을? 자세히 보니 그는 헤밍웨이가 아니다. 오함마다. 그는 이마에 흐르는 땀을 손수건으로 닦으며 열심히 노래를 부른다. 후렴구를 부를 땐 얼굴이 터질 듯 시뻘겋게 부풀어오른다. 파티엔 낯익은 하객들이 많이 참석해 있다. 고모와 대고모, 오촌당숙 아저씨와 육촌동생들도 있다. 무리들 한가운데에 엄마와 아버지의 모습도 보인다. 오함마의 노래가 끝나자 누군가 마이크를 가져가 계속 진행을 한다. 잠깐! 저 사람은 코미디언 남보원 아닌가! 그가 뱃고동 소리를 멋들어지게 뽑아내자 박수가 터진다. 아하! 그러고 보니 아버지의 칠순잔칫날이다. 이번엔 아버지가 답가를 할 차례다. 아버지는 잔뜩 긴장해서 무대 위로 끌려나온다. 하객들의 박수가 터지고 주름이 가득한 얼굴이 어색하게 웃는데 아버지의 인생만큼이나 볼품없는 체구에 양복을 걸쳐놓은 모습이 허수아비처럼 우스꽝스럽다. 평생 엑스트라로 살아온 배우가 처음으로 주인공이 된 긴장 탓이었을까? 아버지의 목소리는 심하게 떨리고, 얼굴은 웃는 건지 우는 건지 종잡을 수 없는 표정으로 잔뜩 일그러진다.

성은 허물어져 빈터인데
방초만 푸르러
세상이 허무한 것을
말하여주노라
아 가엾다 이 내 몸은
그 무엇 찾으려
끝없는 꿈의 거리를
헤매어왔노라

아버지의 노랫소리가 귀에서 점점 멀어지며 다시 현실로 돌아
온다. 머리가 지끈거리고 목이 탄다. 그런데 왜 헤밍웨이는 오함마
의 저 촌스러운 양복을 입고 있는 거지? 그 멋진 옷들은 다 어쩌
고? 나는 앞에 서 있는 사내를 바라보며 생각한다. 그런데 잠깐!
저건 헤밍웨이가 아니다. 그는…… 이번에도 오함마다. 오함마가
오함마의 옷을 입고 있으니 이상할 게 하나도 없다. 전과 5범의 인
간망종, 조카딸의 팬티를 훔쳐 수음을 하던 변태성욕자…… 어떻
게 저런 인간을 위대한 노벨상 수상작가로 착각할 수 있단 말인
가! 알코올의 폐해는 정말 끔찍하다. 그런데 헤밍웨이가, 아니 오
함마가 묵직한 음성으로 다시 입을 열었다.
　―『노인과 바다』를 읽으면서 곰곰이 생각해봤다. 나는 누구일
까? 애써 잡은 물고기를 지키기 위해 힘겨운 사투를 벌이는 불운한
노인일까, 아니면 노인으로부터 그 물고기를 빼앗기 위해 피냄새

를 맡고 몰려든 탐욕스런 상어일까?

오함마가 『노인과 바다』를 다 읽었다고?(뻥치시네!)

—그런데 어젯밤에 나는 깨달았어. 나는 노인도 아니고 상어도 아니야. 나는 바로 그 노인에게 잡힌 물고기야.

노인이 멧돼지라도 낚았나?

—낚싯바늘에 입이 꿰여 고통에 몸부림치다 곤봉에 맞아 끝내 아름다운 몸체를 뒤틀며 숨을 거둔 물고기, 고깃배에 매달린 채 상어들에게 살점을 물어뜯기고 피를 흘려 바닷물을 붉게 물들였던 바로 그 청새치, 그러다 마침내 온몸의 살점이 모두 떨어져나가 거대한 뼈만 남은 채 돛대에 수치스럽게 매달린 청새치…… 그게 바로 나야.

이 인간이 책 한 권 읽더니 어디서 사이비 문학박사학위라도 받으셨나?

—난 아무것도 가진 것 없는 양아치지만 그래도 언제나 네 형이라는 사실이 자랑스러웠다. 잘 있어라, 오감독. 나는 간다.

오함마는 천천히 몸을 돌려 현관문을 열고 밖으로 나갔다. 나는 아무 말도 떠오르지 않았고 딱히 할 말도 없어 잠시 멍하게 쳐다보다 다시 소파에 엎드려 잠에 곯아떨어졌다.

*

—흐이구, 불쌍한 놈, 어디 의탁할 데도 없을 텐데…… 그 여린

마음에 오죽 마음고생이 심했으면 집을 나갔을꼬.

오함마가 집을 나갔다는 사실이 밝혀지자 엄마는 이번에도 눈물을 훔쳤다.

—아니, 사지가 멀쩡한데 어디 가서 굶어죽을까봐? 그 동안 여기 얹혀 있었던 것만 해도 감지덕지지.

미연이 차갑게 내뱉었다.

—매정한 년! 그래도 한솥밥을 먹던 식군데 어떻게……

—엄마도 참, 엄마랑 피도 한 방울 안 섞였는데 식구는 무슨 식구야?

미연은 이미 자신의 출생의 비밀에 대해 알고 있던 걸까?(결과적으로 식구 중에 오함마와 피가 섞인 사람은 나 혼자였다) 오함마저 나가고 나니 집 안이 한결 넓어진 느낌이었다. 사실 스물네 평에 다섯 식구는 너무 많았다. 게다가 오함마는 너무 뚱뚱하고 너무 많이 먹었다. 메뚜기떼가 지나간 것처럼 그가 지나는 자리엔 아무것도 남아 있질 않아 잠시 한눈을 팔다간 라면으로 끼니를 때우기가 십상이었다. 그런데도 자기가 살점이 다 뜯겨나가 뼈만 남은 청새치라고? 뻔뻔스런 인간 같으니! 내가 보기에 그는 피냄새를 맡고 몰려들어 죽기 살기로 청새치의 살점을 물어뜯는 미련하고 탐욕스런 상어에 불과했다.

이즈음 텔레비전 뉴스에서 여중생 변사사건에 대한 보도가 있었다. 피해자는 민경 또래였고 강간을 당한 뒤 목이 졸려 숨진 채 발견되었는데 시신이 발견된 곳은 공교롭게도 집에서 멀지 않은 장소였다. 이는 얼마 전 포천에서 있었던 살인사건과 살해수법이 동일해 경찰은 조심스럽게 연쇄살인의 가능성을 내비쳤다.

　뉴스를 지켜보던 미연은 끝내 울음을 터뜨렸다. 엄마는 민경이 다른 아이들보다 똑똑하고 야무지니까 아무 일 없을 거라고 위로했지만 정작 엄마 자신도 불길한 생각을 떨칠 수 없었는지 밤늦게까지 집 안을 서성거리며 잠을 이루지 못했다.

　하루는 술에 취해 미용실 여자를 찾아간 적이 있었다. 너무 늦은 시간이라 미용실 문은 닫히고 불은 꺼져 있었다. 문을 두드렸지만 아무런 대답이 없었다. 안을 들여다보니 미용실에 딸린 작은 방에서 희미하게 불빛이 새어나왔다. 그녀가 전에 미용실에 방이 하나 딸려 있어 따로 방을 얻지 않아도 된다고 했던 말이 생각났다. 나는 좀더 큰 소리로 문을 두드렸다. 입구에서 너무 멀리 떨어져 있어서인지 아무런 응답이 없었다. 나는 불 꺼진 미용실 앞에 쭈그리고 앉아 담배를 한 대 피웠다. 이 세상에 나를 반겨주는 사람이 아무도 없다는 생각에 기분이 처량했다. 그 동안 잘못 살았구나, 하는 자괴감도 들었다.

　천천히 담배를 한 대 다 피우고 자리를 막 떠나려고 할 때였다. 등 뒤에서 조심스럽게 문 열리는 소리가 들렸다. 돌아보니 수자씨였다.

　─어머, 감독님……

　수자씨는 전혀 뜻밖이라는 표정으로 나를 쳐다보았다. 막 잠자리에 들려고 했던 듯 잠옷 위에 낡은 카디건 하나만 걸치고 있었다. 나는 아무 할 말이 없어 쭈뼛대고 서 있었다. 수자씨는 팔짱을 낀 채, 형편없이 취한 내 몰골을 물끄러미 내려다보다 무슨 생각에서인지 안으로 들어오라고 했다.

미용실 소파에 앉아 있는 동안 그녀는 냉장고에서 캔 맥주를 두 개 꺼내왔다.

—이거라도 하나 마셔야 잠이 와서요. 그런데, 감독님은 이 시간에 어쩐 일이세요?

그녀가 맥주 캔을 따서 건네며 물었다.

—그냥 지나는 길에……

나는 맥주를 한 모금 마시며 얼버무렸다. 잠옷 아래 슬리퍼를 신은 수자씨의 하얀 맨발이 보였다. 나는 허겁지겁 달려들어 족발을 뜯어먹듯 양손으로 수자씨의 발을 잡고 통통한 발가락을 오도독오도독 깨물어먹고 싶은 욕망에 침을 꿀걱 삼켰다.

—얼마 전에 형이 다녀갔어요.

오함마가?

—그날은 양복을 입고 왔어요. 옅은 베이지색 양복인데 그걸 입으니까 사람이 아주 달라 보이더라고요. 살도 좀 빠진 것 같고…… 그런데 이사를 가서 앞으론 못 올 것 같다고 했어요. 그날이 마지막이라고.

나는 퍼뜩 오함마가 한강에 가서 투신이라도 한 게 아닌가 하는 생각이 들었다.

—좀 서운하더라고요. 참 좋은 분이었는데……

그녀는 진심으로 서운한 듯, 잠시 창밖을 내다보았다. 창밖에선
술에 취한 중년 남자들의 실랑이가 벌어지고 있었다(야, 이새끼
야. 네가 어떻게 나한테 이럴 수가 있니?).

—혹시 수자씨는 알고 있었어요?

나는 맥주를 한 모금 마신 후, 입을 열었다.

—뭐가요?

—그 사람이 전과 5범이라는 거 말예요.

—알고 있어요.

수자씨는 아무렇지도 않다는 듯 태연하게 대답했다.

—어, 어떻게요?

당황한 것은 오히려 내 쪽이었다.

—그 사람이 다 얘기했어요. 어떻게 살다보니까 그렇게 됐다고.

어떻게 살다보니까 사람도 두들겨패고, 어떻게 살다보니까 사
기도 치고, 또 어떻게 살다보니까 남의 지갑에 손도 대게 됐다고?
참 쉽네.

—그럼, 열여덟 살 먹은 여자애를 강간한 얘기도 했어요?

나는 점점 심술이 나기 시작했다.

—몇살인지는 모르겠는데 그 얘기도 했어요. 그 여자애를 너무
사랑했다고요. 그리고 그 여자도 자기를 사랑하는 줄 알았다고.
그래서 그게 진짜 사랑인 줄 알았다고……

도대체 그 인간은 부끄러움도 없단 말인가! 아무 관계도 없는

미용사에게 그런 얘기까지 털어놓다니!

—전 다 이해할 수 있어요. 왜 그런 거 있잖아요. 알고 보면 좋은 사람인데 뭔가 세상에 적응을 잘 못 하는 사람……

—그 인간이 좋은 사람이라고요? 세상의 좋은 사람을 정말 못 만나보셨군요.

내가 비꼬는 투로 말하자 수자씨는 의아한 표정으로 물었다.

—감독님은 왜 형을 그렇게 싫어하세요? 그분은 입만 열면 동생 자랑뿐이었는데……

—사실 그 인간은 형도 아닙니다.

—그건…… 무슨 얘기예요?

—집안 얘기를 꺼내는 게 좀 뭣하긴 하지만 확실하게 밝혀두는 게 좋을 것 같아서 말씀드리자면 그 인간은 아버지가 다른 여자한 테서 낳은 자식입니다. 한마디로 배다른 자식이죠.

—배다른 자식도 형은 형이고 동생은 동생 아닌가요?

나는 잠시 말문이 막혔다. 그리고 오함마에 대해서 계속 얘기하는 게 짜증이 났다.

—어쨌든 그 인간에 대해선 내가 전문가예요. 옆에서 오십 년 가까이 봐왔거든요. 설마 수자씨가 나보다 그 인간에 대해 더 잘 알고 있다고 생각하는 건 아니겠죠?

—물론 형제니까 나보다 잘 아시겠죠. 그런데 혹시 감독님이 보고 싶은 것만 본 건 아닐까요? 색안경을 끼고.

이 여자는 왜 자꾸 오함마를 감싸고도는 거지? 둘이 떡이라도 한 번 치셨나?

　—이런 얘기까지 하는 건 좀 그렇지만 수자씨는 혹시 그 인간이 자위를 할 때 누굴 생각하는지 알고 계십니까?

　—예? 뭘 할 때요?

　—자위요. 딸딸이 몰라요?

　—아, 알아요. 근데, 무슨 생각을 한다고요?

　—그 인간은 자위를 할 때마다 수자씨를 생각합니다.

　—저를……요? 그걸 감독님이 어떻게 아세요? 그분이 머릿속으로 무슨 생각을 하는지?

　—그건 우리 집 식구들이 다 아는 사실입니다. 중학교에 다니는 우리 조카까지도.

　—그, 그래요?

　—예, 정말 끔찍한 일이죠.

　—그게 뭐가 끔찍해요? 그럴 수도 있죠. 생각하는 것만으로도 죄가 된다면 이 세상에 멀쩡한 사람이 어디 있겠어요. 우리나라가 무슨 공산주의도 아니고, 엄연히 사상의 자유라는 게 있는 건데……

　수자씨는 반공교육을 확실하게 받은 세대였다.

　—그럼 수자씨는 누군가 그짓을 하면서 수자씨를 생각하는 게 좋아요?

　—사실 그럴 때 생각한다는 게 좀 그렇긴 하지만 어떤 식으로든 저를 생각해준다는 건 좋은 거잖아요. 그분이 아니면 누가 저같이 나이든 여자를 생각하겠어요.

이 여자는 과연 천사일까? 바보일까? 나는 그녀에게 날개가 달렸는지 확인해보고 싶은 심정이었다.

— 좋습니다. 그렇다면 저도 고백할 게 하나 있습니다.

— 감독님이 저한테요?

— 예, 저도 딸딸이, 아니 자위를 할 때마다 수자씨를 생각합니다.

수자씨는 부끄러운 듯 고개를 떨어뜨렸다. 그리고 모기만한 소리로 물었다.

— 왜 하필…… 저를 생각하세요?

— 그건……

나는 눈을 질끈 감는 심정으로 말을 내뱉었다.

— 수자씨를 사랑하기 때문입니다.

나를 쳐다보는 수자씨의 눈빛이 혼란스럽게 흔들렸다. 순간, 나는 수자씨를 와락 끌어안았다. 수자씨가 가벼운 비명을 질렀지만 나는 그녀의 입술을 찾아 마구 문질렀다. 입에서 구수한 보리 냄새가 났다. 온몸의 피가 빠르게 아랫도리를 향해 몰려갔다. 나는 마시던 맥주 캔을 바닥에 내려놓고 수자씨의 치마 속으로 손을 넣어 허벅지를 더듬었다.

— 자, 잠깐만요, 감독님.

수자씨는 내 손을 밀어냈지만 안면도 바닷가에서처럼 완강하진 않았다. 나는 수자씨의 팬티를 잡고 끌어내리려고 했다.

— 안 돼요!

수자씨가 벌떡 일어서며 내 따귀를 힘껏 때렸다. 그 통에 나는 팬티를 잡은 채 뒤로 벌렁 넘어졌다. 뺨이 얼얼했다. 술이 확 깨는 기분이었다. 그런데 당황한 건 오히려 수자씨였다.

— 미, 미안해요, 감독님. 괜찮아요?

수자씨는 손을 내 뺨에 갖다댔다.

— 예, 괜찮습니다.

— 그런데 저 그거……

수자씨가 부끄러운 듯 내 손을 가리켰다. 내려다보니 내 손엔 수자씨의 팬티가 들려 있었다. 뒤로 넘어지는 바람에 손에 잡고 있던 팬티가 딸려온 것이다.

— 아, 예…… 죄, 죄송해요.

나는 엉거주춤 수자씨에게 팬티를 내밀었다. 수자씨는 안 보이게 팬티를 손에 말아쥐었다. 두 사람 사이에 잠시 어색한 공기가 흘렀다.

— 역시 수자씨는 섹스를 사용가치보다는 교환가치로……

순간, 수자씨의 입술이 내 입술을 덮었다. 나는 수자씨의 허리를 안고 소파에 뉘었다. 그리고 서둘러 바지를 내렸다.

*

알코올중독자는 섹스를 하지 않는다. 그것은 마약중독자가 술을 마시지 않는 것과 같은 이치이다. 중독은 그 대상 이외엔 절대로 한눈을 팔지 않는 법이다. 그렇다면 나는 왜 '과거를 묻지 마세요'를 찾아갔을까? 그녀가 보고 싶어서? 아니면 단지 하룻밤 상대가 필요해서? 잘 모르겠다. 그냥 술 때문이었다고 해두자.

그런데 바로 그 술 때문이었을까? 그날 밤, 나는 수자씨와 섹스를 하지 못했다. 결정적인 순간에 발기가 되지 않았기 때문이었다. 수자씨는 너무 취해서 그런 모양이라고 위로를 했지만(제가 어떻게 한번 해볼까요, 감독님?) 돌아서서 나올 때의 기분은 더없이 참담했다(휴, 오늘은 아무래도 안 되나봐요).

아내가 떠난 이후, 나에겐 여자를 안을 수 있는 기회가 거의 없었다. 늘 술에 취해 있는 실패한 영화감독 앞에서 팬티를 벗을 여자는 어디에도 없었던 것이다. 그런데 모처럼 찾아온 기회를 날려버리다니! 병신 같은 놈! 나는 사내구실조차 제대로 못 한다는 자괴에 소주 두 병을 다 마셨는데도 잠이 오지 않았다. 이제 나에게 남은 게 뭐가 있을까? 미연과 엄마의 방에는 불이 꺼져 있었지만 두 사람도 잠을 못 이루는지 이따금씩 이불 뒤척이는 소리와 긴 한숨소리가 번갈아가며 들렸다.

경찰서에서 걸려온 전화를 받은 것은 엄마였다. 처음에 엄마는 떨리는 목소리로 '겨, 경찰서라고요?'라고 응대했을 뿐 이후에는 그저 수화기 저쪽에서 말하는 대로 '예, 예'만을 연발하다 떨리는 손으로 수화기를 내려놓았다. 전화를 끊고 난 엄마는 금방이라도 울음을 터뜨릴 것 같은 표정이었지만 울지는 않았다. 그저 얼굴이

하얗게 질린 채 전화기를 뚫어지게 바라보고만 있었다. 경찰서라
는 말에 나는 뭔가 오함마와 관련된 안 좋은 소식을 들은 게 아닌
가 싶어 무슨 일이냐고 물어봤지만 엄마는 정신이 없는지 한동안
대답이 없었다. 그러다 문득 자리에서 벌떡 일어나 정수기에서 물
을 따라 단숨에 들이켠 후 내 손을 덥석 잡았다.

─너, 나랑 어디 좀 갔다와야겠다.

─어딜 가는데?

─겨, 경찰서.

엄마의 목소리는 심하게 떨리고 있었다.

─경찰서는 왜요?

─민경이…… 시신을 확인하러 오래.

─뭐! 민경이! 민경이가 왜……?

나는 깜짝 놀라 자리에서 벌떡 일어섰다. 해머로 머리를 얻어맞
은 느낌이었다. 그러자 엄마는 황급히 손을 가로저었다.

─아, 아니, 그게 아니고 어떤 여자애가 죽었는데 그게 민경인
지 아닌지 확인하러 오라고……

나를 안내한 담당형사는 신원이 밝혀지지 않은 피해자가 십대
중반의 여중생이라고 했다. 파주와 포천에 이어 세번째 희생자였
다. 내 또래쯤 되었을까? 오함마를 연상케 하는 뚱뚱한 몸집의 형
사는 얼굴에 '털어서 먼지 안 나는 놈 못 봤다'라고 쓰여 있었다.
그는 피곤한 듯 잘 알아들을 수 없는 목소리로 웅얼거리며 사건의

개요를 설명해주었다. 이번에 피살된 소녀는 저수지 아래 수로에서 인근 주민에 의해 발견되었는데 발견 당시, 하의가 벗겨진 채 목이 부러져 있었다. 내가 자주 산책을 다니던 바로 그 저수지 근처였다. 현장에선 피해자의 신원을 확인할 수 있는 어떤 유품도 발견되지 않아 우선 가출신고가 접수된 섭대들을 대상으로 신원을 파악하는 중이라고 했다.

엄마는 심장이 떨리고 다리에 힘이 빠져 도저히 못 들어가겠으니 나 혼자 다녀오라며 의자에 주저앉았다. 나는 간단한 신원조회를 거쳐 형사를 따라 시체안치실로 갔다. 가는 동안 목이 말랐다. 뱃속에 불을 지핀 것처럼 목이 바싹 타들어가 연신 헛기침을 했다. 혹시라도 시체안치실에 누워 있는 여자애가 민경이라면? 나는 불길한 생각을 지우려고 애를 썼지만 자꾸만 눈앞에 민경의 죽은 얼굴이 떠올랐다.

안치실로 가는 동안 담당형사는 부검 결과가 나오진 않았지만 범인은 소녀를 강간한 후 목을 졸라 살해한 것으로 추정된다고 했다. 하지만 먼저 목을 졸라 살해한 후에 강간한 것일 수도 있고 어쩌면 목을 조르면서 동시에 강간을 한 것일 수도 있는데 그 순서의 차이에 따라 범인은 전혀 다른 유형의 인물이 될 수 있으며 그에 따라 수사 방향도 달라진다고 했다.

안치실에 들어가기 전 나는 화장실에 들러 오줌을 누었다. 거울 속에 비친 내 얼굴은 시체처럼 창백해 보였다. 죽은 사람의 얼굴을 본 건 십 년 전, 아버지가 교통사고를 당한 이후 처음이었다.

오함마가 있었으면 그가 대신 왔을 텐데, 왜 하필 이럴 때 가출을
했는지 집을 나간 그가 원망스러웠다.

소녀의 얼굴을 덮은 천이 걷히는 순간, 머릿속이 하얗게 비워지
는 느낌이었다. 소녀는 눈을 감고 있었다. 얼굴은 석고처럼 딱딱
하게 굳어 있었는데 이마엔 아직 여드름 자국이 남아 있었다. 초
등학생이라고 해도 믿을 만큼 앳된 얼굴이었다. 죽음이란 이런 것
이로구나, 하는 느낌이 서늘하게 다가왔다. 핏기가 전혀 없는 얼
굴은 솜털 하나하나가 뚜렷하게 보일만큼 창백했고, 이목구비는
그려넣은 듯 선명했다. 가늘고 긴 목에는 지문을 채취해도 될 만
큼 뚜렷하게 손자국이 남아 있었다. 목도리처럼 목 전체를 감싸고
있는 푸른 문양은 포악하고 야만스러웠다. 소녀의 턱밑에도 동전
만한 크기의 문양이 희미하게 찍혀 있었는데 열십자 모양이었다.
아마도 목이 졸려질 때 범인이 끼고 있던 반지에 눌린 모양이었
다. 형사는 내 얼굴과 소녀의 시신을 번갈아 쳐다보았다. 소녀의
얼굴을 응시하던 나는 천천히 고개를 가로저었다. 형사의 얼굴에
가볍게 실망한 빛이 스쳤다.
　—아닙니까?
　그가 묻자, 나는 죽은 소녀의 얼굴을 응시하며 천천히 또박또박
대답했다.
　—네, 얘는 장민경이 아닙니다.

*

경찰서에 다녀온 그날 밤, 텔레비전에선 세번째 희생자에 대한 보도가 있었다. 경찰은 사이코패스에 의한 연쇄살인으로 단정하고 수사 인력을 대폭 보강했지만 아직까지 아무런 단서도 발견하지 못했다는 내용이었다.

뉴스를 보던 미연이 또 울음을 터뜨렸다. 엄마와 나는 미연을 자극하고 싶지 않아 경찰서에 다녀온 사실에 대해선 일체 함구하고 있었다. 다만 서로 하얗게 질린 얼굴을 마주한 채 뉴스에 귀를 곤두세웠다. 미연은 더이상 일도 나가지 않고 넋 나간 사람처럼 하루 종일 텔레비전 앞에 멍하게 앉아 있었다. 그러다 갑자기 히스테리를 부리며 있지도 않은 민경이나 오함마에게 욕설을 퍼붓기도 하고 갑자기 내 손을 붙잡고 울며 민경이 죽었는지 살았는지만 알아봐달라고 애원을 하기도 했다. 나는 이러다가 미연이 미쳐버리는 게 아닌가 걱정이 되었다. 집 안의 분위기는 물속에 잠긴 것처럼 무겁게 가라앉았다. 근배씨도 자주 집에 들러 미연을 위로했지만 이제는 '생활력'이 아니라 '수사력'이 필요한 상황이었다.

나는 오함마가 집을 나가고 난 이후 처음으로 그라도 함께 있었으면 좋겠다는 생각이 들었다. 그가 비록 밥버러지에 하는 일은 없었지만 이럴 땐 가족이 한 명이라도 더 있는 게 위로가 될 것 같았기 때문이었다.

다음날, 분리수거를 하러 나갔다 예의 소파에 앉아 있는 빌라 노인들과 마주쳤다. 내가 평소대로 가볍게 목례를 하자 그들은 과장되게 몇 개 남지 않은 이를 드러내 보이며 웃었지만 내가 돌아서자 재빨리 얼굴에 웃음을 지우고 수군거리기 시작했다.

저 북어대가리는 아직도 에미 집에 얹혀 있는 거여?

마약쟁이가 어디 갈 데가 있나, 말이야 바른 말이지 부모 입장에서 저런 자식은 빨리 없어지는 게 나아.

근데, 난 아무래도 저놈이 수상한 거 같아.

뭐가 수상하다는 거예요?

전에 보니까 저수지 위에서 혼자 미친놈처럼 돌아다니는 게 아무래도 뭔가 이상혀.

글쎄, 뭐가 자꾸 이상하다는 거여?

거 왜 요즘 어린 여자애들만 골라서 거시기한다는 숭악범 있잖여.

아, 그거요? 나도 텔레비전에서 봤어요.

맞아, 요 위 저수지에서도 여자애 하나가 죽었잖아.

아무리 봐도 저놈 눈빛이 정상이 아녀.

그럼 저 북어대가리가⋯⋯? 에이, 설마.

설마가 사람 잡는다는 얘기 못 들었어?

참, 저 집 큰아들은 요새 안 보이데. 어디 갔나?

가긴 어딜 갔겠어, 다시 가막소에 들어갔겠지.

가막소요?

내가 전에 얘기 안 했어? 원칙은 계속 가막소에 들어가 있어야 하는데 나라에다가 말을 잘 해놔서 집에 잠깐 와 있던 거라고. 이제 여름도 났으니까 다시 들어갔겠지, 뭐.

하이고야, 저 집은 으트게 된 게 죄다 저 모양이여. 이러다 동네 인심만 사나워지겠네.

말이 나온 김에 302호, 동네서 쫓아내야 되는 거 아냐?

으트게 쫓아낸대요?

글쎄, 뭐 통장한테든 반장한테든 얘기를 해서……

그럼, 상근 할머니가 앞장서세유. 그럼 우리도 같이 따라나설 테니까.

아니, 내가 왜 앞장서?

먼저 얘길 꺼냈잖아유.

언제 내가 먼저 말을 꺼내? 이 여편네가 사람 잡겠네.

먼저든 나중이든 상근네는 안 돼요.

무슨 소리야, 그게?

왜, 다들 아시잖아요. 막내아들이 가막소에 가 있는데 상근 할머니도 입장이라는 게 있지, 어떻게 앞장서겠어요.

이 개 같은 여편네가 진짜! 그 얘기 하지 말라니까! 오늘 너 죽고 나 죽고 한번 해볼터!

아, 그만들 햐, 동네 챙피해 죽겠네.

나의 눈앞엔 자꾸만 죽은 소녀의 얼굴이 나타났다. 그녀의 목을 휘감고 있던 푸른 문양과 석고처럼 딱딱하게 굳은 얼굴이 사진으로 찍은 듯 선명해 머릿속에서 지워지질 않았다. 때로는 민경이 꿈속에 나타나기도 했다. 언제나 추레한 옷차림에 슬픈 표정을 짓고 있었다. 죽은 소녀의 얼굴과 민경의 얼굴이 겹쳐지기도 했다. 나는 점점 더 술을 마시는 양이 늘어났다.

하루는 저수지로 산책을 나갔다가 세번째 희생자가 발견된 저수지 수로 옆을 지나게 되었다. 그곳엔 이미 아무런 죽음의 흔적도 없었지만 경찰로 보이는 젊은 남자 두 명이 현장을 지키고 있었다. 멀찌감치 떨어져서 현장을 바라보는 동안 나는 시체안치실에서 보았던 소녀를 생각했다. 그녀는 수로에 엎어진 채 죽어 있었다. 머리는 풀어헤쳐져 수초처럼 물살에 흔들리고 아랫도리는 발가벗겨진 채 참혹한 음부를 드러내고 있었다. 커다란 눈은 공포에 질려 차마 감지 못하고 물속을 응시하고 있었다. 부패의 냄새를 맡은 벌레들이 죽은 소녀를 향해 슬금슬금 다가왔다.

나는 어두워질 때까지 방죽에 앉아 현장을 지켜보며 가져간 소주를 다 마셨다. 범인은 단호하고 교활했다. 이에 비해 소녀는 너무나 연약하고 순수했다. 그녀는 범인에게 대항할 아무런 힘이 없었다. 짐승처럼 포악한 사내는 소녀의 모든 꿈과 미래를 너무나 쉽게 앗아갔다. 그런데 왜 아무도 그녀에게 구원의 손길을 내밀지 못했을까? 왜 아무도 그녀가 공포에 질려 울부짖는 소리를 듣지 못했을까? 숨이 막혀 고통에 몸부림치는 그 시간에도 우리는 어처구니없는 코미디프로를 보며 깔깔대고 치킨을 시켜 먹고 섹스를 하고 잠자리에 누워 코를 골았을 테지. 그녀에게 그 밤은 얼마나 길고 쓸쓸했을까?

술을 마시는 동안, 죽은 소녀에 대해 물밀듯 죄책감이 밀려왔다. 그리고 그런 죽음을 너무 쉽게 허용한 이 사회에 대해서 구역질이 났다. 소녀를 살해한 범인에 대해서도 미칠 듯한 분노가 솟구쳤다. 만일 그가 내 앞에 있다면 칼로 난도질을 해주고 싶었다. 대낮부터 마신 술 때문이었을까? 방죽에 쭈그리고 앉아 토악질을 하던 나는 끝내 울음을 터뜨리고 말았다. 아무런 존재가치가 없는 나도 이렇게 멀쩡하게 살아 있는데 왜 그처럼 순결한 소녀가 희생되어야 한단 말인가. 나는 눈물콧물에 토사물이 범벅이 되어 삼십 분도 넘게 울다가 토하다가를 반복했다. 그러다 문득 내가 당장 해야 할 일이 무엇인지 깨달았다. 그것은 바로 가출한 민경을 찾아 집으로 데려오는 것이었다.

*

여자애의 얼굴엔 '죄송하지만 저도 성질 좀 있거든요'라고 쓰여 있었다. 민경의 쌍둥이자매를 보고 있는 듯 닮은 모습이었다.

— 너 장민경 알지?

— 장민경요?

— 그래, 난 민경이 삼촌이야. 기억 안 나니? 전에 우리 집에 놀

러 온 적도 있잖아.

그제야 여자애는 기억이 난다는 듯 희미하게 고개를 끄덕였지만 여전히 미심쩍은 눈으로 나를 훑어보았다. 학원 앞은 수업이 끝나고 몰려나온 학생들로 금세 북새통을 이루었다.

—너, 민경이 집 나간 거 알지?

—민경이가요? 난 몰라요.

여자애는 모른 척 잡아뗐다. 그애는 겁 많고 어리바리한 여중생이 아니었다. 이런 식으로 접근해선 아무것도 얻어낼 게 없을 것 같았다. 나는 담배를 한 대 꺼내물었다.

—혹시 너도 담배 피우니?

—왜요? 피우면 어쩌게요?

여자애는 삐딱하고 겁이 없었다.

—어쩌려는 게 아니고 피우면 한 대 주려고.

여자애는 이맛살을 찌푸리며 '이 작자가 도대체 뭐하는 수작이지?' 하는 표정으로 나를 쳐다보았다.

—걱정하지 마. 난 선생도 아니고 학부모도 아니니까. 그냥 너하고 친해지고 싶어서 그래.

나는 먼저 담배를 입에 물고 불을 붙였다.

—이거 피우면 우리 엄마한테 이른다고 협박해서 돈 뜯어가려고 그러는 거죠?

여자애는 비웃듯 입꼬리를 말아올리며 비식거렸다. 젠장, 민경이가 벌써 얘기했구나……

—민경이가 뭐라고 했는지 모르겠지만 난 그렇게 못된 사람이 아냐. 내가 민경이에게 돈을 달라고 한 건 그애가 용돈을 너무 헤 프게 써버리는 것 같아서 따로 모았다가 한꺼번에 주려고 그랬던 거야. 말하자면 적금 같은 거지. 이 돈 보이니?

나는 지갑을 꺼내 보였다. 지갑에는 만원짜리가 가득 들어 있었 다. 그 돈은 에로영화를 찍기로 하고 박사장에게서 계약금 조로 받은 돈이었다. 선배로부터 아직 새로운 감독이 정해지지 않았다 는 얘기를 전해듣고 박사장에게 뒤늦게 전화를 걸었을 때 그는 한 껏 거들먹거리며 선배의 얼굴을 봐서 써준다는 식으로 터무니없 는 액수에 계약을 해주었다. 민경을 찾기 위해서 나에겐 돈과 시 간이 필요했다. 그리고 민경을 찾을 수만 있다면 박사장에게 엉덩 이라도 대줄 각오가 되어 있었다. 그깟 에로영화쯤이야! 나는 박 사장에게 한 달만 말미를 주면 그 동안 시나리오를 다듬고 콘티 작업을 하겠다며 양해를 구했다. 한 달간 시간을 번 것이다.

—이 돈은 민경이를 만나면 돌려주려고 갖고 다니는 거야. 그 런데 걔를 만날 수가 없으니 돌려줄 수가 없잖아. 혹시 너는 민경 이가 어디 있는지 아니?

—난 몰라요.

여자애는 여전히 시큰둥했다. 젠장, 어린 계집애 하나 설득하지 못하면서 어떻게 제작자를 꾀어서 영화를 찍었을까?(그러니 영화 가 망했지) 내가 만든 영화를 제작한 영화사 사장은 나를 '나쁜 놈'이라고 했다. 그는 영화가 흥행에 실패한 이유가 감독이 실력이 없다거나 운이 나빠서가 아니라 순전히 감독이 나쁜 놈이기 때문이라고 믿고 있었다. 그는 내가 '관객과의 의리'를 지키지 않았다고 했다. 그가 말한 의리가 뭔지는 잘 모르겠지만 그는 충무로생활 삼십 년 동안 나 같은 악질은 처음 본다며 재떨이를 나에게 집어던졌다. 결국 그는 파산을 하고 말았다.

— 그렇구나. 그건 그렇고 너도 한 대 피워. 옛날 인디언들은 친구를 만나면 서로 담배를 나눠 피웠단다. 말하자면 우정을 확인하는 의식 같은 거라고 할 수 있지.

— 우정이요? 아저씨하고 나하고요?

여자애가 황당하다는 듯 이맛살을 찌푸렸다.

— 그래, 난 민경이가 비록 조카이긴 하지만 늘 친구처럼 생각한단다. 그런데 너는 민경이 친구잖니. 친구의 친구니까 우리도 친구나 마찬가지지.

도대체 이게 말이 되는 소린가! 여자애는 어이없다는 듯 잠깐 쳐다보다 담뱃갑에서 냉큼 담배를 한 대 가져가 입에 물었다. 내가 라이터를 건네자 그녀는 익숙하게 불을 붙였다. 어른 앞에서 당당히 담배를 피운다는 게 재밌었는지 그녀는 생글거리며 맛있게 담배를 피웠다.

— 근데, 아저씨가 민경이 팬티 훔쳐갔다면서요?

여자애가 담배를 피우다 문득 생각이 난 듯 물었다.

— 뭐? 그, 그 얘기는 뭐니?

나는 화들짝 놀라 담배를 떨어뜨릴 뻔했다.

―민경이한테 들었어요.

―애야, 이제 보니 우리 사이에 커다란 오해가 있었구나. 오해는 불신을 낳고 불신은 증오를 낳는 법이란다. 얘기를 하자면 좀 길지만 우리 가족에겐 큰 우환이 하나 있어. 일종의 질병이라고나 할까? 아니, 그냥 멧돼지라고 해두자.

―멧돼지요?

―그래, 나쁜 멧돼지. 너 멧돼지가 얼마나 무서운지 모르지? 호랑이한테 잡아먹히면 남은 시신이라도 수습할 수 있지만 멧돼지한테 잡아먹히면 흔적도 못 찾는다는 얘기가 있단다. 왜냐하면 멧돼지는 뼈다귀까지 몽땅 먹어치우거든. 그런데 만약에 집 안에 그런 멧돼지가 산다면 어떤 일이 벌어지겠니? 닥치는 대로 음식을 먹어치우고, 아무 데나 똥을 싸질러대고, 붕붕거리면서 방귀 냄새를 풍기고, 피자도 뺏어먹고, 주둥이를 킁킁대며 이 방 저 방 기웃거리다 빨래도 뒤집어놓고 그러겠지.

그애는 잘 이해할 수 없다는 표정으로 쳐다보았다.

―집에서 멧돼지도 키워요?

―그렇게 묻는 걸 보니 넌 아직 은유법에 대해서 안 배웠나보구나. 아니면 배웠는데도 까먹었거나. 내가 멧돼지라고 한 건 진짜 멧돼지를 말하는 게 아니고 멧돼지 같은 사람을 가리키는 거란다. 여기서 '멧돼지 같은 사람'이라고 하면 그건 직유법이 되는 거고……

―아, 씨발. 금방 수업 끝났는데……

여자애가 금세 짜증을 냈다. 공부에 대해 본능적인 거부감을 갖고 있는 건 민경과 똑같았다.

─미안하다. 나는 너를 가르칠 생각도 없고 지루하게 할 생각도 없단다. 내가 말하고 싶은 건 모든 일은 다 오함마, 아니 그 나쁜 멧돼지 짓이라는 거야. 민경이가 집을 나간 것도 실은 그 멧돼지 때문이란다. 그래도 다행인 건 이젠 그 멧돼지가 집에 없다는 거야.

─왜요?

─그 멧돼지도 민경이처럼 집을 나갔으니까. 만일 민경이가 이 사실을 알면 신이 나서 당장 집으로 돌아올 거야. 하지만 안타깝게도 민경이는 아직 멧돼지가 집을 나간 사실을 모르잖니. 그러니까 네가 민경이 있는 곳을 말해주기만 하면 모든 문제가 해결되는 거란다.

─난 민경이 어디 있는지 몰라요. 그리고 나 빨리 집에 가봐야 해요.

여자애는 담뱃불을 발로 비벼끄며 가방을 둘러멨다.

─자, 잠깐만.

나는 지갑에서 황급히 만원짜리를 몇 장 꺼내 여자애한테 건넸다.

─뭐예요?

여자애는 미심쩍은 눈으로 쳐다보았다.

─받아. 이건 우정의 표시로 주는 거야. 우린 친구잖아.

―와, 이 아저씨, 진짜 미치겠다.

여자애는 어이없는 표정으로 쳐다보다 냉큼 돈을 낚아챘다. 그리고 잠시 망설이다 마지못해 겨우 입을 열었다.

―민경이 대구에 있다고 그랬어요.

먹은 놈은 반드시 뭔가를 뱉어내는 법이다.

―대구? 대구 어디?

―어딘지는 몰라요. 그냥 애들한테 들었어요.

―애들 누구?

―아, 씨발. 몰라요. 그리고 대구에 있다는 거, 나한테 들었다고 하면 절대 안 돼요. 민경이가 알면 나 거한테 맞아 죽을지도 몰라요.

여자애는 진짜로 겁먹은 표정이었다.

―그래, 그건 내가 약속하마.

―근데, 아저씨.

―왜?

―병원에 한번 가보는 게 어때요?

―병원은 왜?

―내가 보기엔 아무래도 아저씨 머리가 좀 이상한 것 같아서요.

여자애는 고개를 가로저으며 가방을 메고 급히 아이들이 있는 곳으로 뛰어갔다.

그날 민경의 친구 '죄송하지만 저도 성질 좀 있거든요'를 만나고 돌아오는 길이었다. 학원가가 끝나는 골목 끝에서 엄마를 목격했다. 엄마는 지물포에서 막 나오는 길이었다. 손에는 예의 화장품 샘플이 든 가방을 들고 있었다. 엄마가 지물포엔 어쩐 일이지? 멧돼지가 나갔으니 새로 도배라도 하려나? 나는 슬그머니 모퉁이 뒤로 몸을 숨겼다. 왠지 밖에서 엄마와 마주치는 게 어색했기 때문이었다. 그런데 뒤이어 지물포 안에서 중절모를 쓴 노인이 따라 나왔다. 그리고 둘이 시장 쪽으로 함께 걸어가기 시작했다. 엄마와 노인은 마주 보며 간간이 대화를 나누기도 했다. 두 사람은 과연 어떤 사이일까? 지금 나이에도 엄마는 남자가 필요한 걸까? 아버지가 세상을 떠난 지 십 년이 지났지만 나는 엄마에게 다른 남자가 있다는 사실이 낯설고 당혹스러웠다.

아버지는 가난을 숙명으로 받아들인 세대의 남자였다. 이에 비해 엄마는 잘만 하면 부자도 될 수 있고 뭔가 자신의 부모세대와는 다른 인생을 살 수 있을 거라는 기대가 있었다. 하지만 아버지는 엄마의 그런 기대를 충족시켜주기엔 별다른 야심도 특별한 능력도 없는 평범한 남자였다. 딸자식은 커서 엄마 편을 들고 아들은 아버지 편을 든다더니 미연은 아버지에 대해 늘 불만이 많았지만 나는 아버지가 힘없고 무능한 가장이라는 걸 깨닫게 되면서 어

172

쩔 수 없이 곧 아버지에 대해 깊은 연민의 정을 갖게 되는 한편, 엄마에게 약간의 원망 같은 감정을 갖게 되었다. 그것은 엄마의 기대가 늘 아버지를 힘겹게 한다고 생각했기 때문이었다. 물론, 엄마의 바람이라고 하는 것이 그리 대단한 것은 아니었다. 그저 서울에서 남들 사는 만큼 사는 정도면 충분했지만 그조차도 아버지에겐 쉽지 않은 일이었다.

아버지는 서울 변두리의 공사판을 떠돌며 평생 노가다꾼으로 살았다. 후에 오토바이를 한 대 사서 청계천이나 남대문 등지에서 이런저런 배달 일을 하기도 했지만 말년엔 집에서 편히 잠도 못 자고 좁고 추운 아파트 경비실에서 새우잠을 자며 쓸쓸한 밤을 보내야 했다. 아버지는 결코 게으르고 무책임한 사람이 아니었다. 그로선 아마도 최선을 다한 삶이었을 것이다. 하지만 거기까지였다. 아버지는 끝내 가족들에게 인정받지 못한 채 교통사고로 세상을 떠나고 말았다. 그것이 아버지의 삶이었다.

엄마와 아버지의 다른 점은 취향에서도 나타났다. 예컨대, 엄마는 이미자나 나훈아보다는 패티김이나 조영남을 좋아했다. 아버지는 그들을 미군부대를 드나들며 어설픈 영어나 씨불이는 양갈보 정도로 여겼지만 엄마는 그들이 외국에서 묻혀온 버터 냄새와 서양식의 과장된 포즈에 매료되었다. 거기에 뭔가 더 멋지고 세련된 인생이 있다고 믿었던 것이다. 하지만 그것은 그들의 삶일 뿐 엄마의 삶과는 하등의 상관도 없었다. 젊은 시절의 엄마는 자신의 행복을 위해서라면 자식까지 버리고 도망갈 수 있는 정염을 가진 여자였지만 그 또한 그뿐이었다. 치정과 불륜, 사랑과 배신의 드라마가 모두 종영된 이후, 엄마는 불륜의 원죄를 짊어진 채 자식 셋을 키우는 데 세월을 모두 소진해버리고 늙어서까지 자식들에게 등골을 뽑아먹히는, '지지리 복도 없는 여편네'일 뿐이었다.

엄마의 좌절된 욕망에 관한 민망한 기억이 하나 더 있다. 중학교에 갓 입학했을 즈음이었다. 수업이 끝나 집으로 돌아왔을 때 나는 안방에서 해괴하기 그지없는 풍경을 목격했다. 엄마가 치마를 들친 채 다리를 벌리고 앉아 있었고 어떤 낯선 아줌마가 그 앞에 쪼그리고 앉아 엄마의 사타구니를 들여다보고 있었던 것이다. 내가 문을 열고 들어서자 엄마가 기겁을 하고 놀라 치마를 내리긴 했지만 나의 머릿속엔 오랫동안 그 장면이 남아 있었다. 도대체 엄마는 왜 낯선 아줌마에게 사타구니를 보여주었을까? 그 사건 역시 오랜 시간이 흐른 뒤에야 그 의미를 해독하게 되었다. 순전히 내 짐작이긴 하지만 엄마는 당시 주부들 사이에서 유행하던 질축소술(일명 이쁜이수술)을 받은 거였다. 그것도 '야매'로 말이다.

그 낯선 아줌마는 아마도 브로커가 아니었을까 싶은데 이때의 사건은 엄마에 대한 나의 감정을 더욱 혼란스럽게 만들었다. 왜냐하면 엄마와 섹스를 연관지어 생각한다는 게 당시 내 상식으로는 도저히 있을 수 없는 일이었기 때문이었다. 엄마는 정숙하고 현명하게 남편을 보필하고 자식을 위해 희생하는 여자일 뿐, '성적 욕망을 가진 여자'라는 생각은 단 한 번도 해본 적이 없기 때문이었다. 당시에 나는 엄마의 이쁜이수술이 매우 역겹고 그악스러운 짓이라는 생각이 드는 한편, 이쁜이수술까지 하고 덤벼드는 엄마에게 밤마다 시달릴 아버지를 생각하며 엄마에 대한 원망이 더욱 커졌다. 또한 어쩌면 엄마의 수술은 아버지가 아닌 다른 누군가를 위한 것일지도 모른다는, 자식으로서 절대 해서는 안 되는 불경한 의심까지 품게 되었다. 하지만 이제 그 도든 스토리는 해독되지 않은 채 세월 속에 묻히고 급기야 낯선 준절모의 노인이 엄마의 인생에 등장했다. 그는 과연 누구일까? 혹시 엄마의 숨겨놓은 애인이 아닐까? 소녀들이나 입는 만화캐릭터 팬티를 좋아하는 변태 할아버지?

*

나는 대구에 내려가기로 결심했지만 상황은 암담했다. 민경이 대구에 있다는 것 말고는 아무런 정보가 없었다. 그조차 확실한 정보는 아니었다. 하지만 나는 그애를 위해 무언가 하고 싶었다. 비록 민경을 옆에서 보호해줄 수는 없더라도 가능한 한 그애와 가까운 곳에 있고 싶었던 것이다.

짱알거리는 목소리로 '씨발'거리며 눈을 치켜뜰 땐 아무리 조카딸이라도 머리통을 한 대 쥐어박고 싶었지만 그애는 우리 삼남매가 모두 죽고 난 뒤에 우리를 기억해줄 유일한 다음 세대였다. 게다가 그애는 나에게 담뱃값을 대주지 않았던가! 재수 없는 소리

같지만 자칫 민경이 연쇄살인자의 희생자가 되기라도 한다면 나의 삶은, 아니 우리 가족의 삶은 완전히 산산조각나고 말 것이다. 그날 밤, 나는 가방을 싸면서 민경을 찾기 전까진 절대 돌아오지 않겠다고 스스로 다짐했다. 나도 가족을 위해 무언가 했다는 것을 보여주고 싶었던 것이다. 시간이 얼마가 걸리든 상관없었다.

엄마에겐 민경을 찾으러 간다는 말을 하지 않았다. 지방에 급한 일이 생겨서 내려간다고만 해두었다. 엄마는 황급히 방에서 돈을 가지고 나와 건넸지만 나는 받지 않았다. 돈은 충분히 있으니까 걱정하지 말라고 했다. 엄마는 착잡한 표정으로 나를 쳐다보았다.
— 이제 다들 떠나는구나. 그래, 일이 있으면 가봐야지.
나는 현관문을 나오다 엄마를 돌아보았다. 며칠 새에 엄마는 폭삭 늙어 보였다. 하지만 그녀의 늙은 몸은 아직 무거운 짐을 내려놓지 못하고 있었다. 나는 생전 처음 엄마에게 뭔가 위로의 한마디를 해주고 싶었다. 감정대로라면 엄마의 좁은 어깨를 끌어안고 아무것도 걱정하지 마시라고, 민경은 내가 책임지고 데려올 테니 부디 마음 푹 놓으시라고 안심시켜주고 싶었다. 하지만 나는 절대 오버를 하는 사람이 아니었다. 내가 민경을 찾아올 확률은 오함마가 고시에 합격하는 것만큼이나 가망이 없는 일이었다. 그것이 현실이었다. 결국 나는 엄마에게 한마디도 하지 못하고 현관문을 열고 밖으로 나섰다.

그때였다. 내가 문을 여는 것과 동시에 누군가 현관문을 열고 들어섰다. 나는 뜻밖의 상황에 놀라 그 자리에 우뚝 멈춰 섰는데 놀란 건 상대도 마찬가지였다. 상대는 민경이었다. 우리는 서로 얼굴을 마주한 채 잠시 멍하게 서 있었다. 이때 누군가 뒤에서 불쑥 얼굴을 내밀었다. 이번엔 오함마였다. 당황한 나는 민경과 오함마를 번갈아 쳐다보다 겨우 입을 뗐다.

— 어, 엄마! 여, 여기 좀 와보세요.

민경은 얼굴이 조금 탔을 뿐, 집을 나가기 전과 달라진 데가 없었다. 엄마가 급히 차려낸 밥도 한 공기 뚝딱 해치우고 코미디프로를 보며 깔깔대고 웃고 그러는 와중에 친구와 문자를 수십 통 주고받았다. 민경이 샤워를 하러 목욕탕에 들어간 사이에 엄마는 오함마에게 어떻게 민경을 찾았냐고 물어보았지만 오함마는 그냥 대구에서 데려왔다고만 했을 뿐 별다른 설명이 없었다. 오함마는 그사이에 다른 사람이 된 것처럼 표정에 무게가 실려 있었다.

잠시 후, 미연이 엄마의 전화를 받고 득히 달려왔다. 그리고 예상했던 대로 한바탕 소동이 벌어졌다. 너 이년, 무슨 낯짝으로 집에 들어왔냐며 민경에게 고함을 지르고, 민경이 울고, 오함마가 말리고, 엄마가 달래고, 결국 눈물 많은 미연이 또 울고, 모녀가 부둥켜안고 울다가 급기야 엄마가 합세해 셋이 부둥켜안고 울고, 그러다 미연이 다시는 어미 가슴에 못 박는 짓 하지 말라며 당부하고, 민경이 훌쩍이며 다시는 그러지 않겠노라고 다짐하고…… 그렇게 한바탕 울음과 한바탕 훈계, 그리고 한바탕 용서와 한바탕 화해의 시간이 지나갔다.

소동이 모두 끝나 다들 잠자리에 들었을 때, 나는 방에서 오함마와 단둘이 마주 앉았다. 오함마는 새로 산 듯 번듯해 보이는 검은 양복을 입고 있었다. 머리도 짧게 깎아 분위기가 사뭇 달라져 있었다. 그는 이전에는 볼 수 없었던 담담한 미소를 띤 채 나를 쳐다보았다.

— 넌 어디 가는 길이었니?

— 응? 그, 그냥, 바람 좀 쐬려고……

— 바람을 쐬는데 가방은 왜 가지고 가?

— 그냥 허전해서……

씨발, 원래 이런 분위기 아닌데…… 내가 왜 이 인간 앞에서 주눅이 들지?

— 그만 자자. 내일 일찍 가봐야 돼.

— 어딜 가?

— 나 취직했다.

오함마가 넥타이를 풀며 불쑥 말했다.

— 취직? 어디에?

— 아는 동생이 업소를 하나 하는데 좀 도와달라고 해서…… 사장 명함을 파서 갖고 왔는데 모른 척할 수도 없고.

오함마가 난데없이 사장이라고?

―거긴 뭐 하는 덴데?

―그냥 술집이지, 뭐. 솔직히 난 명함단 있는 바지사장이야.

―술집인데 왜 바지가 필요해?

―그게 말하자면…… 구린 데가 좀 있거든.

―무슨 퇴폐영업이라도 하는 데야?

―그건 아냐.

―그럼 뭐가 구리다는 거야?

―그냥 그런 게 있어. 나중에 문제가 생기면 대신 빵에만 갔다 오면 돼.

오함마가 다시 교도소에 간다고?(그것도 나쁘진 않겠네)

―어차피 별 몇 개 달았는데 한 번 더 간다고 달라질 게 뭐 있냐? 잠깐 가 있는 동안 동생들이 뒷바라지 잘해줄 테고, 들어갔다 나오면 한몫 챙겨준다고 했으니까……

오함마가 자리에 벌렁 누우며 말했다.

―그럼, 혹시 민경이도……?

―맞아. 동생들한테 부탁했어. 여자애들 찾는 건 걔네들 전문이 잖아. 전국 어디에 숨어 있어도 귀신같이 찾아내거든. 민경이 술집 으로 팔려갈 뻔했는데 간신히 빼내왔다. 사실 민경이 찾아주는 대 가로 걔네들하고 거래를 한 거야. 내가 바지 한 번 서는 걸로.

그랬구나……

―이제야 하는 얘기지만 전에 그 팬티, 엄마 팬티 아냐.

―그럼 누구 팬티야?

— 민경이 팬티가 맞아. 하지만 아버지 이름을 걸고 절대 그걸 하면서 민경이 생각을 한 건 아냐.

오함마는 무심한 표정으로 천장을 바라보고 있었다.

— 그런데 난 민경이가 왜 자기 팬티가 아니라고 거짓말을 했는지 그 이유가 궁금했어. 엄마야 나를 감싸주려고 그랬다지만……

오함마는 자리에 누운 채 담배를 한 대 꺼내물었다.

— 그러다 민경이가 가출하고 난 다음에야 그 이유를 깨달았어.

— 그게 뭔데?

— 그앤 나하고의 의리를 지키려고 했던 거야. 그래서 거짓말을 한 거지.

의리? 삼촌들 놔두고 피자 한 판을 혼자 다 처먹는 년이?

— 그래서 나는 민경이를 내 손으로 직접 데려와야겠다고 결심했어. 그애가 의리를 지켰으니까 나도 의리를 지켜야지.

오함마의 표정은 〈영웅본색〉의 적룡처럼 진지했다. 그렇다면 민경이 나가기 전에 나에게 돈을 준 것도 일종의 의리였을까?

— 그럼, 빵에는 언제 가는데?

나도 오함마 옆에 누우며 화제를 돌렸다.

— 모르지. 다음달이라도 당장 들어가게 될지, 아니면 몇 달 버티다 갈지…… 오래 있어봐야 삼사 년이면 나오게 돼 있어. 군대한 번 더 갔다오는 셈 치지, 뭐. 그사이에 술이나 실컷 마시고 계집애들 엉덩이나 주무르면서 놀면 돼. 걔들이 강남에 집까지 얻어줬다.

삼사 년? 잠깐이라곤 하지만 오함마 나이에 삼사 년이면 적지 않은 세월이다.

　—강남에 한번 놀러 와라. 내가 근사한 데 가서 술 한잔 살게.

　오함마는 담담한 척 호기를 부렸지만 가음이 번란한 듯 평소와 달리 늦게까지 잠을 못 이루고 뒤척였다. 그러다 문득 어둠 속에서 착잡한 목소리가 들려왔다.

　—엄마한텐 아무 얘기도 하지 마라. 이번에 또 들어가는 거 알면 충격받아서 쓰러지신다.

　다음날 아침, 눈을 떴을 때 오함마는 이미 옷을 입고 집을 나간 뒤였다.

아버지의 부츠

　민경이 돌아온 다음날, 네번째 희생자가 나타났다. 양주 근처의 야산에서 등산객에 의해 한 여학생의 시신이 발견되었는데 저수지 근처에서 발생한 살인사건과 살해수법이 동일했다. 언론에선 연일 경기도 북부 일원에서 벌어지고 있는 끔찍한 연쇄살인에 대해 온갖 억측성 기사와 경찰에 대한 비난을 쏟아냈다. 나는 미연의 부탁으로 수업이 끝나는 시간에 맞춰 학원 앞에서 민경을 기다리다 집으로 데려오곤 했다. 인근에서 벌어지고 있는 연쇄살인사건으로 분위기가 뒤숭숭해 학원 앞은 아이들을 데리러 온 학부모들로 장사진을 이뤘다. 나는 민경에게 돈을 돌려줄까 하다가 그만두었다. 어차피 돌려줘봤자 쓸데없는 물건을 사는 데 낭비할 게 뻔했기 때문이었다.

오함마는 무협지의 주인공처럼 멋지게 혈혈단신 적진에 들어가 민경을 구해왔다. 그리고 등을 돌려 표표히 집을 떠났다. 엄마는 민경이 돌아온 것을 기뻐했지만 그보다 더 기뻐한 건 민경을 찾아온 게 바로 오함마라는 사실이었다. 나는 여전히 구질구질하게 집에 남아 다음주부터 찍을 에로영화의 콘티를 짜고 있었다. 내가 민경을 찾아왔어야 하는 건데 오함마가 내 공을 가로챈 것이다. 멧돼지 같은 놈! 하지만 오함마는 이제 대가를 치를 것이다. 조만간 오함마가 교도소에 들어가면 몇 년간 얼굴 볼 일도 없을 것이다. 그로선 짧지 않은 시간이겠지만 모두가 자신이 선택한 길, 어차피 놀고먹는 마당에 교도소나 집이나 별반 다를 것도 없다. 그러니 아무것도 문제될 건 없다. 오함마는 교도소로 나는 촬영장으로 가면 되는 것이다. 세상은 원래 그렇게 돌아가게 되어 있는 것이다. 그런데……

어찌된 일인지 나의 귓가엔 잠결에 들었던 오함마의 목소리가 자꾸만 맴돌았다.

난 아무것도 가진 것 없는 양아치지만 그래도 언제나 네 형이라는 사실이 자랑스러웠다.

씨발.

나는 종이컵에 소주를 한 잔 따라 마신 후, 굽지도 않은 쥐포를 뜯어 먹었다. 다음주면 촬영을 시작해야 하기 때문에 술을 마실 시간도 없을 것이다. 나는 세번째 희생자가 발견됐던 저수지 아래

수로 쪽을 내려다보았다. 현장을 지키고 있던 경찰들마저 철수해 얼마 전 살인사건이 일어난 곳이라고는 믿기지 않을 만큼 고요하고 평화로운 가을날이었다.

오함마는 정말 내가 자랑스러웠을까? 그는 내가 찍은 영화의 시사회에 '아는 동생'들을 모두 불러왔다. 하지만 축하를 해준답시고 불러온 동생들이 모두 건달들이어서 시사회장 분위기가 살벌했다. 검은 양복을 입은 건달들 수십 명이 극장 앞에 진을 치고 있어 영화관계자들이 모두 겁을 집어먹고 건달들을 피해 뒷문으로 입장해야 했다. 그는 아마도 친동생인 내가 영화감독이라는 것을 '아는 동생'들에게 자랑하고 싶었던 모양이었다.

교도소생활이 어떤지는 가보지 않아 알 수 없지만 오함마라고 해서 더 나을 것도 없을 것이다. 어쩌면 교도소생활이 어떤지 더 잘 알기 때문에 두려움이 더 클 수도 있다. 이제야 고백이지만 오래 전, 오함마는 나 때문에 교도소에 한 번 다녀온 적이 있었다. 그 사건은 이혼한 전 아내와도 관련이 있다. 아내는…… 전에도 얘기했지만 아내에 대해선 정말이지, 단 한마디도 하고 싶지 않다. 하지만 이왕지사 말이 나온 김에 얘기를 안 하고 넘어갈 순 없다.

나의 아내는 스튜어디스였다. 대개의 스튜어디스들이 그렇듯 그녀는 훤칠한 키에 멋진 스타일을 가진, 즉 모든 남자들이 원하는 타입의 여자였다. 예쁜 여자들이 흔히 그렇듯 그녀는 구태여 착할 필요까지는 없었다. 그래서 착하지 않았다. 그녀가 나와 결혼한 이유는 순전히 괜찮은 학벌과 영화감독이라는 폼나는 직업 때문이었다. 그것이 잘못된 선택이라는 것을 깨닫는 데 그리 긴 시간이 걸리진 않았지만.

그녀는 한마디로 기내식 같은 여자였다. 별로 당기지는 않는데 안 먹으면 왠지 손해일 것 같고, 그래서 억지로 먹기는 먹되 막상 먹으려고 보니 뭔가 복잡하고 옹색하기만 하고, 까다로운 종이접기를 하듯 조심스럽고 겨우 먹고 나면 뭘 먹었는지 기억도 잘 안 나고, 식후에 구정물 같은 커피를 마시다보면 뭔가 속은 것 같은 기분도 들고, 갖출 건 다 갖춘 것 같은데 왠지 허전하고, 결국 포장지만 한 보따리 나오는 그런 여자였다. 그녀의 얼굴엔 언제나 '안전벨트를 매주시겠습니까, 손님?'이라고 쓰여 있었다.

결혼 이 년차에 접어들면서 우리의 결혼생활은 항로를 이탈했다. 아내에게 다른 남자가 생긴 것이다. 원래 기내식처럼 요란하게 흔적을 많이 남기는 여자여서 곧 들통이 나고 말았다. 아내의 경고대로 안전벨트를 단단히 맸어야 했는데 나는 순진하게도 그녀를 철석같이 믿었다. 그 바람에 충격이 더 컸다.

상대는 그녀가 다니는 피트니스클럽의 헬스코치였다. 말처럼 섬세한 근육과 말처럼 큰 성기로 여성 회원들을 여럿 홍콩으로 보내버린 바람둥이였다. 나는 나를 배신한 아내와 헬스코치에게 복수를 하고 싶었다. 하지만 간통죄 폐지론자인 나로선 법이 개인의 사적인 영역에까지 침범하게 하고 싶진 않았다. 그래서 나는 불륜에 대해 역사적으로 가장 오래되고 보편적인 응징의 방식을 택했다. 즉, 헬스코치를 좆나게 두들겨패기로 한 것이다. 그래서 그 잘생긴 얼굴을 '니주가리 씹빠빠'로 만들기로 한 것이다. 하지만 생전 운동이라곤 숨쉬기와 술잔 들기 말고는 해본 적이 없는 내가 말처럼 강건한 사내를 어찌해볼 수는 없었다. 이때도 나는 역시 약자가 강자를 상대할 경우 역사적으로 가장 오래되고 보편적인 방식을 택했다. 즉, 상대보다 더 강한 사람을 데려간 것이다. 그가 바로 오함마였음은 물론이었다.

나의 계획은 이랬다. 일단 헬스코치를 한적한 장소로 불러낸다. 그리고 같은 시간에 오함마를 부른다. 물론 오함마에겐 아무 얘기도 하지 않는다. 오쟁이를 진 주제에 대놓고 마누라랑 바람을 피운 놈이니 대신 두들겨달라고 할 수는 없는 노릇 아닌가! 계획대로 셋이 만나면 일단 내가 헬스코치에게 시비를 건다. 결국 싸움이 붙는다. 물론 상대가 되지 않을 것이다. 몇 대 얻어터질 각오는 되어 있다. 어릴 때부터 단련된 덕에 맷집은 자신 있다. 이때, 동생이 얻어터지는 것을 본 오함마가 나선다. 어릴 때부터 나는 원래 오함마의 밥이었다. 다른 놈이 자신의 밥에 숟가락을 꽂는 걸 그대로 보고 있을 오함마가 아니었다.

연필보다 벽돌을 먼저 들었던 싸움의 귀재! 일단 싸움을 시작했다 하면 반드시 피를 봐야 직성이 풀리는 호전성! 어떤 상황에서든 상대에게 치명적인 위해를 가하는 잔인성! 아무리 무서운 상대라도 절대 겁을 먹지 않는 담대함…… 오함마는 실로 싸움을 위해 태어난 사내였다. 일단 오함마가 반쯤 죽여놓으면 그다음엔

내가 하이에나처럼 달려들어 마무리로 얼굴을 짓이겨놓는다, 는
게 나의 계획이었다.

그런데 계획과 달리 일이 꼬이기 시작했다. 헬스코치와 오함마
를 한적한 공터로 불러냈는데 오함마가 약속한 시간에 나타나지
않은 것이다. 헬스코치는 내가 '기내식'의 남편이란 것을 이미 알
고 있었다. 하지만 아내가 나에 대해 무슨 얘기를 했는지 그는 남
의 마누라랑 붙어먹은 주제에도 미안한 기색이 전혀 없었다. 마누
라 간수도 제대로 못 하는 비리비리한 인간이 뭘 어쩌겠냐는 식이
었다. 그의 상완삼두근은 나의 예상보다 더 훌륭했고 어깨 위에
올라붙은 승모근은 오리알을 집어넣은 것처럼 멋지게 발달해 있
었으며 몸에 꽉 끼는 티셔츠 아래에선 팽팽한 대흉근이 우리에 갇
힌 맹수처럼 꿈틀거리다 당장이라도 티셔츠를 찢고 튀어나올 것
같았다. 한눈에 봐도 나는 그의 상대가 아니었다. 보자마자 잔뜩
주눅이 든 나는 일단 오함마가 올 때까지 시간을 끌기로 했다.
　─뭐, 잘 아시겠지만 결혼생활이라는 게 쉽지 않더군요. 결혼
하기 전엔 다들 환상을 가지고 있죠. 하지만 현실이라는 게 어디
뜻대로만 되겠습니까?
　나는 시간을 끌기 위해 되도 않는 말을 늘어놓았다.
　─혹시 담배 피우십니까?
　나는 그의 눈치를 살피며 담배를 권했다.
　─아뇨, 담배 안 피웁니다.

여자들이 한번 들으면 오줌을 지리게 만들 만큼 멋진 저음이었다.

—아, 운동하는 분이니까 물론 안 피우시겠군요. 전 하는 일이 그렇다보니 이게 수명을 쥐새끼처럼 갉아먹고 있다는 걸 알면서도 도저히 끊을 수가 없네요. 말하자면 저는 어리석은 인간의 표본이라고 할 수 있죠.

나는 한껏 너스레를 떨며 비굴하게 웃어 보였다. 모르는 사람이 본다면 내가 그의 마누라를 잘못 건드려 변명을 늘어놓고 있다고 생각할 것이다.

—그리고 일부일처제라는 것도 그렇습니다. 평생 한 사람만 보고 산다는 게 어디 인간이 할 짓입니까? 기러기나 원앙 같은 짐승들이나 하는 짓이지. 저는 결혼이란 감옥에 갇혀서 평생을 불행하게 사느니 죽음을 무릅쓰더라도 자유를 찾아 탈옥을 시도하는 게 더 인간적이라고 생각합니다. 혹시 〈빠삐용〉이란 영화 보셨나요?

—아니요.

그는 짧게 대답했다.

—그런 명작을 아직 못 보셨다니 안타깝네요. 그 영화에 더스틴 호프만과 스티브 매퀸이 죄수로 나오는데…… 스티브 매퀸은 아시죠?

—아니요, 모릅니다.

이 인간은 어릴 때부터 정말로 운동만 한 모양이다.

—그것 참 유감이군요. 정말 멋진 배운데……

188

나는 계속 말을 걸며 주변을 살펴보았지만 오함마는 그림자도 보이지 않았다. 개똥도 약에 쓰려면 없다더니 바로 그런 꼴이었다. 그렇다고 이대로 보내줄 수는 없다. 하지만 마땅한 방법이 떠오르지 않았다. 보나마나 그의 단단한 주먹에 코피를 쏟을 게 뻔했다. 그래서 나는 역사적으로 약자가 강자를 상대하는 두번째로 오래된 방법을 쓰기로 했다. 즉, 그가 한눈을 팔 때 기습을 하기로 한 것이다. 내가 계속 흰소리를 늘어놓자 그가 비식 웃으며 입을 열었다.

—아까 일부일처제 운운하셨지만 사실 사자에 비하면 인간들은 참 인간적이죠. 왜냐하면 사자는 무리들 가운데 가장 강한 수컷이 모든 암컷을 차지하거든요. 그런데 선생 같은 분에게도 뭔가 돌아간 걸 보면 인간이 만든 제도는 참으로 인도적이지 않습니까?

그는 이제 노골적으로 나를 경멸하고 있었다. 울컥 화가 치밀었다. 가만히 눈치를 보니 그는 의도적으로 나를 도발해서 간통사건을 폭행사건으로 몰고 가려는 것 같았다. 간통사건에선 그가 가해자지만 폭행사건이 되면 반대로 그가 피해자가 되기 때문에 그로선 내가 먼저 주먹을 휘두르길 바랐을 것이다. 하지만 나의 머릿속엔 간통이고 뭐고 일단 그를 좆나게 두들겨패주고 싶은 마음밖에 없었다. 나는 호주머니에 손을 넣어 뭔가 무기가 될 만한 게 있는지 뒤져보았다. 일회용 라이터가 만져졌다. 〈비트〉라는 영화에서 주인공의 친구로 분한 유오성은 친구인 정우성이 상대와 한판

붙기 전에 라이터를 몰래 건네준다. 라이터를 손 안에 그러쥐면 주먹이 차돌처럼 단단해지기 때문이다. 나는 라이터를 손 안에 힘껏 움켜쥐었다. 그리고 그의 등뒤를 바라보며 말했다.

— 근데, 누구 아는 사람하고 같이 왔습니까?

그가 무심코 뒤를 돌아보았다. 방심한 턱이 한눈에 들어왔다. 나는 번개처럼 주먹을 날렸다. 그의 턱에 주먹이 정확하게 날아가 꽂혔다. 뭔가 파열음이 들리며 시원하게 부서지는 느낌이 손끝에 전달되었다. 제대로 들어갔구나! 하는 건 순전히 나의 느낌이었다. 그는 그 자리에서 꿈쩍도 하지 않았다. 그리고 간지럽다는 듯 턱을 어루만졌다(그러고 보니 영화 속에서 유오성이 건넨 라이터는 플라스틱으로 만든 일회용 라이터가 아니라 강철로 만든 지포 라이터였다). 당황한 나는 다시 주먹을 날리려고 했지만 그보다 빠르게 그의 주먹이 얼굴로 날아왔다. 강철처럼 단단한 주먹이었다. 나는 썩은 고목처럼 힘없이 뒤로 나가떨어졌다. 눈앞이 어질어질했다. 개새끼! 나는 벌떡 일어나 그에게 돌진했다. 하지만 그는 침착하게 피하며 다시 주먹을 뻗었다. 이번엔 코에 정통으로 얻어맞았다. 눈앞이 번쩍하며 코피가 흘러 입안이 찝찔했다. 씹새끼! 나는 다시 악을 쓰며 달려들었다. 그는 내 목을 양손으로 잡아 번쩍 들어올렸다. 믿을 수 없는 괴력이었다. 두 발이 공중에 떠올라 버둥거렸다. 그가 목을 조르자 힘이 쭉 빠지며 숨을 쉴 수가 없었다. 나는 그의 팔에 매달린 채 버둥거렸지만 마치 크레인으로 들어올린 것처럼 꼼짝도 할 수 없었다. 금방이라도 숨이 넘어갈 듯 가슴이 답답했고 눈앞이 점점 더 캄캄해졌다. 이때, 헬스코치의 등뒤로 다가오는 한 사내가 보였다. 오함마였다. 어디서 주웠는지 그의 손엔 예의 빨간 벽돌이 들려 있었다.

빠직! 하며 뭔가 깨지는 소리가 들렸다. 나는 바닥에 떨어지며 정신을 잃고 말았다. 잠시 후, 겨우 정신을 차리자 오함마가 헬스코치를 신나게 두들겨패고 있는 장면이 눈에 들어왔다. 아무리 운동으로 단련된 몸이라고 해도 길거리에서 다져진 싸움기술을 당할 수는 없는 모양이었다. 개새끼! 나는 잠시 잃었던 분노를 되찾고 번개같이 달려들어 이미 무력해진 헬스코치를 짓밟기 시작했다. 눈알이 뒤집힌 나는 주먹이고 발이고 닥치는 대로 휘둘렀다. 사타구니를 사정없이 걷어차기도 했다(니가, 씹새끼야, 그렇게 커?). 한번 시작한 폭력은 관성이 붙어 멈추기가 어려웠다. 급기야 옆에서 잠시 한숨을 돌리고 있던 오함마가 나를 뜯어말렸다.

—야, 그만해. 이러다 사람 죽이겠다.

겨우 정신을 차리고 물러나보니 헬스코치의 상태가 심상치 않았다. 피범벅이 된 얼굴은 형체를 알아보기 힘들 만큼 팅팅 부어 있었고 어디가 어떻게 망가졌는지 숨도 제대로 못 쉬었다. 나는 사태가 심각하다는 걸 깨달았다. 오함마도 겁을 먹은 듯 난감한 표정으로 나를 쳐다보았다.

헬스코치는 육 개월 동안 병원에 누워 있다 피트니스업계에서 영원히 은퇴했다. 그의 의도대로 사건은 간통사건이 아니라 폭행사건으로 바뀌었다. 하지만 그가 더이상 운동을 할 수 없을 만큼 몸이 망가진 건 전혀 예상치 못한 결과였다. 나는 경찰서에 가서 조사를 받은 뒤, 무혐의로 풀려났다. 모든 혐의를 오함마가 뒤집어쓴 덕이었다. 경찰서에 출두하기 전 오함마는 어디서 주워들었는지 나에게 다음과 같은 말을 남겼다.

— 젖은 자는 비를 두려워하지 않는 법이다.

— 무슨 개소리야, 그게?

— 난 어차피 전과자야. 별 한 개 더 달아봐야 별 차이도 없다. 하지만 넌 예술가잖아. 앞으로 영화도 만들어야 할 텐데 교도소 같은 데 드나들면 안 되지. 그러니까 넌 무조건 모른다고 잡아떼. 다 내가 한 짓이라고.

나는 예술가도 아니었고 더이상 영화를 만들 수도 없었지만 오함마가 시킨 대로 무조건 모른다고 잡아뗐다. 결국, 오함마는 나의 지저분한 치정극에 연루되어 일 년 육 개월을 교도소에서 썩어야 했다. 처음엔 물론 나도 오함마에게 미안한 마음이 있었다. 그에게 큰 빚을 졌다는 생각도 들었다. 그래서 면회도 자주 가고 영치금도 넉넉하게 넣어주었다. 하지만 그에게 빚을 졌다는 부담에 마음이 편치 않았다. 이 때문에 오함마를 점점 더 멀리하게 되어 출감하기 몇 달 전부턴 면회도 가지 않았다. 그러다 급기야 죄의식과 부채감 등 인간의 복잡한 감정을 받아들이는 데에 있어서 가장 어리석고 나약한 사람들이 선택하는 방식을 택했다. 즉, 그를 미워하게 된 거였다.

'기내식'과의 결혼생활이 파탄난 후, 나는 급속히 몰락해갔다. 술을 입에 대기 시작하면서 사람들이 나에게 베푼 호의는 모두 잊고 서운했던 기억과 원망만을 간직하게 되었다. 오함마에 대해서도 마찬가지였다. 나는 억지로 자신을 합리화했고 급기야 그가 교도소에 간 게 당연한 일처럼 느껴졌다. 잘못된 건 하나도 없다고 생각했다.

*

― 실례지만 담배 좀 하나 빌릴 수 있을까요?

돌아보니 삼십대 중반쯤 되어 보이는 낯선 사내가 서 있었다. 말쑥한 양복 차림에 건장한 체격이었다. 나는 선선히 담뱃갑을 내밀었다.

― 죄송합니다. 불도 좀……

― 보아하니 담배를 끊으셨나보군요.

라이터를 건네주며 사내의 얼굴을 살펴보니 그의 얼굴엔…… 아무런 글씨도 쓰여 있지 않았다. 기이하리간치 표정이 없는 얼굴이었다.

― 네, 끊은 지 삼 년이 넘었는데 아직도 불현듯 생각이 날 때가 있네요. 마치 위험하고 충동적이었던 첫사랑이 생각나듯 말입니다.

뭐야, 이 싸구려 시인 같은 말투는?

그는 담배를 피워물고 내 옆에 앉았다. 방죽 위의 잔디는 이미 누른 기를 띠고 있었다.

─그래서 담배는 끊는 게 아니라 평생 참는 거라고 하지 않습니까. 소주 한잔하시겠습니까?

내가 그에게 종이컵을 건네며 물었다.

─아니요. 전 가능한 한 술을 안 마시려고 노력합니다. 왜냐하면 술은 몸의 감각을 무디게 만들거든요. 그러면 살면서 느끼는 희로애락의 순간들을 생생하게 맛볼 수 없습니다. 그건 인생을 제대로 사는 거라고 할 수 없죠. 아, 물론 선생께서 그렇다는 의미는 아닙니다.

─생생한 순간들이요?

내가 담배를 꺼내물자, 그는 내 라이터를 도로 건네주었다. 이때 그의 손가락에 끼고 있는 반지가 눈에 들어왔다. 반지 위엔 십자가 모양의 커다란 보석이 반짝거렸다. 나는 그 반지가 어딘가 눈에 익다고 생각했다.

─예를 들자면, 지금 이 순간도 매우 아름답지 않습니까? 마지막으로 남은 아이스크림을 핥아먹듯 지상에 비스듬히 떨어지는 햇빛과 물 위에 어린 나무 그림자들, 황금빛으로 물든 벌판에서 뛰어노는 어린 소녀들의 긴 목과 그 위를 스치는 순결한 머리카락……

순간, 머리털이 쭈뼛 서며 찬물을 얼굴에 끼얹은 듯 술이 확 깼다.

─세상엔 아름다운 게 참 많죠. 이 모든 것을 음미할 때 술에

취해 있다면 너무 억울하지 않겠습니까?

사내가 웃으며 나에게 동의를 구했다. 나는 떨리는 손을 애써 감추며 급히 담배에 불을 붙였다. 소녀의 목을 휘감고 있던 푸른 문양이 눈앞에 떠올랐다. 그리고 그 위에 선명하게 찍힌 십자가 문양의 정체가 무엇인지 깨달았다. 살인자는 반드시 자신이 범행을 저지른 장소에 다시 나타나는 법이다!

나는 얼굴이 딱딱하게 굳어져 아무 대답도 할 수 없었다. 슬쩍 곁눈질로 살펴보니 사내의 팔은 털 하나 없이 매끄럽고 단단한 근육으로 덮여 있었다. 소녀들의 비명소리를 무자비하게 잠재우고 장밋빛 미래를 앗아가버린 팔뚝이었다. 머릿속에선 분노와 함께 온갖 복잡한 생각들이 부글부글 끓어올랐지만 그 모든 생각 앞에 두려움이 버티고 있어 아무런 행동도 할 스 없었다.

물끄러미 수로 쪽을 바라보던 사내는 내가 아무 대답이 없자, 슬그머니 자리에서 일어섰다. 살인자를 이대로 보내줄 수는 없다. 이번에도 기습이 중요하다! 나는 손에 든 라이터를 만지작거리며 전에 헬스코치와 상대했던 일을 떠올렸다. 아무리 라이터를 켠다 해도 내 주먹이 그를 한 방에 쓰러뜨릴 수는 없을 것 같았다. 그렇다면 벽돌이 있어야 하는데…… 하지만 저수지 방죽에 벽돌 같은 게 있을 리 없었다(그래서 오함마는 학교 다닐 때 아예 벽돌을 가방 속에 넣고 다녔다).

사내는 돌아서서 방죽을 따라 걸어가기 시작했다. 급히 바닥을 살펴보니 몇 발짝 떨어진 곳에 제법 큰 돌이 눈에 띄었다. 사내의 머리를 깨뜨리고도 남을 만한 크기였다. 문제는 타이밍이었다. 나는 돌이 있는 곳으로 천천히 걸음을 옮겼다. 다리가 굳은 듯 바닥에서 잘 떨어지지 않았다. 겨우 돌이 있는 곳까지 걸음을 옮겨 돌을 막 집으려는 순간, 사내가 뒤를 돌아보았다. 나는 재빨리 바지 지퍼를 내리며 오줌 누는 시늉을 했다. 사내는 가볍게 목례를 해 보였다. 나도 웃으며 목례를 했지만 얼굴이 석고처럼 굳어져 곧 바스라질 것 같았다. 긴장을 한 탓에 오줌도 나오지 않았다. 사내의 얼굴에 잠깐 의심의 빛이 스쳤다. 나는 필사적으로 아랫배에 힘을 주었다. 힘겹게 오줌이 몇 방울 쪼르르 흘러내렸다.

사내는 다시 몸을 돌려 걸어가기 시작했다. 순간, 나는 재빨리 돌을 집어들었다. 그리고 사내를 향해 달려갔다. 내 발소리에 사내가 뒤를 돌아보았다. 나는 사내의 머리를 향해 힘껏 팔을 휘둘렀다. 빡! 하는 소리와 함께 사내의 머리가 휘청하며 돌아갔다, 고 생각한 건 순전히 내 느낌이었다. 빡! 소리는 내 얼굴에서 난 거였다. 사내가 가볍게 나의 공격을 피하며 번개처럼 주먹을 날린 것이다. 눈앞에 불이 번쩍 튀며 나는 방죽 위에 나뒹굴었다. 하늘이 황금빛으로 노랗게 물들었다. 그 앞으로 사내의 얼굴이 불쑥 들어왔다.

—이 아름다운 장소에서 이 무슨 아름답지 못한 행동입니까? 보아하니 술이 너무 과하신 것 같은데 그만 집으로 돌아가십시오.

그리고 그는 화면에서 사라졌다. 몸을 일으키려 했지만 어찌나 호되게 얻어맞았는지 꼼짝도 할 수 없었다. 겨우 옆으로 고개를

196

돌리니 사내가 방죽을 따라 걸어가는 게 보였다. 살인자는 이제 현장을 떠나고 있었다. 하지만 내가 할 수 있는 건 아무것도 없었다. 나는 무자비한 살인자 앞에서 너무 두력한 나의 모습에 화가 났고 죽은 소녀를 위해 내가 해줄 수 있는 게 아무것도 없다는 사실이 너무 억울해 눈물이 나올 것 같았다. 나는 젖 먹던, 아니 술 먹던 힘까지 다해 간신히 몸을 일으켰다. 입안이 찢어졌는지 찝찔한 피가 입에 고였다. 나는 몸을 휘청거리며 사내를 따라갔다. 사내는 가볍게 휘파람을 불며 유유자적하게 방죽 위를 걸어가고 있었다.

　　멀고먼 앨라배마 나의 고향은 그곳
　　밴조를 메고 나는 너를 찾아왔노라
　　오 수재너 이 노래 부르자
　　멀고먼 앨라배마 나의 고향은 그곳

　나는 발걸음을 빨리했다. 손엔 아무런 무기도 없었다. 하지만 두렵진 않았다. 내가 두려운 건 연쇄살인자를 이대로 놔주어서 다시 어린 소녀들을 무참히 짓밟게 놔두는 거였다. 사내와의 거리가 점점 더 가까워졌다. 심장은 터질 듯 끓어올랐다. 그는 내가 한 방에 나가떨어진 걸 보고 방심한 듯 태연하게 휘파람을 불며 걸어가고 있었다. 나는 사내를 향해 정면으로 돌진했다. 순간, 사내가 뒤를 돌아보았다. 나의 머리는 사내의 얼굴을 향해 직선으로 날아갔

다. 빡! 하는 소리와 함께 머리에 강한 통증이 느껴졌다. 하늘이
빙글빙글 돌며 곧 눈앞이 캄캄해졌다.

*

경찰서 유치장 문을 열고 나왔을 때, 엄마는 대기의자에 앉아
있다 나를 향해 황급히 다가왔다. 그녀는 아무 말도 하지 않고 걱
정스러운 듯 내 얼굴을 쳐다보았다. 내 뺨에는 십자가 모양의 상
처가 깊게 패어 있었다. 사내에게 주먹으로 맞을 때 생긴 것이었
다. 엄마는 내 손을 움켜잡고 말했다.

— 배고프지? 어여 집에 가서 밥 먹자.

오함마가 교도소에서 나올 때마다 엄마는 그렇게 말했었다. 엄
마에게는 아마도 혹독한 세상살이가 도무지 정체를 알 수 없는 무
시무시한 괴물처럼 느껴졌을 것이다. 그래서 끝내는 자식들이 실
패한 원인을 찾을 수 없었을 것이다. 엄마가 알고 있는 것은 그저
'사람은 어려울 때일수록 잘 먹어야 한다'거나, '몸만 성하면 된
다'는 식의 막연하고 단순한 금언들뿐이었다. 그래서 엄마가 해줄
수 있는 것이라곤 자식들을 집으로 데려가 끼니를 챙겨주는 것뿐
이었으리라. 어떤 의미에서 엄마가 우리에게 고기를 해먹인 것은
우리를 무참히 패배시킨 바로 그 세상과 맞서 싸우려는 것에 다름
아니었을 것이다. 또한 엄마가 해준 밥을 먹고 몸을 추슬러 다시
세상에 나가 싸우라는 뜻이기도 했을 것이다.

그런데 나는 엄마가 해준 밥을 먹고 엉뚱한 실업자의 코뼈를 부러뜨리고 앞니를 왕창 마실 보내버렸다. 그로 인해 적지 않은 돈을 합의금으로 날려버렸다. 엄마가 그 돈을 어디서 구해왔는지는 알 수 없었다. 내가 미사일처럼 날아가 이마로 코뼈와 앞니를 부러뜨린 사내는 연쇄살인자가 아니라 뒤늦게 시심이 발동해서 저수지를 배회하던 평범한 실업자였다. 나에게 수난을 당했던 그날도 그는 방죽을 거닐며 한껏 시상에 잠겨 있던 거였다.

진짜 범인은 내가 유치장에 갇혀 있는 동안 경찰에 의해 검거되었다(그래! 범인은 경찰이 잡는 거다. 시는 시인이 쓰는 거고 오함마는 방귀를 뀌고 나는 술을 마신다. 그것이 세상 돌아가는 이치다!). 그는 다섯번째 희생자를 찾아 전철역 주변을 배회하다 한 여학생의 신고로 급히 출동한 경찰에 의해 검거되었다. 그는 가출한 여학생에게 접근해 일자리를 알아봐주겠다는 둥 잠자리를 제공해주겠다는 둥 친절을 베풀었는데 그의 먹잇감이 될 뻔했던 여학생은 어찌된 영문인지 보자마자 대번에 그가 사이코패스라는 것을 알아챘다고 했다(모르겠어요, 난 그냥 척 보니까 알겠던데요).

다른 여학생들도 그 여학생처럼 남다른 영기가 있었다면 죽음을 모면했을 텐데 불행하게도 나머지 학생들은 그렇지 못했다. 경찰은 정밀감식을 통해 그의 집에서 여러 점의 혈흔을 발견했고 검사 결과, 그 혈흔이 죽은 소녀들의 DNA와 일치하는 것으로 확인되었다. 그는 모자와 마스크로 얼굴을 가린 채 포토라인에 서서 왜 죽였는지, 어떻게 죽였는지 집요하게 캐묻는 기자들의 질문에 침묵으로 일관하다 달리 할 말이 없냐는 질문에 다음과 같이 대답했다.

미안합니다.

*

영화감독은 축구팀의 주장과는 다르며 노가다판의 십장과도 다르다. 리더십이 필요하다는 점에선 같지만 영화감독은 그 무언가를 한 가지 더 가지고 있어야 한다. 그것은 바로 '가오'라는 것이다. 곧 죽어도 현장에선 배우보다 더 폼이 나야 그들에게 연기 지도를 할 수 있다. 아무리 '후달려도' 목에 잔뜩 힘을 주고 버텨야 한다.

크랭크인이 있던 날, 스태프들과 배우들은 현장에 나타난 나를 보고 경악했다. 그도 그럴 것이 나는 잠자리처럼 커다란 선글라스를 쓰고 있었는데 안경테에 화려한 장식이 많아 누가 봐도 여성용 선글라스임이 분명한데다 깡마른 몸에 지나치게 커다란 슈트를 입고 있어 마치 부대자루에 장작을 담아놓은 것 같았다. 또한 수수깡 같은 다리에 롱부츠를 신고 있었는데 이 또한 어찌나 오래됐는지 가죽이 쩍쩍 갈라져 금방이라도 발가락이 튀어나올 것 같았다.

비록 싸구려 에로영화 감독이지만 어디까지나 감독은 감독, 모름지기 가오가 있어야 하고 그러려면 뭔가 소품도 필요한 법이다. 그런데 나에겐 쓸 만한 의상이나 소품이 아무것도 없었다. 살던 집을 정리하고 엄마 집으로 들어올 때 가지고 있던 잡동사니를 백 리터짜리 쓰레기봉투에 몽땅 담아 내다버렸던 것이다. 나는 식구들에게 차마 영화를 찍는다는 말은 못 하그 미연의 차에서 선글라스를 몰래 훔쳤다. 부대자루 같은 슈트는 동네 의류수거함에서 구했다. 엄마가 사는 빌라엔 쓸 만한 양복이 없어 근처 아파트 의류수거함에서 경비 몰래 집어온 것이다. 문제는 구두였다. 나는 혹시 집에 안 신는 구두가 있나 싶어서 신발장을 열어보니 낡은 부츠 한 켤레가 먼지를 뒤집어쓰고 있었다. 그것은 아버지가 생전에 신던 부츠였다.

아버지는 옷이나 구두에 신경쓰는 남자가 아니었다. 평생 제대로 된 옷 한 벌 산 적이 없었다. 엄마가 친척집에서 얻어다주는 옷들과 동네시장에서, 그것도 깎고 또 깎아서 산 나일론 재질의 싸구려 옷들로 평생을 살았다. 그런 아버지가 딱 한 번 사치를 부린 적이 있었다. 그것은 바로 부츠였다. 아버지가 날품을 팔다 어찌어찌 중고 오토바이를 한 대 구해 방산시장에서 배달 일을 할 때였다. 무슨 마음에서였는지 근처 암시장에서 물 건너온 부츠를 한 켤레 사 신고 들어온 거였다. 카우보이들이 신었을 법한 롱부츠였다. 아버지는 비싼 말표 구두약을 물 쓰듯 아낌없이 써가며 부츠에 광을 냈다. 질 좋은 송아지가죽은 곧 파리가 미끄러질 만큼 반짝거렸다. 아버지는 배달 일을 하는 내내 그 부츠를 신고 다녔다. 그 때문에 한여름엔 기절할 정도로 발냄새가 지독해 식구들 모두 불평을 해댔지만 아버지는 아랑곳하지 않았다. 그것이 아버지의 유일한 허영이었다. 그는 그 카우보이 부츠를 신고 말 대신 오토바이를 탔다. 그리고 소를 모는 대신 혼수이불과 온갖 종류의 원단을 실어날랐다.

그런데 엄마는 왜 아버지의 부츠를 버리지 않고 간직하고 있었을까? 나중에 나에게 신발이 필요하다는 걸 미리 알았던 걸까? 아니면 평생 초라하게 살았던 아버지의 인생에서 유일하게 빛나는 것이어서였을까?

내가 그 유난스런 부츠를 신고 등장했던 첫날, 스태프들은 나의 지시를 기다리고 있었다.

—감독님, 어떤 장면부터 찍을까요?

조감독이 다가와 물었다. 그는 16밀리 에로비디오를 몇 편 찍어본 베테랑이었다. 그의 얼굴엔 '좀더 벌려봐!'라고 쓰여 있었다. 나는 별로 생각해둔 게 없어서 잠깐 당황했지만 곧 대본을 펼치며 자신 있게 말했다(감독은 무조건 큰소리부터 치고 봐야 한다).

—일단 가위치기부터 들어갈 테니까 배우들 준비시켜.

헤밍웨이는 군인이 되고 싶어했다. 그것도 지휘관이 되어 병사들의 우두머리가 되고 싶어했다. 그는 그가 할 수 있는 한 모든 전쟁에 참여했지만 정작 군인 신분이었던 적은 한 번도 없었다. 일차대전이 발발했을 때 군은 왼쪽 눈의 결함을 이유로 그의 입대를 허락하지 않았다. 결국 그는 전투병이 아닌 적십자 야간병원의 운전수로 전쟁에 참여했으나 그것도 단 삼 주뿐이었다. 이탈리아 전선에서 박격포탄을 다리에 맞고 병원으로 후송된 것이다. 이차대전 당시에도 그는 쿠바에서 나치스 지지자들을 색출하기 위해 비밀정보조직을 만들기도 하고 나치의 잠수함을 격침시키려는 계획을 세우기도 했지만 아무런 성과도 올리지 못했다.

그가 그토록 지휘관이 되고 싶어했던 이유는 무엇이었을까? 폭력과 죽음에 대한 강박? 혹은 치열한 실존의 순간을 맛보고 싶은 작가의 호기심? 그의 우스꽝스러운 행동 뒤에는 그런 이유 외에도 자신이 진짜 남자라는 것을 보여주고 싶은 허영심이 작용했을 것이다. 남성적 질서가 지배하는 충무로에도 어느 정도 그같은 허영심이 존재한다. 자신의 이름이 박힌 의자에 앉아 스태프들을 지휘할 때, 영화감독으로선 자신이 진짜 남자임을 증명해 보이는 순간이기도 한 것이다.

하지만 나의 스태프는 고작 일곱 명뿐이었다. 지휘관으로 치면 기껏 분대장 정도에 해당하는 권한을 부여받은 셈이었다. 게다가 제작사에선 내 이름이 박힌 감독의자도 마련해주지 않았다. 영화 현장이라고 하기엔 너무 민망한 상황이었다. 베드신이 영화의 대부분을 차지하다보니 딱히 특별한 의상이나 소품이 필요하지도 않았다. 그저 침대와 배우 두 명만 있으면 충분했다.

나는 아버지의 부츠를 신고 영화를 찍었다. 정상위도 찍고, 후배위도 찍고, 가위치기와 풍차돌리기도 찍고, 커닐링거스와 블로 잡, 리버스 카우걸 포지션도 찍었다. 팬티를 못 벗겠다며 앙탈을 부리는 여배우에게는 '씨발, 벗어봐야 까맣기밖에 더 하겠어?'라고 양아치처럼 윽박지르고 달래가며 촬영을 강행했다.

*

한창 영화를 찍고 있을 즈음, 미연의 결혼식이 있었다. 처음에 미연은 결혼이란 말에 진저리를 쳤다. 집안 살림을 할 자신도 없는데다 이혼한 지 일 년도 채 지나지 않아 세번째 결혼식을 올린다는 게 남세스럽고 민망하다는 거였다. 그녀는 그냥 혼인신고만 하고 같이 살아도 되는데 사십이 넘은 나이에 굳이 식까지 올릴 게 뭐 있냐고 했다. 하지만 근배씨는 그럴수록 떳떳하게 결혼식을 올려야 한다고 주장하며 낫살이나 들어 아무 여자하고나 동거한다는 소리를 듣고 싶지 않다고 했다. 결국 엄마도 옆에서 거드는 통에 미연은 마지못해 결혼식을 올리기로 했다. 아유, 난 몰라. 정하고 싶으면 자기가 다 알아서 해.(여우 같은 년!)

이즈음 미연은 일주일 내내 근배씨의 집에서 지내다 주말에나 한 번씩 집에 들르는 식이어서 따로 세간을 장만할 것도 없었다. 다만 민경이 문제라면 문제였다. 민경은 엄마가 재혼을 해도 새아빠, 즉 근배씨와 함께 살고 싶지 않다고 했다. 미연과 근배씨에겐 골치 아픈 문제였지만 차츰 해결하기로 하고 일단 결혼식이 끝날 때까지 민경 문제는 덮어두기로 했다.

—근데, 엄마. 신부 입장할 때 미연이 손은 누가 잡고 들어가요?

촬영을 끝내고 밤늦게 집에 들어가 라면을 끓여 먹던 내가 엄마에게 물었다. 엄마는 아무 말 없이 식탁 위를 닦았다.

—원래 아버지가 없으면 삼촌이라도 잡고 들어가야 하는데 우린 삼촌도 없고……

—그게 꼭 누가 손을 잡아줘야 하는 거니?

—그럼, 당연하지. 신부가 혼자 입장하는 게 어디 있어요? 오함마라도 잡고 들어가야 하는 거 아냐?

엄마는 잠깐 생각하다 뭔가 떠오른 듯 단호하게 말했다.

—그럴 것 없다. 한모가 아녀도 미연이 손잡고 들어갈 사람은 따로 있다.

—그게 누군데……?

—넌 알 거 없다.

엄마는 입을 꼭 다물었다.

—내가 아는 사람예요?

—글쎄, 넌 알 거 없다니까.

엄마는 서둘러 냄비를 치웠다.

미연의 결혼식은 가까운 친지들만 부른 조출한 자리였지만 그래도 갖출 건 다 갖춘 행사였다. 사회와 주례도 있었고 부케도 준비했고 축가도 불렀고 기념사진도 찍었다. 오함마는 검은 승용차를 타고 검은 양복을 입은 동생 둘을 대동하고 나타났다. 집에서 방귀나 뀌며 어린 조카와 티격태격할 때와는 사뭇 다른 분위기였다.

나는 그날 미연의 손을 잡고 입장할 사람이 누굴까 궁금했는데 곧 궁금증이 풀렸다. 지물포 앞에서 목격했던 바로 그 중절모의 노인이었다. 그는 미연을 주례 앞으로 인도하고 나서 엄마와 함께 나란히 앞자리에 앉았다. 친지들이 도대체 저 사람이 누구냐며 수군거렸지만 엄마는 눈 하나 깜짝 않고 앉아서 딸의 세번째 결혼식을 지켜보았다.

오함마와 뒷줄에 앉아 있던 나도 그가 누굴까 궁금했는데 오함마는 이미 알고 있었던 듯 태연하게 대답했다.

─누구긴 누구야, 미연이 생부지.

미연의 생부? 그렇다면 그가 오래 전 엄마와 눈이 맞아 달아났던 전파사 구씨란 말인가! 내가 건넌방 문을 열어젖혔을 때 황급히 바지를 추켜올렸던 바로 그 사내! 그가 어떻게 사십 년의 세월을 뛰어넘어 미연의 결혼식장에 모습을 드러냈단 말인가? 나는 오함마가 나와 배다른 형제라는 것을 알게 됐을 때만큼이나 어리둥절한 기분이었다.

─넌 모르겠지만 옛날에 엄마가 동네에서 전파사를 하던 저 양반하고 눈이 맞았어. 그래서 둘이 도망가서 잠깐 같이 살다가 미

연이를 낳은 거야.

역시 그랬구나……

—나도 처음엔 이해가 안 됐는데 이제 와서 따져보면 뭐하겠
냐? 아버지도 돌아가신 마당에……

—그럼 엄마는 왜 다시 집으로 돌아온 거야?

—자세히는 모르는데 저 양반이 무슨 밀수품을 취급하다 빵에
들어갔대. 그땐 전자제품이 거의 다 밀수였거든. 여자 혼자 몸으
로 입에 풀칠하기도 어려운데 젖먹이까지 하나 딸려 있었으니 어
떻게 해? 그럴 때 아버지가 찾아온 거지.

오함마는 언제부터 이런 사실들을 알고 있었을까?

—그럼 그 동안 엄마하곤 계속 만나왔던 거야?

—다시 만난 진 얼마 안 됐어. 어떻게 알아냈는지 얼마 전에 저
양반이 집으로 엄마를 찾아왔더라. 수십 년이 지났는데도 엄마는
저 양반이 전파사 주인이란 걸 단번에 알아봤대.

그날, 아침부터 엄마는 이상하게 가슴이 두근거렸다고 했다. 일
도 손에 안 잡히고 마음이 싱숭생숭해 갓 시집온 새색시처럼 허둥
거리다 문지방에 발을 찧기도 했다. 이유 없이 얼굴이 화끈거리고
자꾸만 목이 탔다고도 했다. 피곤해서 그런가 싶었지만 오후에도
내내 들뜬 마음이 가라앉지 않았다고 했다. 그러다 저녁 무렵이
되어 누군가 벨을 눌렀을 때 엄마는 심장이 덜컥 내려앉는 기분이
었다고 했다. 뭔지는 모르지만 마침내 올 것이 왔구나 하는 기분
에 다리가 후들거려 차마 발이 떨어지지 않았다고 했다. 그러다

겨우 문을 열고 중절모의 노인과 마주 섰을 때 엄마는 대번에 그가 전파사 구씨임을 알아보고 가슴이 무너져내렸다고 했다.

그것이 엄마의 러브스토리였다. 수십 년간 헤어졌던 옛 연인을 만났을 때 엄마의 표정이 어땠을까? 반가움에 눈물이 났을까? 아니면 쓰라린 회한에 얼굴이 딱딱하게 굳어졌을까?

─큰돈은 없지만 애들 다 키워서 출가시키고 그냥저냥 먹고살 만한가봐. 얼마 전엔 아예 이 동네로 이사를 왔다더라. 죽기 전에 엄마 옆에 와서 살다 죽겠다고.

얼마 전 지물포에서 나오던 모습이 퍼뜩 머릿속에 스쳤다. 아마도 이사한 집에 도배를 새로 한 모양이었다.

─부인은 없어?

─오래 전에 무슨 병으로 죽었다더라.

─그럼 미연이는 저 양반이 생부라는 걸 알아?

─당연히 알지. 그것 때문에 미연이 울고불고 난리를 쳤잖아.

상황이 어땠을지 대강 짐작이 갔다. 전파사 주인은 자신의 친딸을 만나보고 싶어했을 것이다. 하지만 엄마는 이제 와 얼굴은 봐서 뭐하겠냐며 반대했을 것이다. 그러다 이산가족도 상봉하는 마당에 못 볼 게 뭐 있냐는 심정으로 미연에게 모든 사실을 고백했을 것이다. 처음에 미연은 충격을 받았을 것이다. 그래서 자신이 오래 전 입양된 사실을 알게 된 사춘기 소녀처럼 울고불고 난리를 쳤을 것이다. 하지만 오지랖 넓고 산전수전 다 겪은 미연이니 못 만날 게 뭐 있냐는 심정이 들었을 것이다. 한편으론 친부가 누군지 궁금하기도 했을 것이다. 그래서 마침내 극적인 부녀상봉이 이뤄졌을 것이다. 서로 부둥켜안고 눈물이라도 흘렸을까? 그렇진 않았을 것이다. 친부의 입장에선 어땠을지 모르지만 이미 큰 딸자식이 있는 미연의 입장에선 그저 생뚱맞고 어색하기만 했을 것이다. 그렇게 왕래가 시작되면서 조금은 어색함을 면했겠지만 전파사 주인이 재산이라도 많아서 한 뭉텅이 뚝 떼어준다면 모를까, 그런 신파극 같은 케케묵은 진실이 미연의 인생에 별다른 영향을 미치진 않았을 것이다. 그녀는 여전히 카페에 나가 돈을 벌고 술취한 사내들과 멱살잡이를 하며 싸우고, 그러다 손님이 없는 시간에 문득문득 친부에 대해 생각이 났을 것이다. 그리고 그 출생의 비밀을 통해 자기 인생의 해답을 찾으려 했겠지만 결국 혼란스런 기분만을 안겨준 채 끝내 아무런 답도 찾을 수 없었을 것이다.

　―그만 가봐야겠다.

결혼식장 앞에서 같이 담배를 피우던 오함마가 몇 발짝 떨어진 곳에 서 있는 동생들 쪽을 쳐다보며 말했다. 어딘가 긴장하고 있는 표정이었다. 그러고 보니 동생들은 오함마를 수행하기 위해서가 아니라 그를 감시하기 위해 따라온 느낌이었다.

　―언제…… 들어가?

내가 담배를 비벼끄며 조심스럽게 물었다. 교도소에 언제 들어가느냐는 물음이었다.

　―아마 다음주쯤 들어갈 것 같아.

오함마는 애써 웃어 보였지만 무거운 표정을 숨기진 못했다.

— 엄마한텐 해외에 일이 있어서 잠깐 나갔다 온다고 했으니까 나 나올 때까지 절대 얘기하지 마라.

오함마는 동생들과 함께 검은 승용차에 올라탔다. 오함마가 떠나면서 검은 유리창 너머로 나에게 손을 들어 보이자 나도 엉거주춤 손을 흔들었다. 어색하게 손을 흔들면서 나는 한동안 그를 못 보겠구나, 하는 생각이 들었다. 전엔 그가 눈앞에서 사라지면 앓던 이가 쏙 빠진 것처럼 시원할 것 같았는데 이상하게 마음이 무거웠다.

스팅

　엄마 품으로 모여들었던 오함마와 미연은 다시 각자 길을 찾아 떠났다. 새아빠와 안 살겠다고 버티던 민경도 두 사람이 어떻게 설득했는지 근배씨의 집으로 들어가 함께 살게 되어 결국 집에는 엄마와 나만 남게 되었다.

　엄마 집으로 들어와 살게 되면서 새삼 깨닫게 된 것은 엄마에 대해 내가 아는 바가 별로 없다는 사실이었다. 생각해보면 엄마의 사생활은 물론 엄마의 성격에 대해서도 별반 아는 게 없었다. 그 동안 내가 생각한 엄마는 그저 생활력 강하고 약간의 허영심이 있는 보수적인 노인일 뿐이었다. 그런데 이번에 엄마는 나를 여러 번 놀라게 했다. 젊은 시절 외간남자와 눈이 맞아 자식들을 팽개친 채 야반도주를 하기도 하고, 어두운 진실을 사십 년간 감쪽같이 덮어 둔 채 배다른 자식과 씨 다른 자식을 억척스럽게 한집에서 밥해먹

여 키우고, 세상사에 실패하고 돌아온 자식들은 다시 거둬주고,
뒤늦게 재회한 옛사랑을 불륜의 씨앗인 딸의 결혼식장에 불러들
인 엄마라는 여자는 과연 어떤 사람일까?

　　—너 생각나니?
　　—뭐가요?
　　—아버지 칠순잔치 때 백남봉이라는 사람이 왔었잖아. 그 양
반, 기차 가는 소리하고 뱃고동 소리를 어찌나 똑같이 흉내내는지
지금 생각해도 참 신기하지 않니?
　　모처럼 촬영이 없어 집에서 실컷 낮잠을 자고 일어났을 때였다.
엄마는 연시를 몇 개 들고 와 내 옆에 앉았다.
　　—백남봉이 아니라 남보원이라니까요. 백남봉은 팔도사투리
하는 사람이고. 엄마는 몇 번 말해도 만날 헷갈려.
　　나는 감을 한 개 집어들며 말했다.
　　—그런가? 아무튼 가만히 보면 한모가 참 용해. 어디서 그런 유
명한 분도 모셔오고.
　　—용하긴 뭐가 용해요. 돈 주고 부르면 다 오는데.
　　내가 지르퉁하게 받았지만 엄마는 내 말을 일축했다.
　　—어디 돈만 준다고 그런 바쁘신 양반들을 아무 때나 오라고
할 수 있겠냐. 그래도 한모니까 가서 모셔왔지.
　　엄마는 애써 오함마를 두둔했다. 몇 년간 같이 살던 큰아들이
벌써 보고 싶은 모양이었다. 당시 우리 삼남매는 아버지의 칠순잔

치에 백남봉을 사회자로 불러오려고 따로 돈을 모았다. 어디서 얘기를 들었는지 삼백만원이면 백남봉을 섭외할 수 있다며 오함마가 제안한 것이었다. 그런 유명 연예인을 불러오면 아버지도 좋아할 것 같고 친척들에게 '가오'도 설 것 같아 미연과 내가 흔쾌히 동의해 계좌를 오함마가 관리하기로 하고 일 년간 돈을 모았다. 그런데 막상 잔칫날이 가까워오자 오함마는 백남봉이 스케줄이 안 돼서 못 오니 대신 남보원을 부르는 게 어떠냐고 했다. 우린 백남봉이나 남보원이나, 남철이나 남성남이나 상관없다고 생각했는데 막상 잔치에 나타난 사람은 백남봉도 아니고 남보원도 아니었다. 생김새도 비슷하고 뱃고동 소리도 그럴듯하게 흉내냈지만 그는 '남바완'이라는 예명을 가진 이미테이션 연예인, 한마디로 '짝퉁'이었던 것이다. 대부분의 하객들은 그가 가짜라는 것을 눈치채지 못했지만 나는 그가 진짜 남보원이 아니라는 것을 대번에 알아보았다. 알고 보니 그는 오함마가 야간업소에서 영업부장으로 일할 때 알게 된 출연자였다. 모든 일은 오함마가 동생들 돈을 착복하기 위해 꾸며낸 일이었다. 나중에 잔치가 끝나고 난 뒤에 미연과 나는 거세게 항의했다. 하지만 오함마는 사람들이 진짜 남보원이라고 믿으면 그만이지 짝퉁이든 아니든 무슨 상관이냐며 도리어 큰소리를 쳤다. 세상에 사기를 칠 사람이 없어서 동생들에게 사기를 치다니!

촬영이 끝날 즈음, 나를 영화사에 소개해준 최선배가 촬영장

에 놀러 왔다. 촬영이 끝난 뒤, 우리는 근처 막창집에서 소주를
마셨다.

　—너도 많이 늙었구나.

　그렇게 말하는 그도 늙기는 마찬가지였다. 머리는 반백이 되었
고 얼굴의 살은 더 늘어져 그의 얼굴엔 '난 이제 내려가는 중입니
다. 그러니 더이상 나에게 신경쓰지 마세요'라고 쓰여 있었다. 대
학에서 만나 충무로에서 청춘을 보낸 우리는 어느새 그런 나이에
도달해 있었다.

　최선배는 애초부터 영화에 대한 야심이 없어 일찌감치 연출의
길을 포기하고 영화사 기획실을 거쳐 배급사에 눌러앉았다. 사람
좋아하고 술 좋아하는 그로선 나쁘지 않은 선택이었다.

　—생각해봐라. 충무로에서 나이 오십 넘어서까지 살아남은 사
람이 얼마나 되니? 그래도 난 아직 영화판에 붙어서 밥 먹고 살고
있으니 그것만 해도 다행이지, 뭐.

　대학 시절, 그는 영화서클을 주도적으로 이끌던 선배였다. 나를
처음 프랑스문화원에 데려간 것도 그였고 충무로에 나를 끌어들
인 것도 그였다. 이 때문에 나는 그에게 술을 먹고 심한 주정을 한
적이 있었다. 그때 왜 나를 말리지 않고 충무로로 끌어들여 인생
을 꼬이게 만들었냐고 그를 원망하자, 한동안 주정을 받아주던 그
가 참다 못해 나에게 한 말은 '병신새끼, 지랄하고 있네'였다.

　그는 충무로의 알 만한 사람들 뒷얘기와 건강 얘기, 정치 얘기
와 축구 얘기를 한참 늘어놓다 문득 생각난 듯 말했다.

214

— 얼마 전에 윤주 만났다.

— 윤주?

윤주는 충무로에서 시나리오를 서너 편 쓰다 몇 년 전 남편과 함께 캐나다로 이민을 간 후배였다.

— 작년에 이혼하고 한국으로 혼자 돌아왔다더라.

그렇게 됐구나…… 나는 말없이 고개를 끄덕였다. 최선배는 대학 다닐 때의 추억담을 몇 개 더 늘어놓고 금세 술에 취했다. 나는 이차를 가자는 그를 뿌리치고 혼자 전철을 타고 집으로 돌아왔다.

최선배와 헤어져 집으로 돌아오는 동안, 나의 머릿속엔 윤주의 풍성한 몸과 부드러운 미소가 떠올랐다. 한때 우리는 한 달에 두세 번 만나 몰래 사랑을 나누는 사이였다. 그녀가 이민을 가기 전까지 우리는 열정도 없고 죄의식도 없는 불륜의 관계를 꽤 오랫동안 지속했다. 윤주는 이민을 가면서 이름을 캐서린으로 바꿨다. 미국 출신의 여성감독 캐서린 비글로*를 좋아한다는 게 이유였다.

— 그럼 난 이름을 제임스로 바꿔야 하나?

캐서린 비글로와 결혼했던 제임스 캐머런** 감독을 가리킨 말이었다. 침대에 걸터앉아 있던 그녀는 내 농담에 희미하게 웃어

---

* Kathryn Bigelow(1951~) : '할리우드의 아마조네스'로 불리는 여성 액션영화 감독. 〈죽음의 키스〉〈폭풍 속으로〉 등의 작품이 있다.
** James Francis Cameron(1954~) : 캐나다 출신의 영화감독. 〈어비스〉〈터미네이터〉〈트루 라이즈〉〈타이타닉〉〈아바타〉 등의 작품이 있다.

보였는데 어찌된 일인지 그녀의 눈에 물기가 고여 있었다. 순간 나도 울컥 목이 메어 딴청을 부리며 창밖으로 시선을 돌렸다.

우리는 서로 사랑했던 걸까? 그럴 리는 없을 것이다. 우리는 아무런 약속도 기대도 없는 쿨한 사이였을 뿐이다. 열정이 없으니 상처도 남지 않는 게 당연했다. 하지만 그녀가 캐나다로 떠나고 난 뒤, 나는 그녀의 얼굴을 떠올릴 때마다 가슴 한편이 휑해지는 걸 느끼곤 했다. 그런 상실감은 꽤나 오랫동안 지속되었는데 그녀의 빈자리는 아내가 떠났을 때보다 더 크고 깊었다. 그것을 사랑이라고 부를 수 있을까? 내가 믿기론, 사랑이란 여자의 입장에선 '능력 있는 남자에게 빌붙어서 평생 공짜로 얻어먹고 싶은 마음'이고 남자의 입장에선 '자신의 유전자를 가진 아이를 건강하게 낳아 양육해줄 젊고 싱싱한 자궁에 대한 열망'일 뿐이었다. 우울한 얘기지만 그것이 사랑의 본질인 것이다. 여기에서 벗어나는 그 모든 사랑 이야기는 대중을 기만하는 사기일 뿐이다. 하지만 우리는 젊지도 않고 능력도 없는 사람들이었다. 그러니 그것은 사랑하곤 애초에 거리가 멀어도 너무 먼 이야기일 뿐이었다.

*

오함마로부터 전화가 걸려왔다. 영화 편집도 끝나 모처럼 집에서 낮잠을 즐기고 있을 때였다. 잠결에 전화를 받은 나는 그가 드디어 교도소에 들어가는구나, 하는 생각이 퍼뜩 떠올랐다.

─너 지금 인천공항으로 나올 수 있니?

잔뜩 긴장한 목소리였다.

─공항? 공항은 왜?(이 인간이 길을 잘못 들었나? 왜 교도소로 안 가고 공항으로 갔지?)

─아무한테도 얘기하지 말고 일단 공항으로 나와.

나는 뭐라고 대꾸를 하려고 했지만 오함마의 긴장한 목소리에 알았다고 대답하고 급히 옷을 주워입었다.

오함마는 공항 안 커피숍에 앉아 있었다.

─여긴 어쩐 일이야? 어디 가?

─응.

오함마가 짧게 대답했다. 그는 뭔가 불안한 듯 쉴새없이 주변을 살폈는데 오함마에게 이런 표정이 있었나 싶을 만큼 긴장하고 있었다.

─교도소는 안 가?

─교도소 안 가.

그가 내 말을 반복했다.

─오감독, 내 말 잘 들어.

그가 내 눈을 똑바로 쳐다보며 말했다.

─나 지금 떠나면 오랫동안 못 올 거야.

─어딜 가는데?

─그건 알 것 없어. 아니, 절대 알면 안 돼.

—무슨 소리야, 그게?

내가 어리둥절한 표정으로 쳐다보자, 오함마는 주변을 한 번 둘러본 후 조심스럽게 입을 열었다.

오함마가 아는 동생들 가운데 '약장수'라고 불리는 자가 있었다. 말이 '아는 동생'이지 실은 오함마가 맞담배질하기도 어려운 그 바닥의 거물이었다. '약장수'는 그가 남대문 일대에서 환각제의 일종인 러미널을 팔 때 얻은 별명이었는데, 그는 그 별명을 죽도록 싫어해 자신을 약장수로 부르는 자가 있으면 상대를 반드시 병신으로 만들었다.

약장수가 네 살이 되었을 때 엄마가 집을 나갔다. 이때부터 그의 아버지는 그를 때리기 시작했다. 누군가에게 두들겨맞기에는 너무 어린 나이였지만 상상을 초월할 만큼의 잔인한 매질은 이후 십 년이 넘게 이어졌다. 그러다 열네 살이 되던 해부터 그는 더이상 맞지 않아도 되었다. 그의 아버지가 술에 취해 자고 있을 때 과도로 모두 일흔여덟 군데를 찔러 살해한 것이다. 그는 경찰에 의해 즉시 체포되었고 소년원에서 남은 십대를 보냈다. 이후, 그는 환각제를 팔다 다시 한번 교도소에 다녀왔다. 이때부터 그는 무서운 아이로 성장했다. 잔인성과 호전성에 있어서 또래 아이들을 능가하는 것은 물론 침착성과 대담성까지 갖추고 있어 세번째로 교도소에 다녀왔을 때는 그를 추종하는 무리가 생겨났다. 그래서 그는 오야지가 되었다.

오함마와 그가 서로 알고 지내게 된 것은 약장수가 전국적인 보도방 조직을 갖추고 술집에 여자들을 공급하고 있을 때였다. 당시 오함마는 한 술집에서 기도를 봐주고 있었는데 선불을 받아 달아난 여자 문제로 만나 서로 안면을 트게 된 것이다. 민경이 집을 나갔을 때 오함마는 누구보다 먼저 약장수를 떠올렸다. 그라면 민경을 찾아줄 수 있을 것 같았기 때문이었다.

오함마가 그를 찾아갔을 때, 그는 새로운 사업을 구상중이었다. 바로 도박사업이었다. 성인오락실이 광풍처럼 대한민국을 휩쓸고 지나간 뒤에도 그는 좀처럼 그 달콤한 맛을 잊을 수 없었던 것이다. 그가 생각한 건 회원제 술집이었다. 그 술집은 겉으로 보기엔 그저 고급 바에 지나지 않았지만 휘장 뒤에선 일본에서 들여온 신형 파친코 기계 수십 대가 밤새 돌아가는 카지노였다. 손님들이 파친코 기계 한 대에 들이붓는 돈은 상상을 초월할 정도였다. 하지만 노 리스크 노 게인(No risk, No gain), 그것은 수익이 뛰어난 만큼 매우 위험한 사업이었으며 그 위험을 감당할 누군가가 필요했다. 물론 약장수 자신은 아니었다. 부하들 가운데 한 명이 대신 교도소에 들어갈 수도 있었지만 그는 철저하게 조직의 존재를 숨기고 싶어했다. 그것은 아버지의 끔찍한 매질을 피해 아파트 지하 보일러실에 밤새 숨어 있어야 했던 어린 시절부터 몸에 밴 습성이었다.

결국 바지사장이 필요했다. 노숙자는 안 된다. 알코올중독자도 안 된다. 너무 가까운 사람도 안 되지만 생면부지도 곤란하다. 나이가 너무 어려도 안 되고 너무 많아도 안 된다. 야심이 있어도 안 되고 절대 똑똑하면 안 된다. 조건은 까다로웠다. 그들이 원하는 건 적당히 '가다'가 있으면서 적당히 어수룩해서 다루기 좋고 뒤탈도 없는, 그야말로 '핫바지' 같은 사람이었다.

오함마가 약장수를 만나기 위해 그의 사무실에 들렀을 때 그들은 마침 누구를 바지로 내세울 것인지에 대해 한창 토론을 하는 중이었다. 오함마가 문을 열고 들어서자 그들의 시선이 일제히 오함마에게 쏠렸다. 오함마는 계단을 걸어올라오느라 비 오듯 땀을 흘리며 가쁜 숨을 몰아쉬고 있었는데 십 년 전에 맞춘 양복은 그의 몸집에 비해 너무 작아 금방이라도 옷을 찢고 살이 튀어나올 것 같았다. 오함마를 본 약장수는 이산가족을 만난 듯 자신도 모르게 그에게 달려가 와락 끌어안고 큰 소리로 외쳤다.

— 형님! 어디 갔다 이제 오셨습니까?

뜻밖의 환대에 놀란 오함마는 눈을 끔벅거리며 약장수를 쳐다보다 자신이 찾아온 용건을 털어놓았다. 약장수는 민경을 찾는 건 일도 아니라고 했다. 그러니 걱정 말고 사무실에 앉아서 기다리라고 했다. 그리고 곧 부하들을 시켜 전국에 수배령을 내렸다. 그 동안 오함마는 약장수와 마주 앉아 시원한 냉커피를 마시며 세상 돌아가는 얘기를 나눴다. 예상 밖의 환대에 고무된 나머지 오함마는 그를 두 번이나 약장수라고 부르는 실수를 범하고 말았다. 하지만 이때에도 약장수는 '형님, 참 농담도 잘하신다'며 호탕하게 웃어 넘겼다. 물론 속으로는 모든 일이 마무리된 다음에 반드시 오함마의 한쪽 아킬레스건을 잘라버리겠다고 마음먹었지만 말이다.

그의 조직이 레이더망을 가동한 지 채 반나절도 지나기 전에 민경의 소재가 파악되었다. 그제야 비로소 약장수는 오함마에게 새로운 사업에 대해 털어놓았다. 그리고 그에게 거절할 수 없는 제안을 했다. 그것은 물론 바지사장을 맡아달라는 거였다. 오함마가 그의 제안을 받아들인다면 부하들을 시켜 당장 민경을 데려오겠지만 제안을 거절한다면 민경에게 무슨 일이 생겨도 책임질 수 없다는 거였다. 민경을 볼모로 한 명백한 협박이었다. 이때 오함마는 자신에게 선택에 대한 아무런 권한이 없다는 것을 깨달았다.

결국 민경은 집으로 돌아왔고 사업은 계획대로 진행되었다. 오함마는 그들의 꼭두각시가 되어 자신의 이름으로 모든 계약서에 사인을 했다. 약장수는 서둘러 술집을 열었고 예상대로 손님들이 벌떼처럼 몰려들어 파친코 기계에 미친 듯이 돈을 쏟아붓기 시작했다. 서울 시내 한복판에서 도박장을 연다면 아무리 쉬쉬해도 결국 들통이 나게 마련이었다. 하지만 몇 달만 버텨주면 투자비를 회수하는 건 물론 그 몇 배의 수익을 얻을 수 있었다. 문제가 생기면 오함마가 모두 뒤집어쓰고 약장수는 뒤에서 돈만 챙기면 되니 그야말로 땅 짚고 헤엄치기였다.

막상 술집이 문을 열고 나니 오함마는 뜨히 할 일이 없었다. 그들이 얻어준 호텔에서 잠을 자고 그들이 집어주는 용돈으로 마사지나 받으며 뒹굴거리다 저녁에 술집에 가서 공짜 술이나 얻어먹으면 되는, 어찌 생각하면 천국이나 다름없는 생활이었다. 처음엔 다시 교도소에 들어가야 한다는 사실에 괴로웠지만 결국 될 대로 되라는 심정이 되어 그들이 제공해주는 달콤한 유흥과 환락에 빠져들게 되었다.

술집이 문을 연 지 한 달쯤 되어가던 어느 날, 오함마는 약장수를 만나기 위해 사무실에 들렀다 동생들이 자신에 대해 이야기하는 것을 엿듣게 되었다. 그들은 오함마를 우스개 삼아 농담을 주고받았다. 돼지처럼 살찐 오함마의 몸집과 우스꽝스런 옷차림, 과장된 말투 모두가 놀림감이 되었다. 그들 가운데 누군가 오함마를 흉내내자 다 같이 킬킬거리며 즐거워했다. 그들 가운데 약장수도 있었다. 문 뒤에서 그들의 얘기를 듣고 있는 동안 오함마의 마음속에선 서서히 분노가 자라났다. 지금은 비록 핫바지가 되어 꼭두각시로 전락했지만 그도 한때는 잘나가던 주먹이었다. 나는 아직 죽은 시체가 아니다. 그날 오함마는 차마 사무실에 들어가지 못한 채 발길을 돌렸다.

자존심이 없는 사람은 위험하다. 자존심이 없으면 자신의 이익에 따라 무슨 짓이든 할 수 있기 때문이다. 하지만 그보다 더 위험한 건 자존심에 상처를 입은 사람이다. 그것은 그가 마음속에 비수 같은 분노를 품고 있기 때문이다. 그래서 사람은 자존심을 건드리면 안 되는 법이다.

오함마는 언젠가 그들에게 자신이 죽지 않았다는 것을 보여주겠다고 마음먹었다. 그리고 마음속 깊숙한 곳에 절대 품어서는 안 되는 위험한 생각을 품게 되었던 것이다.

내 비록 지금은 차가운 관 속에 시체처럼 누워 있지만, 동생들아! 너희들은 곧 비 오는 달밤에 시체가 일어나 돌아다니는 것을 보게 될 것이다!

기회는 머지않아 찾아왔다. 술집을 드나드는 손님 가운데 대전에서 올라온 전사장이라는 자가 있었다. 그는 일주일 동안 술집을 드나들며 파친코에 엄청난 돈을 쏟아부었다. 그리고 곧 매우 간단한 사실을 하나 깨달았다. 그것은 자신이 파친코 기계 앞에 앉아 돈을 쏟아붓는 것보다 기계 뒤에서 돈을 거둬들이는 게 더 유익하다는 사실이었다. 전사장은 돈도 있고 배짱도 있고 뒤를 봐줄 '빽'도 있는 사내였다.

전사장은 오함마에게 은밀히 만나자는 제안을 해왔다. 그리고 대전에서 불법도박장을 개설하는 문제에 대해 도움을 요청했다. 오함마는 흔쾌히 그의 요청을 받아들여 불법도박장의 운영시스템과 영업에 대한 노하우를 숨김없이 털어놓았다. 오함마 특유의 친화력 덕분에 둘은 곧 호형호제하는 사이가 되었지만 그는 오함마가 바지사장이라는 사실을 조금도 눈치채지 못했다. 원래 주인인 약장수가 워낙 조심성이 많아 오함마가 바지사장이라는 사실을 철저하게 숨겼기 때문이었다.

전사장은 부지런히 서울과 대전을 오가며 불법카지노 사업을 추진했다. 하지만 업장을 구하는 문제부터 손님을 끌어모으는 문제와 파친코 기계를 수입하는 문제 등 골치 아픈 문제들이 많았다. 이때 오함마가 슬그머니 미끼를 던졌다. 어느 술자리에서 자신은 곧 한국의 사업을 정리하고 동남아 쪽으로 진출할 거라는 얘기를 흘린 것이다. 동남아 쪽에 불법도박장을 개설해 한국에서 손님을 끌어들이면 보다 안전하게 돈을 벌 수 있을 거라는 정보였다. 마음이 급한 전사장이 덥석 미끼를 물었다. 한국의 사업을 정리할 때 도박장은 자신에게 넘겨주면 어떻겠냐는 거였다. 오함마는 일단 형동생 사이에 거래를 한다는 게 내키지 않는다며 난색을 표했다. 전사장은 목이 바짝 타서 애걸하다시피 매달렸다. 결국 오함마는 못 이기는 척 전사장에게 도박장을 넘기기로 결정했다. 그는 도박사업이 불법이니만큼 위험에 대비해 바지사장을 고용하는 게 좋을 거라는 조언까지 아끼지 않았다. 물론 그런 조언을 해주는 오함마 자신이 바지사장이라는 것을 전사장은 꿈에도 생각지 못했다.

이때부터 오함마는 바빠지기 시작했다. 부동산중개사와 계약 날짜에 맞춰 약속을 잡고 환치기조직에 있는 '아는 동생'에게 연락해 자금을 준비시키고 캄보디아 시엠립에 있는 택시운전사에게 전화를 걸어 미리 계좌를 개설해두었다. 그리고 여행사를 통해 계약 당일에 출발하는 비행기 표를 사두었다. 하지만 무엇보다도 중요한 건 계약서였다. 모든 게 자신의 명의로 되어 있지만 계약서가 없으면 문제가 복잡해지기 때문이었다. 물론 계약서는 약장수가 보관하고 있었다. 오함마는 사무실을 드나들며 계약서가 약장수의 방 캐비닛에 보관되어 있다는 것을 알아냈다. 하지만 자신으로서는 아무리 머리를 짜내도 계약서를 훔쳐낼 방법이 떠오르지 않았다.

이때 오함마는 교도소에서 같은 감방에 있었던 한 동료를 떠올렸다. 그는 대낮에 강남 일대의 부잣집만을 골라 터는 빈집털이 전문가였는데 워낙 기술이 출중해 배수관을 타고 십층까지 올라가 물건을 훔쳐오는 일도 다반사였다. 교도소에서 그는 '기수'라는 별명으로 불렸는데 그것은 그가 경마장에서 말을 타는 기수처럼 체격이 왜소했기 때문이었다. 그의 왜소한 체격은 빈집을 털때 매우 유리했지만 교도소에선 불리하게 작용했다. 동료 죄수들이 모두 그를 깔보고 괴롭혔기 때문이었다. 이때 오함마가 나서서 그를 괴롭히는 동료 죄수들로부터 보호해준 덕에 그는 수감기간 동안 별 탈 없이 지낼 수 있었다. 당시 오함마에게 신세진 것을 갚으려고 했는지 기수는 오함마의 부탁을 흔쾌히 들어주기로 했다. 캐비닛에 있는 계약서를 훔쳐오기로 한 거였다. 오함마는 상대가 도둑이 들었다는 사실을 알면 문제가 커지니까 계약서 이외의 다른 물건에는 절대 손을 대지 말라고 신신당부하며, 대신 일이 끝나고 나면 섭섭지 않게 비용을 지불하겠다고 약속했다.

계약 전날, 기수는 자신이 장담한 대로 계약서를 훔쳐 오함마의 손에 넘겨주었다. 그렇게 모든 준비는 끝났다. 오함마는 마지막으로 호텔 근처에서 '나라시'를 뛰는 '아는 동생'에게 돈을 주고 그날 하루 자가용을 전세냈다. 계약서를 작성하는 즉시 돈을 받고 동남아의 택시운전사에게 송금한 뒤 곧바로 공항에 가서 비행기를 탈 계획이었던 것이다.

전사장은 공인중개사를 통해 계약과 관련한 모든 사항을 꼼꼼히 점검했다. 서류상의 문제는 전혀 없었다. 약장수가 워낙 치밀하게 일을 처리했기 때문에 허점이 있을 리 없었다. 그가 단 한 가지 실수를 했다면 그것은 오함마를 너무 핫바지로 본 게 문제였다. 그날 약속한 시간에 바지사장 오함마와 전사장이 바지로 내세운 또다른 바지사장과의 거래가 이루어졌다.

같은 시각, 술집의 진짜 주인인 약장수는 사무실에서 담배를 피우기 위해 라이터를 찾고 있었다. 아는 동생이 선물로 준 라이터였는데 그날따라 라이터가 눈에 띄지 않았다. 밖에 있는 부하들에게 물었지만 아무도 본 사람이 없었다. 그는 별생각 없이 부하가 건네주는 일회용 라이터로 불을 붙이고 평소와 다름없이 소파에 앉아 담배를 피우며 그날 할 일에 대해 천천히 생각했다. 돈을 이렇게 혼자 다 긁어모아도 되는 건가, 싶은 죄책감과 이러다 큰 벌을 받는 게 아닌가, 하는 두려움이 들 만큼 파친코 사업은 번창했

226

다. 조직은 탄탄했고 자금도 차곡차곡 쌓여가고 있어 만사형통이었다. 그런데 그날따라 뭔가 예감이 좋지 않았다. 황동으로 만든 라이터는 그가 특별히 아끼던 물건으로 늘 테이블 위에 놓아두고 쓰던 것이었는데 아무리 탐이 난다고 해도 감히 약장수의 물건에 손을 댈 부하는 아무도 없었다. 그렇다면 라이터는 어디로 사라진 걸까? 그는 천천히 사무실 안을 둘러보았다. 평소와 다름없는 모습이었지만 어딘가 방 안의 풍경이 낯설게 느껴졌다. 그는 자리에서 일어나 꼼꼼하게 사무실 구석구석을 살펴보았다. 그러다 마침내 열쇠를 꺼내들고 천천히 캐비닛을 열었다.

오함마가 계약서에 사인을 하고 잠시 담소를 나누는 동안 전화가 걸려왔다. 핸드폰을 꺼내 번호를 확인해보니 약장수였다. 가슴이 덜컥 내려앉았다. 그는 재빨리 핸드폰을 껐다. 그리고 서둘러 가방을 들고 사무실을 빠져나왔다. 가방 안엔 전사장에게서 받은 계약금이 들어 있었다. 중도금과 잔금까지 받을 수 있다면 금상첨화겠지만 처음부터 오함마는 큰 욕심이 없었다. 계약금만으로도 평생 먹고살 정도는 충분했으니 목숨까지 내걸 이유가 없었던 것이다.

오함마는 황급히 사무실을 나와 대기시켜둔 자동차에 올라타고 다음 약속장소로 향했다. 그곳은 남대문시장에 있는 한 보석상이었다. 겉으로 보기엔 평범한 보석상에 불과했지만 그 실체는 하루에도 수십억씩 주무르는 거대 환치기 조직의 아지트였다. 오함마는 그들에게 돈을 건넸고 그들은 캄보디아에 개설해놓은 택시운전사의 계좌로 돈을 송금했다. 물론 엄청난 액수의 수수료를 지불해야 했다. 오함마의 입에서 저절로 '도둑놈'이라는 소리가 흘러나왔다.

그 자리에서 오함마는 시엠립의 택시운전사에게 전화를 걸어 입금이 되었는지 확인했다.

썹 사바이.

썹 사바이.

머니 오케이?

머니 오케이.

굿. 음…… 썹 사바이.

썹 사바이.

그는 간단하게 통화를 끝내고 곧바로 남대문시장 근처에서 계약서를 훔쳐낸 기수를 만났다. 떠나기 전에 그와 마지막으로 점심을 먹으며 얼마간의 수고비라도 건네줄 생각이었던 것이다. 그런데 담배를 피우기 위해 기수가 라이터를 꺼냈을 때, 오함마의 등엔 식은땀이 흘렀다. 그는 기수가 꺼낸 라이터가 약장수의 방에 있던 황동라이터라는 것을 한눈에 알아보았다. 계약서 이외의 다른 물건에는 절대 손을 대지 말라고 했건만 제 버릇은 개를 못 주는 모양인지 기수는 나오는 길에 황동라이터를 슬쩍했던 것이다. 오함마는 얼마간의 돈을 건네주며 라이터를 빼앗았다. 혹시라도 기수가 가지고 다니다 조직원들의 눈에 띄게 되면 그 역시 목숨을 보장할 수 없었기 때문이었다. 오함마는 어리둥절해하는 기수를 남겨둔 채, 밥도 먹지 않고 서둘러 차를 타고 공항으로 향했다. 차 안에서 그는 담배를 꺼내물었다. 그리고 약장수의 황동라이터로 불을 붙였다. 이제 약장수가 모든 사실을 알아내는 건 시간문제다. 하지만 그때쯤엔 나는 이미 한국에 없을 것이다. 언제 한국에 다시 돌아올지 모르지만 이젠 모두들 안녕이다.

공항 커피숍에서 오함마에게 모든 사실을 듣고 났을 때, 나는 한 편의 첩보영화를 본 기분이었다. 주인공은 뼈만 남은 채 수치스럽게 돛대에 매달린 청새치였지만 그는 이제 그물에서 빠져나가기 일보직전에 와 있었다.

─그래서? 이제 캄보디아에 가서 살 거야?

한동안 멍한 눈으로 쳐다보던 내가 문득 생각난 듯 물었다.

─아니, 그냥 거기 눌러 있으면 동생들한테 잡혀. 일단 돈만 찾아서 다른 나라로 튀어야지. 라오스든, 비트남이든 아무도 모르는 데로.

오함마는 말을 하면서 누구를 찾는지 입구 쪽을 연신 두리번거렸다.

─누구 또 올 사람 있어?

─응? 응.

─누구?

─그냥, 있어. 아무튼, 미안하다, 오감독.

─뭐가?

오함마는 착잡한 듯 한숨을 내쉬며 말했다.

─아마 대통령 세 번 바뀔 때까진 한국에 못 들어올 거야. 그
동안 나 대신 네가 엄마 잘 모시고 살아. 그리고 이건……

오함마는 검은 가방 안에서 뭔가를 주섬주섬 꺼냈는데 누런 각
봉투였다. 얼핏 가늠해봐도 적지 않은 돈이었다.

─이건 뭔데?

─밥값.

─무슨 밥값?

─이 나이가 되도록 엄마가 해주는 밥을 얻어먹기만 했잖아.
피도 한 방울 안 섞인 의붓자식인데…… 얼마 안 되는 돈이지만
엄마한테 갖다드려라.

이때, 오함마가 입구 쪽을 향해 번쩍 손을 치켜들었다. 돌아보
니 한 여자가 작은 여행가방을 들고 우리 쪽을 향해 걸어오고 있
었다. 수자씨였다.

─저 여자, 미용실 여자 아냐?

─응.

─근데 저 여잔 어쩐 일이야?

─미스 한도 같이 갈 거야.

도대체 이건 또 무슨 해괴한 상황이지? 수자씨는 나를 보고 멈
칫하더니 가볍게 목례를 하며 오함마 옆자리에 다소곳이 앉았다.

─밥 안 먹었죠? 뭐, 토스트라도 먹을래요?

오함마가 수자씨에게 물었다.

―그냥 커피나 한잔할게요.

오함마는 주문대로 가서 수자씨의 커피를 주문했다. 그 동안 수자씨는 힐끔거리며 내 눈치를 살폈다.

―저 인간이 도대체 뭐라고 하면서 꼬였습니까?

내가 물었다.

―한모씨가 꼬인 게 아니라 내가 먼저 꼬였어요.

―예?

수자씨의 표정은 담담했다.

―얼마 전에 머리 깎으러 왔는데 자기는 이제 먼 데로 떠난다고, 마지막으로 인사를 하러 왔다고 하더라고요. 다시는 못 볼 거라고…… 그래서 머리를 다 깎고 난 다음에 제가 그랬어요. 어디로 가는지는 모르지만 저도 데려가달라고요.

참으로 대책 없는 인간들이었다. 도대체 이 인간들은 계획이란 단어는 아예 모르고 사는 인간들이란 말인가!

―딸은 어떻게 하고요?

―애 아빠가 데려갔어요. 양육권 때문에 재판을 했는데 제가 졌거든요.

아이 얘기에 마음이 무거운지 수자씨는 고개를 떨어뜨렸다.

―아무리 그래도 그렇지, 저 인간을 따라가면 무슨 일을 당할지도 모르는데……

―어떻게 되든 상관없어요. 어차피 여기엔 저한테 남은 게 아

무엇도 없거든요.

—그렇다고 전과자를 무작정 따라가는 건 그렇잖아요. 수자씨
도 수자씨 나름대로 살아온 인생이 있는데…… 도대체 저 인간을
따라가는 이유가 뭡니까?

내가 취조를 하듯 다그치자 수자씨는 잠깐 망설이다 작은 소리
로 대답했다.

—한모씨는 저를 사랑해요.

사랑? 맙소사! 또 사랑타령인가!

—그럼, 수자씨는요? 수자씨도 저 인간을 사랑해요?

—조금요. 하지만 앞으로 더 많이 사랑하려고 노력할 거예요.

가난한 사람들만이 사랑을 한다는데, 참으로 대책 없는 사랑이
로군.

—그리고 사실 저는 감독님이랑 얘기하는 것보다 한모씨랑 얘
기하는 게 더 재밌어요. 감독님은 잘 모르는 얘기만 해서 자꾸 나
를 주눅들게 하는데 한모씨는 저를 항상 웃게 해주거든요. 참, 그
거 들어봤어요?

—뭘를요?

—입으로 뱃고동 소리를 흉내내는데 진짜 똑같아요. 남보원씨
한테 직접 배웠대요.

—휴, 미치겠네. 저기요, 그 사람 진짜 남보원 아니거든요. 그
리고 평생 뱃고동 소리만 듣고 있으면 저절로 배가 부른답디까?
사람이 어떻게……

이때, 오함마가 수자씨의 커피를 들고 와 나는 입을 다물었다.

잠시 후, 오함마와 수자씨는 방콕행 비행기를 타고 떠났다. 우선 방콕에 도착하면 캄보디아로 가는 비행기로 갈아탈 예정이라고 했다. 나는 출국장으로 걸어가는 그들을 지켜보았다. 오함마는 어색하게 웃으며 손을 번쩍 흔들었고 수자씨는 예의 다소곳한 목례를 했다. 나도 엉거주춤 인사를 했는데 시원섭섭하다고나 할까? 순간, 기분이 묘했다.

두 사람이 출국장 안으로 사라진 뒤 공항 로비엔 나만 홀로 남았다. 나는 비행기가 떠난 뒤에도 갈 길을 잃은 사람처럼 한동안 로비를 서성거렸다. 과연 오함마의 이야기는 이렇게 끝나는 것인가? 나는 풀지 못한 숙제가 남아 있는 찜찜한 기분에 한동안 의자에 앉아 여행가방을 들고 바삐 오가는 승객들을 바라보고 있었다. 그러다 공항을 빠져나올 때쯤, 나는 마침내 오함마가 멋지게 한 방 해냈다는 것을 깨달았다. 오함마! 해냈구나! 꼬일 대로 꼬인 막장인생을 이렇게 한 방에 해결하는 수도 있었구나!

그는 〈스팅〉의 주인공처럼 멋지게 한탕해서 〈쇼생크 탈출〉의 주인공처럼 교도소에서 보기좋게 탈출한 것이다. 아니, 교도소에 들어가기 직전, 극적으로 도망친 것이다. 당연히 그것은 교도소에 들어가 힘들게 땅굴을 파는 것보다 훨씬 나은 방법이었다. 게다가 평생 먹고살 돈과 평생 같이 살 여자를 한꺼번에 얻었으니 말해 무엇하랴! 그는 더이상 상어에게 물어뜯겨 뼈만 남은 청새치가 아

고령화 가족 233

니었다. 더이상 살라오도 아니었다. 그는 폭풍우 치는 바다에서 살아남아 뱃전에 거대한 청새치를 매단 채 노을 진 부두로 귀환하는 늙은 어부였다. 그리고 사냥에 성공한 헤밍웨이처럼 환하게 웃으며 은빛 비행기를 타고 하늘 높이 날아간 것이다.

집으로 돌아오기 위해 공항에서 버스를 기다리고 있을 때였다. 검은 양복을 입은 한 무리의 사내들이 황급히 차에서 내려 공항 안으로 뛰어들어가는 것이 목격되었다. 나는 그 가운데 한 사내가 오함마를 따라 미연의 결혼식에 왔던 자라는 것을 알아보았다. 그들은 모두 잔뜩 화가 난 표정이었다. 뒤늦게 사태를 파악한 약장수가 급히 부하들을 공항으로 보낸 모양이었다. 하지만 오함마가 탄 비행기는 이미 서해바다를 날아가고 있을 터였다. 집으로 돌아오는 공항버스 안에서 나는 자신도 모르게 자꾸만 웃음이 비어져나와 혼자 내내 히죽거렸다.

저수지의 개들

—너 이번주 일요일에 시간 있니?

엄마가 저녁을 먹는 자리에서 물었다. 오함마가 캄보디아로 떠난 지 일주일쯤 지난 뒤였다.

—왜요?

—느이 아버지에게 좀 다녀와야겠다. 미연이한테 차 빌려달라고 얘기해놨으니까 나랑 같이 좀 다녀오자.

아버지가 돌아가셨을 때 나는 화장할 것을 주장했다. 처음엔 식구들 모두 반대했지만 정부시책이 어쩌고 시대의 흐름이 저쩌고하며 식구들을 설득한 끝에 결국 벽제에서 화장을 하기로 했다. 유골을 납골당에 안치하는 것에 대해선 엄마가 반대했다. 어차피 화장을 한 마당에 뼛가루만 따로 보관한다는 것도 꼴사납다는 거였다. 결국 우리는 아버지의 유골함을 들고 임진강 하구에 가서

강물에 뿌렸다. 엄마가 '아버지에게 다녀와야겠다'고 말한 것은
바로 유골을 뿌린 임진강에 가자는 걸 의미하는 거였다.

　— 거기 가봐야 아무것도 없는데……

아버지가 돌아가신 이후, 우리 가족은 한 번도 임진강을 찾은
적이 없었고 그 장소에 대해 이야기를 꺼낸 적도 없었다.

　— 나도 안다. 그래도 어딘지는 알 거 아니냐.

　— 그날 나 바쁜데…… 미연이하고 갔다오면 안 돼요?

나는 촬영이 끝나 할 일이 없었지만 엄마랑 둘이 가는 게 내키
지도 않고 귀찮기도 해서 슬그머니 발을 뺐다. 그러자 엄마가 버
럭 소리를 질렀다.

　— 미연이 아버지가 아니라 네 아버지다, 이놈아!

하긴…… 따지고 보면 그렇긴 하지만.

임진강의 벌판엔 철새들이 무리지어 날고 있었다. 세상의 새들
이 다 모여든 게 아닐까 싶을 만큼 많은 숫자였다. 유골을 뿌린 장
소는 별다른 표식 없이 갈대만이 무성하게 우거져 어디가 어딘지
가늠할 수 없었다. 나는 적당한 곳에 차를 세우고 엄마와 함께 차
에서 내렸다. 초겨울의 날씨는 차가웠다. 곧 눈이라도 올 것처럼
하늘은 무겁게 가라앉고 차가운 강바람이 뺨을 때렸다. 엄마와 나
는 갈대숲을 헤치고 강을 향해 앞으로 걸어갔다. 근처에서 먹이를
찾던 물오리떼가 인기척에 놀라 일제히 하늘로 날아올랐다. 얼마
쯤 걸어갔을까? 갈대밭 너머에 강물이 유유히 흐르고 있었다.

엄마는 강가에 쪼그리고 앉아 흐르는 강물을 말없이 바라보았다. 나는 그 옆에 서서 담배를 피워물었다. 아버지의 뼛가루는 이미 오래 전 강물을 따라 서쪽바다로 흘러갔을 것이다. 아버지의 영혼은 어디쯤 떠돌고 있을까, 하는 따위의 감상적인 생각을 떠올릴 수 없을 만큼 바람은 매서웠지만 엄마는 꼼짝 않고 앉아 하염없이 흐르는 강물을 바라보고만 있었다. 엄마는 도대체 무슨 생각을 하고 있는 걸까? 자신과 평생을 함께한 죽은 이에 대한 추억을 더듬어보는 걸까? 아니면 그저 지지리 고생만 하다 죽은 지아비에 대한 연민으로 차마 발길을 뗄 수 없는 걸까? 내가 담배를 세 대쯤 피웠을 때, 엄마는 드디어 자리에서 일어서며 말했다.

—그만 가자. 여긴 아무것도 없구나.

엄마는 누군가에게서 도망치듯 서둘러 갈대밭을 헤치고 성큼성큼 앞으로 걸어갔다.

—근데, 갑자기 여기는 어쩐 일예요?

나는 히터를 한 단계 더 올리며 백미러로 엄마를 돌아보았다. 엄마는 차창 밖으로 지는 노을을 바라보다 한숨을 내쉬듯 말했다.

—느이 아버지한테 마지막으로 인사하러 왔다.

—무슨 인사요?

엄마는 잠시 뜸을 들이다 입을 열었다.

—미연 아버지하고 살림 합치기로 했다.

—네? 어, 엄마가 그 아저씨랑 같이 산ㄷ고?

나는 놀란 얼굴로 엄마를 돌아보았다.

─미연 아버지나 나나 이제 살 날도 얼마 안 남았는데 몰래 서방질하는 년처럼 밖에서만 만나는 것도 그렇고 해서……

나는 머리가 혼란스러웠다. 엄마와 같이 산다면 나에게는 새아버지 아닌가? 맙소사! 나이 오십에 의붓아버지라니!

─남들이 뭐라고 손가락질을 하든 상관은 없지만 네 아버지한테는 인사라도 하는 게 도리가 아닌가 싶어서 왔다.

엄마는 잠시 눈길을 창밖으로 돌렸다 말을 이었다.

─느이 아버지하고 나 사이에 사랑은 없었어도 인간적인 정리는 있었다. 아무리 죽은 지 십 년이 넘었다지만 그 사람이 평생 나한테 모질게 한 적이 없는데 말도 없이 가버릴 수는 없는 법이다.

엄마가 말한 인간적인 정리란 게 무엇이었을까? 밖에서 낳아 데리고 온 아이를 제 자식처럼 받아준 게 정리였을까, 아니면 배다른 자식을 제 자식처럼 거둬먹인 게 정리였을까? 하긴 두 사람이 서로 잡아먹을 듯 싸울 때조차도 아버지는 엄마의 과거를 입에 올린 적이 없었다. 또한 미연을 다른 형제들과 층하를 둔 적도 없었고 그 점은 엄마도 마찬가지여서 자기 배로 낳은 자식이 아니라고 해서 오함마를 우리와 차별한 적이 없었다. 혹 페미니스트의 시각에서 엄마의 이런 모습을 본다면 남편이 죽은 지 십 년이 지나도 굴종의 사슬에서 벗어나지 못하는 가부장이데올로기의 희생자처럼 비춰질 수도 있겠지만 그런 부부간의 정리마저 없었다면 아마도 우리 집은 이미 콩가루가 되어 산산이 흩어지고 말았을 것이다.

—그럼 엄마가 미연 아버지네 집으로 들어가서 살 거예요?

내가 조심스럽게 물었다.

—아니, 그 양반이 우리 집으로 들어오기로 했다. 세간도 그렇고 그 양반 사정도 그렇고 해서……

오함마와 미연이 나가고 나니 다시 엄마의 남자가 들어온다고? 그럼 나는 어떻게 되는 거지?

—무엇보다 네가 좀 불편하겠지만 어떡하겠니. 사람이 어려우면 어려운 대로 살아야지. 그 양반이 워낙 있는 듯 없는 듯 조용한 양반이라 신경쓸 것도 없을 게다.

아무리 사정이 그렇다 해도 머리가 다 벗어져가는 나이에 생면부지의 의붓아버지와 한 지붕 아래에서 살게 되다니! 도대체 이 막장드라마는 언제쯤 끝이 날까?

＊

미연 아버지와 한집에 살게 되면서 나는 거실에도 나가지 않고 하루 종일 방에 틀어박혀 헤밍웨이의 전집 가운데 마지막으로 남은 『우리들의 시대에』를 읽고 있었다. 그것은 「킬리만자로의 눈」이 실린 초기 단편집이었는데 비정의 문체로 불리는 헤밍웨이 문체의 특징이 가장 잘 드러나 있어 매우 청신하고 명료한 느낌을 주었다. 하지만 소설과 달리 내가 처한 현실은 무엇 하나 분명한 게 없었다. 플롯은 갈 길을 잃은 채 방황하고 지리멸렬한 일상이 반복되었다.

엄마의 말대로 미연 아버지는 있는 듯 없는 듯 조용한 사람이었다. 나와 마찬가지로 그도 밥을 먹을 때를 제외하곤 하루 종일 방에 틀어박혀 지냈다. 엄마와 대화를 할 때도 말은 주로 엄마가 하는 편이었고 그는 이따금씩 고개를 끄덕이기만 했다. 게다가 우리는 둘 다 낯을 가리는 성격이어서 서로 얼굴이 마주칠 때마다 어색하게 인사를 나누고 황급히 고개를 돌리곤 했다.

미연은 가끔 집에 들러 어색한 대로 더듬더듬 친부와 이야기를 나누기도 했다. 평생 존재조차 모르고 살았던 친부에게 달리 할 얘기가 뭐 있을까마는 그래도 미연은 애써 질문을 찾아내 대화를 이끌어갔다. 그런 미연의 모습에서 전에 없던 당당함이 느껴졌는데 그녀는 아마도 자신의 핏줄을 확인함으로써 혼란스럽고 수치스럽기만 했던 그간의 인생에 대해 뒤늦게 정당성을 인정받았다고 생각하는 것 같았다. 그렇게 잘못된 가족의 역사는 제자리를 찾았다. 미연은 친부를 만났고 엄마는 사랑을 되찾은 것이다.

하루는 밖에 나간 엄마가 집으로 전화를 걸어왔다. 급한 볼일이 있어 서둘러 나오느라 미처 점심을 챙겨놓지 못했으니 미연 아버지와 함께 라면이라도 끓여 먹으라는 거였다. 전화를 끊고 엄마의 방문을 열어보니 미연 아버지가 방 안 가득 잡다한 전자부품을 늘어놓고 전기인두로 뭔가를 지지고 있었다. 가만히 살펴보니 그것은 기억도 나지 않을 만큼 오래 전부터 집에 있던 고장난 전축이었다. 우리가 어릴 땐 엄마와 아버지가 배호와 이미자, 나훈아와 패티김의 노래를 들었고 오함마가 크면서 송창식과 양희은의 노래로 바뀌었다가 내가 중학교에 입학하면서부터 청계천에서 해적판으로 사모은 딥퍼플과 레드제플린의 시끄러운 메탈 사운드가 한동안 흘러나오다 내가 대학에 들어가자 곧 미연의 차지가 되어 하루 종일 옆에 끼고 살며 나미와 이선희의 노래를 듣던 바로 그 전축이었다. 그 전축이 언제부터 소리를 멈추었는지는 기억나지 않지만 그것은 형제들의 성장과 맞물려 오랜 세월을 함께해온 우리 가족의 낡은 유산이었다. 어디서 찾아냈는지 미연 아버지는 전축을 낱낱이 분해해놓고 손톱만한 부품들을 하나하나 꼼꼼히 들여다보고 있었다. 평생 전파사를 해서 먹고산 사람으로서 무료함도 달랠 겸, 옛날 솜씨도 발휘할 겸 한번 고쳐보려는 것 같았지만 한눈에 봐도 전축은 너무 낡고 오래되어 도저히 소리가 나올 것 같지 않았다.

내가 어색하게 헛기침을 하자 수리에 몰두해 있던 그가 돋보기 안경 너머로 나를 쳐다보았다.
— 라면…… 드실래요?
— 라, 라면?

— 네, 엄마가 못 들어오신다고……

우리는 서로 눈길을 피한 채 어색하게 말을 주고받았다.

— 그, 그러지, 뭐.

— 혹시…… 계란 넣으세요?

— 응?

— 계란요. 전 안 넣는데 혹시 좋아하시면……

— 나도 그냥 민짜가 좋은데……

그가 혼잣말을 하듯 웅얼거렸다.

잠시 후, 우리는 식탁에 마주 앉아 라면을 먹었다. 두 사람 다 말이 없어 고요한 집 안엔 후루룩거리는 소리만 어색하게 떠다녔다. 한동안 말없이 라면을 먹던 그가 문득 생각난 듯 물었다.

— 이게 무슨…… 라면인가?

— 삼양라면인데요.

내가 대답하자 그는 고개를 끄덕이며 말없이 라면을 다 먹은 후, 자리에서 일어서며 혼잣말처럼 중얼거렸다.

— 라면은 역시 삼양라면이지.

그것이 미연 아버지가 집에 들어온 이후, 우리가 나눈 가장 긴 대화였다. 라면은 그냥 '민짜'로 끓이는 게 낫다는 것과 '라면은 역시 삼양라면'이라는 내용이 전부였지만 그나마 라면에 대한 취향이 둘 다 같다는 것을 확인한 중요한 대화였다.

날씨는 더욱 쌀쌀해져 조만간 눈이라도 내릴 기세였다. 미연 아버지는 여전히 방에 들어앉아 고장난 전축과 씨름하고 있었다. 그가 새로 합류하긴 했지만 집 안은 여름철 피서객들이 모두 빠져나간 가을의 바닷가처럼 적막해 여름내 그렇게 답답하게 느껴졌던 스물네 평 연립이 허전하게 느껴졌다. 같이 있을 땐 원수처럼 미워하다가도 막상 없으면 그리운 게 식구인 모양인지 나는 문득문득 민경의 짱알거리는 목소리가 듣고 싶었고 오함마의 뱃고동 소리도 그리웠다.

*

아침에 눈을 뜨니 어디선가 희미하게 노랫소리가 들려왔다.

가슴속에 스며드는
고독이 몸부림칠 때
갈 길 없는 나그네의
꿈은 사라져 비에 젖어 우네
너무나 사랑했기에
너무나 사랑했기에
마음의 상처 잊을 길 없어
빗소리도 흐느끼네

패티김의 부드럽고 풍성한 목소리가 집 안 가득 울려퍼지고 있었다. 마침내 미연 아버지가 전축을 다 고친 모양이었다. LP 특유의 노이즈가 섞여 있긴 했지만 생각보다 음질이 깨끗했다. 나는 따뜻한 이불 속에서 빠져나오기가 싫어 일어날 생각도 않고 자리에 누운 채 노래를 들었다. 그날 아침, 나는 패티김의 노래를 들으며 다시 어린 시절로 돌아간 듯한 기분이 들었다.

그때도 나는 지금처럼 이불 속에 누워 있었고 엄마는 양말을 꿰매며 전축에서 흘러나오는 패티김의 노래를 들었을 것이다. 때로는 한껏 감상에 취해 수줍게 노래를 따라 부르기도 했을 것이다. 패티김의 목소리와 뒤섞인 엄마의 부드러운 목소리를 들으며 어느 결엔가 나는 스르르 잠이 들었을 것이다. 전축에서 흘러나오는 노래는 송창식과 레드제플린, 이선희와 전영록 등 세월에 따라 달라졌지만 결국 처음 시작했던 곳으로 돌아왔다.

너무나 사랑했기에
너무나 사랑했기에

우리 가족은 혼란스럽고 위태로웠던 과거와 화해하고 비로소 제자리를 찾은 느낌이었다. 또한 아무것도 바뀐 것은 없었지만 패티김의 노래가 울려퍼지던 그날 아침만큼은 우리 집도 평화로운 가정이었다.

*

    평화와 화해의 시간은 짧았다. 패티김의 노래가 집 안 가득 울려퍼지던 그날 아침까지만 해도 나는 바로 코앞에 혹독한 심판의 시간이 다가와 있다는 것을 짐작조차 하지 못했다. 그날 오후, 나를 찾아온 것은 사막에서 나를 데려갈 비행기가 아니었다. 물론 트럭도 아니었다. 그것은 '올레 앤더슨'을 찾아온 킬러들만큼이나 무시무시한 자들이 타고 있는 검은 승용차였다.

    벨소리가 들려 문을 열어보니 검은 양복을 입은 사내 둘이 서 있었다. 보자마자 으스스한 한기가 느껴져 무협지에 나오는 '오오! 서늘한 인영' 어쩌고 하는 표현이 딱 들어맞는 자들이었다. 밤에만 돌아다녀서인지 그들의 얼굴은 흡혈귀처럼 창백했다. 때마침 엄마와 미연 아버지는 외출을 하고 없었다. 그들의 얼굴엔 '눈 깔아'라고 쓰여 있었다. 그래서 나는 눈을 깔았다. 흡혈귀들은 다짜고짜 나의 양팔을 잡아 밖으로 끌고 나갔다. 뭔가 겁주는 소리를 한마디 할 법한데도 그들은 벙어리처럼 말이 없었다. 나는 빌라 주차장에 세워둔 그들의 검은 승용차 안으로 순순히 끌려들어갔다. 반항해봤자 봉변만 당할 게 뻔했기 때문이었다. 차에 올라타 안을 둘러보니 운전석에 앉아 있는 사내가 눈에 띄었다. 미연의 결혼식장에서 만난 적이 있는 자였다.

    —무슨 일인지 모르지만 우리 초면은 아닌 것 같은데……

하는 순간, 명치끝에 엄청난 통증이 느껴졌다. 숨을 쉴 수가 없었다. 누가 뭘 어떻게 한 건지도 알 수 없었다. 나는 승용차 뒷좌석에 누워 가까스로 숨을 몰아쉬었다. 그러는 동안 승용차는 빠르게 속력을 내며 어디론가 질주해가고 있었다.

녀석은 크게 될 놈이었다. 한마디로 '될성부른 나무'였다. 이십 대 후반쯤 되었을까? 채 서른도 안 돼 보이는 앳된 얼굴이었지만 녀석의 눈빛은 바위처럼 묵직하고 단호했다. 나는 그가 오함마가 말한 약장수라는 것을 한눈에 알아보았다. 차를 타고 오는 동안, 나는 모든 걸 털어놓을 준비가 되어 있었다. 오함마의 행방과 시 엠립의 택시운전사 등 그들이 묻는 말에 한 치의 거짓도 없이 진실을 다 말해줄 생각이었다. 그들이 묻기만 한다면 내 은행계좌의 비밀번호를 말해줄 수도 있었고, 그들이 원하기만 한다면 내 팬티 색깔이 뭔지도 말해줄 수 있었으며 그들이 궁금하기만 하다면 영화 연출에 필요한 비주얼 테크닉에 관해서도 자세히 설명해줄 용의가 있었다. 그런데 약장수는 나에게 그런 기회조차 주지 않았다. 그는 미동도 없이 나를 바라보다 입을 열었다.
—옷 벗어.
조카뻘이나 될까 싶은 나이였는데 대뜸 반말이었다.
—저, 동생은 오늘 처음 보는 것 같은데 인사나 하지. 나는……
내가 그에게 손을 내미는 순간, '퍽!' 소리와 함께 나는 앞으로 고꾸라졌다. 뒤에서 흡혈귀 한 마리가 각목으로 등을 후려친 모양이었다. 뼈가 부서진 듯 등에 극심한 통증이 느껴졌다. 나는 가까스로 일어서며 말했다.

　—벗으라면 벗겠지만 내가 벗어봐야 별로 아름답지도 않을 텐데……

　다시 등에 엄청난 고통이 밀려왔다. 나는 비명을 지르지도 못하고 재빨리 옷을 벗기 시작했다. 아무리 버텨봐야 그들은 결국 내가 옷을 모두 벗게 만들 것이다. 그러니 시간을 끌어봐야 좋을 게 없다. 내가 팬티만 남기고 옷을 모두 벗자 녀석이 내 팬티를 가리키며 말했다.

　—그것도 벗어.

　단조롭고 명료한 어투였다. 나는 이를 악물고 천천히 팬티를 내렸다. 깡마른 내 몸을 본 녀석의 얼굴에 보일 듯 말 듯 경멸의 미소가 스쳤다. 나는 완전히 발가벗은 채 엉거주춤한 자세로 녀석을 쳐다보았다. '될성부른 나무'는 덩치만 큰 깡패가 아니었다. 그의 행동은 정확하고 단호했다. 옷을 벗긴 것은 아마도 심리적인 이유에서였을 것이다. 그것은 군사독재 시절 정보부 요원들이 취조를 할 때 흔히 쓰던 수법으로, 옷을 벗기면 수치심과 함께 자포자기의 상태가 되어 말랑말랑한 찰흙처럼 다루기가 쉬워지기 때문이다.

　—동생, 이러지 말고 궁금한 게 있으면 뭐든지 물어봐. 다 얘기해줄 테니까.

　—아니, 지금 말할 필요 없어. 정 하고 싶은 얘기가 있으면 나중에 시간을 줄게.

　녀석은 의자에서 일어서서 나에게 다가왔다. 그리고 코앞에 얼굴을 들이밀고 말했다.

　—이제부터 우린 널 때릴 거야.

이제부터 때린다고? 난 벌써 죽도록 얻어맞은 것 같은데…… 상
대를 때리겠다는 말을 이렇게 담담하게 하는 것을 나는 처음 들어
봤다. 뉘앙스로만 보면, '주문하신 음료는 왼쪽에 준비해드리겠습
니다' 정도의 말투였다.

　—아마 많이 아플 거야. 아프면 소리를 지르거나 울어도 돼. 괜
히 부끄럽게 생각할 건 없어. 어른도 아픈 건 아픈 거니까. 참고로
여긴 아무리 크게 소리를 질러도 들을 사람이 아무도 없거든. 그
러니까 마음껏 비명을 질러도 돼. 그게 고통을 견디는 데 얼마나
도움이 될지는 모르겠지만 말이야.

　어둠 속이라 자세히 알 수는 없었지만 내가 끌려온 곳은 외곽순
환도로 근처에 있는 어느 컨테이너박스 안이었다. 주변엔 인가도
한 채 없어 그의 말대로 아무리 비명을 질러봐야 소용이 없을 것 같
았다. 약장수는 컨테이너박스 밖으로 나가며 흡혈귀들에게 눈짓을
했다. 그러자 곧 앞서 겪은 고통보다 두 배쯤 극심한 고통이 어깨에
떨어졌다. 나는 자신도 모르게 비명을 지르며 바닥을 나뒹굴었다.
어디가 어떻게 아픈 건지 인지하지도 못할 만큼 고통의 파장은 크
고 강렬했다. 잠시 후, 다시 끔찍한 고통이 느껴졌다. 이번엔 다리
쪽이었다. 빽! 소리가 나며 뭔가 부러지는 느낌이 들었다. 이어 두
사내의 몽둥이가 사정없이 나의 앙상한 몸뚱이 위로 떨어졌다.

맷집이라면 나도 어느 정도 자신이 있었다. 어릴 때부터 오함마에게 단련이 된 덕분이었다. 하지만 흡혈귀들의 몽둥이질 앞에서 그 정도의 맷집은 조금의 도움도 되지 않았다. 그들은 때리는 방식이 완전히 달랐다. 오함마는 벽돌을 들고 설치긴 했지만 그래도 치명적인 곳은 피해가며 상대를 두들겨팼다. 그런데 흡혈귀들은 반대였다. 치명적인 곳만을 골라가며 몽둥이질을 해댄 것이다. 더욱 두려운 건 매의 간격이었다. 한 번 맞을 때마다 당장 죽을 것처럼 극심한 통증이 몰려온다. 고통은 빠르게 온몸으로 퍼져나간다. 그들은 내가 그 고통을 충분히 느끼도록 기다린다. 고통의 여진이 희미해지며 겨우 숨을 돌릴 무렵, 감각이 싱싱하게 살아 있는 다른 부위를 골라 다시 몽둥이질을 한다. 문제는 고통이 잦아들면서 다시 다가올 몽둥이를 기다리는 동안의 공포심이었다. 차라리 죽든 말든 정신없이 마구 두들겨패는 게 나을 것 같았다.

그들은 프로였고 오함마는 상대를 잘못 골랐다. 나는 결국 오함마가 있는 곳을 불게 될 것이고 그들은 곧 오함마를 찾아낼 것이다. 시간이 얼마나 흘렀을까? 아침이 밝아오는 건 아닐까? 흡혈귀는 아침이 되면 사라진다는데…… 정신은 혼미했지만 고통은 조금도 줄어들지 않았다. 이미 뼈가 몇 군데 부러진 듯 몸이 덜거덕거렸다. 어느 순간, 문이 덜컹 열리며 누군가 들어오는 소리가 들렸다. 가까스로 고개를 들어보니 약장수가 시계를 들여다보며 혼잣말처럼 중얼거렸다.

—이제 십 분 지났네.

밤새도록 두들겨맞은 것 같은데 십 분밖에 안 지났다고? 인간의 육체와 영혼이 단 십 분 만에 이렇게 망가지다니! 인간이 이렇게 나약한 존재였던가? 나는 자신에 대해 끔찍한 혐오감이 울컥 솟아났다.

―십 분만 더 작업해.

녀석은 흡혈귀들에게 손짓을 하고 다시 밖으로 나갔다. 곧이어 몽둥이질이 또 시작되었다. 녀석이 나에게 시간을 가르쳐준 것은 공포감을 극대화해 나를 무력화시키기 위해서였을 것이다. 다시 하룻밤이 지나갔고 흡혈귀들은 기계처럼 쉬지 않고 몽둥이질을 해댔다. 몽둥이가 몸 위에 떨어질 때마다 끔찍한 고통과 함께 나의 몸 안에선 알 수 없는 열기가 서서히 솟아나고 있었다. 잠시 후, 다시 약장수가 들어왔다.

―일으켜세워봐.

녀석이 지시하자 사내들은 나를 꿇어앉혔다.

―아까 나한테 할 얘기가 있다고 했지? 난 별로 궁금하진 않은데 그래도 한번 들어보자고. 어차피 시간은 많으니까.

약장수의 표정엔 자신감이 넘쳤다. 그때, 갑자기 왜 그런 엉뚱한 생각이 들었을까? 나는 녀석에게 조감독을 시키면 일을 잘할 것 같다는 생각이 들었다. 데뷔작을 찍을 때, 함께 일했던 조감독은 우유부단한데다 게으르기까지 해서 속을 많이 썩였다. 만일 녀석처럼 유능한 조감독과 일을 했다면 도움이 많이 됐을 텐데…… 함께 일했던 조감독을 떠올리면 아쉬운 생각까지 들었지만 이번엔 내가 오야지가 아니었다. 오늘의 오야지는 바로 녀석이었다.

약장수는 매우 치밀했으며 어설픈 허세 따위는 부리지 않았다. 그는 인간의 한쪽 면에 대해 완벽하게 이해하고 있었다. 두려움과 공포, 욕망과 나약함 등 삶을 비극으로 빠뜨리는 치명적인 약점들에 대해 손바닥 들여다보듯 훤하게 알고 있었던 것이다. 하지만 녀석도 모르는 게 하나 있었다. 그것은 바로 인간의 존엄과 자존심에 대한 거였다. 나는 약장수를 향해 히죽 웃어 보였다(라고 생각했지만 나의 얼굴은 이미 퉁퉁 붓고 피범벅이 되어 웃는 건지 우는 건지 알 수 없었을 것이다).

— 처음엔……

나는 힘겹게 입을 열었다. 귀에 이상이 생겼는지 목소리가 마치 우물 속에서 들려오는 것처럼 머릿속에서 공명했다.

— 내가 다 얘기해주려고 했거든. 오함마가 어디로 갔는지, 누구랑 함께 갔는지, 돈을 어디로 송금했는지 신사적으로 다 털어놓으려고 했어. 사실은 나도 그 인간을 별로 좋아하지 않거든. 그런데 내 마음이 변했어.

약장수의 표정에 잠시 당황한 빛이 스쳤다. 그는 모든 상황을 잘 이해하고 완벽하게 장악하고 있다고 생각했을 것이다. 하지만 내 영혼은 이미 그가 생각한 상황 바깥으로 빠져나와 있었다.

— 왜냐하면 내가 자존심이 상했거든. 니들처럼 배운 게 없는 놈들은 잘 모르겠지만 원래 사람은 이렇게 다루면 안 되는 거야.

우린 위대한 문명을 창조한 존재고 우리 스스로 최소한의 존엄성을 지키면서 살도록 제도를 발전시켜왔거든. 니들이 무슨 짓을 하면서 살아도 좋지만 절대로 그 사실을 잊어선 안 돼.

정신이 혼미한 가운데서도 언어는 명료했다.

—하지만 니들은 그 사실을 망각하고 날 짐승처럼 다뤘어. 그게 얼마나 슬프고 끔찍한 일인지 너희들은 모를 거야. 그것은 단지 나 개인을 두들겨팬 게 아니라 인류가 수천 년 동안 피 흘리며 이룩한 위대한 유산을 짓밟은 거야. 남대문에서 약이나 팔던 일개 양아치새끼들이 말이야. 그래서 난 네놈들에게 단 한마디도 해줄 수가 없어.

그들이 내 말을 알아들었을까? 어쩌면 내가 너무 맞아서 잠깐 미친 건지도 모르겠다. 하지만 그 순간, 나는 두렵지 않았다. 두려움보다 더 강한 분노와 오기가 내 몸 안에서 끓어오르고 있었기 때문이었다. 약장수는 양복을 벗어 흡혈귀에게 건네고 나를 향해 천천히 다가왔다. 그의 얼굴은 더욱 창백해졌고 길게 찢어진 눈에선 잔인한 살의가 번뜩였다.

*

최근에야 깨달은 사실이지만 나는 언제나 특별한 혜택을 받고 살았다. 적어도 나의 가족 안에서 그렇다는 얘기다. 그들은 늘 나를 배려해줬고 무엇에서든 우선권을 주었다. 그들 덕에 나는 가족

관계 안에서 평탄한 삶을 살았다. 오함마에게 두들겨맞은 것도 어릴 때의 이야기일 뿐, 나이가 들어서는 오히려 그가 나를 어려워했다. 순전히 내가 공부를 잘한다는 이유 때문이었다. 그들은 나에게 자신들과는 뭔가 다른 미래가 있을 거라고 믿었다. 그들은 나를 지지해줬지만 나는 고생 없이 평탄하게 살아온 덕에 남을 배려할 줄 모르는 인간이 되었다. 그래서 나는 언제나 그들을 무시하고 경멸했으며 그들을 부담스러워하기까지 했다. 나에 대한 기대가 부서져 산산조각난 뒤에도 그들은 나를 버리지 않았고 나 자신이 나를 포기한 뒤에도 그들은 나를 포기하지 않았다.

나는 이렇게 죽는 것인가? 아마도 그럴 것이다. 그들은 결국 나를 죽이고 말 것이다. 온몸이 피투성이가 되어 바닥이 질척해진 느낌이었다. 그런데 과연 오함마를 위해 내가 죽는 게 정당한 걸까? 그 인간이 그럴 만한 가치가 있는 걸까? 전과 5범의 인간망종 때문에 한 영화감독이 죽는다는 게 말이 되는 소린가?

이때, 갑자기 환청인 듯 귓속에서 식구들이 나에 대해 비난하는 소리가 간헐적으로 들려왔다.

오빠 어릴 때부터 그렇게 이기적이었어. 잘난 척만 하고…… 너한테는 모든 게 조심스러워. 어릴 땐 그렇지 않았는데 왜 이렇게 변했는지 모르겠구나…… 아버지를 화장하자고 한 것도 오빠였지. 그래서 지금 어떻게 됐어? 명절이 되어도 같이 성묘 갈 데가 없잖아…… 젖꼭지 먼저 문 형으로서 말하는데 너 인생 그렇게 사는 거 아니다…… 넌 항상 가족들을 무시했어. 나중에 말도 섞으려고 하지 않았지…… 오빠 너무 차가워……

눈앞에선 분노한 흡혈귀들이 송곳니를 세우고 날뛰었지만 갈수록 육체의 감각이 사라지며 고통이 서서히 줄어들고 있었다. 그나마 다행이라면 다행이었다. 이제 내 몸은 한 덩어리의 질척한 반죽이 된 느낌이었다. 어디를 어떻게 때리든 별 차이가 없었다. 그러다 어느 순간, 후끈 하며 정수리가 뜨거워지는 느낌이 들었다. 그리고 서서히 눈앞이 어두워졌다.

*

나는 죽은 것인가? 어디선가 희미하게 안개 냄새가 나는 듯했다. 몸엔 아무런 감각이 없었다. 그저 서늘한 한기만이 희미하게 몸을 감싸고 있었다. 겨우 눈을 떠보니 눈앞에 바다가 펼쳐져 있었다. 어떻게 된 일이지? 오라! 그들이 내 시체를 바다에 버린 모양이로군.

내 인생엔 『누구를 위하여 종은 울리나』의 로버트 조던과 같은 신념도 없었고, 『무기여 잘 있거라』의 프레드릭 헨리가 경험한 비극적인 로맨스도 없었다. 여긴 총알이 빗발치는 전선이 아니며 사나운 짐승들이 우글대는 아프리카도 아니다. 여긴 쿠바도 아니고 난 권투선수도 아니다. 루니와 같은 프리미어 축구선수는 더더욱 아니다. 그래! 여기는 외로운 바다다. 늙은 어부의 불운을 비웃기라도 하듯 망망하게 펼쳐진 바다, 청새치 한 마리를 잡으려면 목숨을 걸어야 하는 고독한 바다 말이다. 그려, 아무려면 어떠랴! 나는 죽어서 마침내 바다에 도달했구나!

　그나저나 왜 이렇게 춥지? 죽었는데도 아직 감각은 살아 있는 건가? 나는 몸을 달달 떨며 앞을 살펴보았다. 그런데 내가 생각한 곳은 바다가 아니라 강이었다. 몇 발자국 떨어진 곳에 드넓은 강이 펼쳐져 있었고 그 위로 자욱한 안개가 끼어 있었다. 물안개가 피어오르는 걸 보면 아침인데…… 그렇다면 나는 아직 죽은 게 아니란 말인가? 흡혈귀들은 다 어디로 갔지? 햇볕에 타서 육신이 바스러지기 전에 서둘러 관 속으로 돌아간 모양이로군. 겨우 눈동자만 굴려 아래를 내려다보니 옷이 입혀져 있었다. 나는 몸을 일으키려고 했지만 어느 곳에 어떻게 힘을 줘야 하는지 모르는 갓난애처럼 꿈틀대기만 했을 뿐 몸은 움직여지지 않았다. 아침에 눈을 뜨면 세수를 하는 평생의 습관 때문이었을까? 나는 앞에 보이는 강가로 걸어가 차가운 강물에 얼굴을 씻고 싶었다. 하지만 불과 몇 발자국 앞에 있는 강이 아득하게만 느껴졌다.
　이를 악물고 다리에 힘을 주었다. 아니, 그저 다리라고 생각되는 곳에 힘을 주었다. 그러자 아래쪽에 엄청난 고통이 엄습해왔다. 나는 단말마의 비명을 내질렀다. 나의 비명소리에 놀라 근처에서 물고기 사냥을 하던 새들이 푸드덕 숲으로 날아갔다. 나는 어기적거리며 겨우 발을 내디뎠다. 한 발자국씩 앞으로 내디딜 때마다 부서진 뼛조각이 살을 후벼파는 느낌이었다. 나는 이를 악물고 남은 힘을 모두 쏟아 휘청거리며 강을 향해 걸어갔다. 마침내 강가에 도착했을 때 나는 털썩 무릎을 꿇었다. 불과 몇 발자국을 걷는 데 몸에 남아 있는 기운을 모두 써버린 것 같았다. 나는 고개를 숙여 강물에 얼굴을 담갔다. 순간, 얼굴에서도 극심한 고통이 느껴졌다. 밤새 짓이겨질 대로 짓이겨진 육체가 아직도 하나의 생명체를 유지하고 있다는 사실이 놀라울 뿐이었다.

뜻밖에 물은 따뜻했다. 나는 손으로 물을 떠 얼굴을 씻으려고 했지만 손마디가 모두 바스러진 듯 물을 떠올릴 수가 없었다. 나는 겨우 손에 물을 묻혀 얼굴을 조심스럽게 씻었다. 그러다 문득 물속에 비친 얼굴을 들여다보았다. 일렁이는 물결 속에 끔찍한 형상이 드러났다. 한쪽 눈은 찢어진 채 퉁퉁 부어 아예 뜰 수조차 없었고 코는 주먹만하게 부어올랐다. 찢어진 입에선 아직도 간간이 피가 흘러나왔다. 피는 강물에 떨어져 붉은 무늬를 만들며 사라졌다. 이빨이 몇 개나 부러졌는지 자갈을 한 움큼 물고 있는 것 같았다.

밤새 짐승처럼 두들겨맞은 일이 새삼 서러워서였을까? 아니면 끔찍했던 밤이 지나고 마침내 자신이 살아 있는 것을 확인한 기쁨 때문이었을까? 나는 울컥 목이 메며 울음이 쏟아져나왔다. 몸속에 묵직하게 쌓여 있던 무언가를 한꺼번에 와락 쏟아내는 느낌이었다. 나는 가래 끓는 소리를 내며 강가에 꿇어앉아 한참 동안 울었다. 우는 도중 꺽꺽대며 피를 토하기도 했다. 그러는 동안 강을 뒤덮고 있던 물안개가 서서히 걷히며 멀리 동이 터오고 있었다.

칼과 집

어디선가 희미하게 자동차 소리가 들리는 것 같았다. 소리가 나는 쪽을 살펴보니 잡목이 우거진 가파른 언덕이 앞을 가로막고 있었다. 아마도 언덕 너머에 도로가 있는 모양이었다. 해는 어느새 중천에 떠올라 눈이 부셨다. 안개도 모두 걷혀 강의 전경이 시원스레 눈앞에 펼쳐져 있었다. 멀리 강을 가로지른 다리도 보였다. 저 다리는 무슨 다리일까, 생각했지만 낯선 풍경에 전혀 짐작조차 할 수 없었다. 나는 자리에서 일어섰다. 몸을 움직이자 극심한 통증이 다시 온몸에 퍼져나갔다. 나는 자신도 모르게 신음소리를 내며 언덕을 향해 걸어갔다.

언덕은 높고 가팔랐다. 나는 크게 심호흡을 한 후, 언덕을 기어오르기 시작했다. 뼈마디를 쑤셔대는 고통에 이를 악물었다. 날씨는 쌀쌀했지만 곧 이마에 땀이 흘러내렸다. 예수가 십자가를 지고 올라갔던 골고다의 언덕이 이렇게 가팔랐을까? 나는 잡목을 잡고 몸을 지탱하며 힘겹게 한 걸음씩 내디뎠다. 겨우 십여 미터쯤 올라 갔을까? 손으로 잡고 있던 잡목이 부러지며 몸의 중심을 잃고 말았다. 순간, 기우뚱하며 아래로 굴러떨어지기 시작했다. 몇 바퀴를 구른 끝에 쿵, 하는 소리와 함께 등에 끔찍한 고통이 느껴졌다.

　나는 잠시 숨을 고르며 바닥에 누워 있었다. 강을 뒤덮고 있던 안개는 따뜻한 공기를 타고 위로 올라가 뭉게구름이 되어 하늘을 유유히 떠다녔다. 나의 절박한 상황을 비웃기라도 하듯 주변 풍경은 더없이 평화롭고 고요했다. 햇볕에 몸이 따뜻해지자 다시 스르르 잠이 몰려왔다. 아무도 없는 강가에서 홀로 죽음을 맞을지도 모른다는 공포감이 잠시 밀려왔지만 곧 자포자기의 심정이 되어 나는 쏟아지는 햇볕에 몸을 맡긴 채 눈을 감았다.

　어제 아침, 집 안에 평화롭게 울려퍼지던 패티김의 노래는 환청이었을까? 아니면 지금 하늘을 떠다니는 뭉게구름이 환각일까? 나는 천국에서 지옥으로 바뀐 하룻밤 사이의 극적인 변화를 좀처럼 실감할 수 없었다. 그나저나 엄마는 내가 지금 죽음의 문턱에 도달해 있다는 걸 알고 있을까? 혹시 내가 검은 양복을 입은 사내들에게 끌려간 걸 목격한 주민들이 경찰에 신고를 하진 않았을까?

　이때, 어디선가 전화벨 소리가 울렸다. 퍼뜩 정신이 들었다. 이 외진 곳에서 웬 전화벨 소리가 들리는 거지? 너무 많이 맞아서 환청이 들리는 건가? 나는 전화벨이 울리는 쪽을 향해 귀를 기울였다. 가만히 들어보니 소리가 나는 곳은 바로 내 바짓주머니 속이었다. 나는 겨우 주머니에 손을 넣어 핸드폰을 꺼냈다. 촬영을 하는 동안 영화사에서 마련해준 핸드폰이었다. 주머니에 핸드폰이 그대로 남겨져 있는 걸 발견하고 나는 비로소 그들이 나를 죽일 의도까지는 없었다는 걸 깨달았다. 마음만 먹었다면 그것은 그들에게 너무 쉬운 일이었을 텐데 아마도 내겐 그럴 만한 가치가 없는 모양이었다.

—여, 여보세요……

입에서 내 목소리가 아닌 듯 낯선 소리가 흘러나왔다.

—형?

맑고 높은 여자의 목소리였다. 그런데 나에게 형이라니?

—누구……?

—형 맞지? 나 캐서린이야.

형? 캐서린? 나는 두 개의 엉뚱한 단어를 조합해보려고 애를 썼지만 두뇌의 회로가 뒤엉킨 듯 무슨 의미인지 알 수 없었다. 그래도 여자의 목소리를 듣는 순간 살았구나, 하는 생각에 울컥 목이 메었다. 내가 아무 대답이 없자 다시 여자의 목소리가 흘러나왔다.

—형, 자고 있었어? 나 윤주야, 윤주.

어딘가 익숙한 목소리였다. 그제야 나는 그녀가 오래 전 캐나다로 이민을 갔던 후배라는 사실을 깨달았다. 우리는 여자 후배가 남자 선배를 '형'이라고 부르던 세대였다. 그리고 캐서린은 그녀

의 영어식 이름이었다. 나는 멍하게 앉아 있다 한참 만에야 겨우
입을 열었다.

　—너, 너로구나. 오랜만이다.

*

　—잘 잤어?

어디선가 여자의 목소리가 들렸다. 힘겹게 눈을 뜨니 캐서린
이 걱정스런 표정으로 내려다보고 있었다. 주변을 돌아보니 여
전히 캐서린의 집이었다. 며칠이나 지났을까? 나는 힘겹게 입을
열었다.

　—혹시…… 담배 가진 거 있니?

캐서린은 곧 담배에 불을 붙여 건네주고 자신도 한 대를 피워물
었다. 나는 담배연기를 깊게 빨아 천천히 내뱉었다. 니코틴이 주
는 나른한 쾌감이 온몸에 퍼져나가며 가슴이 뻐근해졌다. 작은 원
룸오피스텔에는 더블침대와 책상 하나, 그리고 텔레비전 등 최소
한의 가구만 놓여 있었지만 그것만으로도 좁은 방 안이 꽉 들어찼
다. 오른쪽으로 눈길을 돌리자, 벽에 걸려 있는 커다란 영화 포스
터 한 장이 눈에 들어왔다. 짐 자무시*의 〈지상의 밤〉이었다. 다섯

---

* Jim Jarmusch(1953~) : 미국 출신의 영화감독. 〈천국보다 낯선〉 〈데드 맨〉 〈브로
큰 플라워〉 등의 작품이 있다.

개의 도시를 배경으로 각기 다른 택시 안에서 일어나는 하룻밤 사이의 일화를 그린 옴니버스영화로 한때 영화마니아들이 열렬히 사랑하던 영화 중 하나였다. 포스터 속엔 마치 작은 지구본처럼 보이는 동그란 지구가 그려져 있는데 반쪽은 환한 대낮이고 나머지 반쪽은 어둠에 잠겨 있었다. 그 위로 노란 택시 한 대가 어두운 밤을 향해 달려가고 있었다. 택시는 어딘가 외롭고 위태로워 보였다.

—그냥…… 허전해서 걸어두었어.

내가 포스터를 보고 있다는 것을 알아챈 캐서린이 변명을 하듯 웃으며 말했다. 포스터 안엔 그녀와 나의 부서진 희망이 담겨 있었다. 나도 그녀를 향해 웃어 보이려고 했지만 안면에 통증이 찾아와 잔뜩 찌푸린 얼굴이 되고 말았다.

아무도 없는 강가에서 비참한 죽음을 맞을 수도 있었던 나는 핸드폰을 통해 다시 세상과 교신했다. 내가 힘겹게 언덕을 기어올라가는 동안 캐서린은 차를 몰고 남한강변으로 나를 데리러 왔다. 처음에 나의 몰골을 보고 놀란 그녀는 나를 병원에 데려가려고 했다. 또한 경찰에 신고를 하려고도 했다. 하지만 나는 그녀를 만류했다. 나는 병원에 가고 싶지도 않았고 경찰에 신고하는 건 더더구나 내키지 않았다. 만일 경찰이 개입한다면 일이 잘못될 수도 있다. 약장수의 입장에서야 부하 한두 명이 폭력 혐의로 구속되면 끝나는 일이겠지만 자칫 사건의 전모가 밝혀지고 오함마의 사기 행각이 드러나면 경찰은 인터폴을 통해 그를 수배할 수도 있다.

그것은 내가 원하는 바가 아니었다.

캐서린은 나의 부탁대로 나를 병원에 데려가지 않았고 경찰에 신고도 하지 않았다. 대신 아무 말도 없이 나를 차에 태워 자신의 집으로 데려왔다. 작은 원룸오피스텔이었다. 그녀는 약국에 가서 갖가지 소독약과 항생제, 붕대 등을 사가지고 왔다. 대강 옷을 벗기고 나자, 그녀는 비로소 밤새 흡혈귀들이 나에게 무슨 짓을 했는지 확인하고 목욕탕에 가서 구토를 하며 울었다. 그만큼 끔찍한 광경이었다.

하지만 캐서린은 곧 냉정을 되찾고 능숙한 솜씨로 내 상처를 돌봤다. 낯선 나라에 가서 가족들을 힘겹게 건사하며 쌓은 내공이 느껴졌다. 그녀는 이민 초창기에 의료보험 혜택을 받을 수가 없어 가족들이 아파도 웬만한 응급처치는 자신이 직접 했다고 했다. 오랜 외국생활에 지친 기색이 역력한 그녀의 얼굴엔 '플리이즈'라고 쓰여 있었다.

캐서린에게 치료를 받는 동안, 나는 간밤의 상황에 대해서 간단하게 설명해주었다. 오함마와 약장수, 범죄와 배신, 잔혹한 린치와 반전의 드라마가 다시 한번 펼쳐졌다.

캐서린은 아기를 돌보듯 정성껏 나를 돌봐줬다. 죽을 쑤어 먹이고 목욕을 시켜주고, 옷을 갈아입혔다. 나는 그녀에게 깡마른 몸을 내보이는 게 부끄러웠지만 그녀는 개의치 않고 숙련된 간호사처럼 익숙하게 내 몸을 다루었다. 캐서린에게 몸을 맡긴 채 나는 누군가에게 보호받는 기분이 얼마나 좋은 것인지 새삼 깨달았다. 그러고 보면 나는 평생 보살핌만 받았을 뿐 누군가를 돌본 적이 한 번도 없었다. 헌신적으로 나를 보살피는 캐서린을 지켜보며 나는 한 인간의 삶은 오로지 이타적인 행동 속에서만 완성되어간다는 생각이 들었다. 누군가를 돌보고 자신을 희생하며 상대를 위해 무언가를 내어주는 삶…… 거기에 비추어보면 나의 삶은 얼마나 이기적이고 불완전한 삶이었던지.

*

나는 엄마에게 전화를 걸어 시나리오 작업을 하기 위해 지방에 내려왔다고 거짓말을 했다. 늘 그렇듯 엄마는 몸 상하지 않게 밥 잘 챙겨먹으라는 당부를 했을 뿐 별다른 질문이 없었다. 전축을 틀어놓은 모양인지 통화를 하는 동안 수화기 저편에서 조영남의 〈고향의 푸른 잔디〉가 흘러나오고 있었다. 그것은 톰 존스가 불렀던 〈Green green grass of home〉을 번안한 곡이었다.

꿈속에 그려보는 머나먼 고향아
옛 모습 변치 않고 잘 있느냐
사랑하는 부모형제 어릴 때 같이 놀던 친구
푸르고 푸른 고향의 잔디야

나는 거실에 누워 평화롭게 노래를 듣고 있을 엄마와 미연 아버지의 모습을 떠올렸다. 그들은 낡은 소파에 나란히 기대앉아 젊은 날 함께 듣던 옛날 노래를 따라 부르고 있을 것이다. 때로는 가슴 벅찼고 때로는 가슴 아팠던 지나간 사랑의 이야기도 나누고 격렬하고 혼돈스러운 순간에 맞이했던 이별의 상처와 이리저리 운명에 휘둘리며 기나긴 세월을 헤어져 살아야 했던 회한에 눈물짓기도 하며 서로를 다독이고 있을 터였다. 나는 자식들을 모두 떠나보낸 뒤 겨우 얻어낸 말년의 평화를 느긋하게 즐기고 있을 그들의 모습을 떠올리며 오랫동안 마음 한편을 차지하고 있던 금단의 비밀이 스르르 풀리는 것 같았다.

캐서린은 내 인생 최악의 시간에 전화를 걸어왔지만 결과적으로 그것은 꽤나 괜찮은 타이밍이었다. 그녀의 집에 머무는 동안, 캐서린은 말을 못 해 죽은 귀신이라도 붙은 것처럼 쉴새없이 수다를 떨었다. 캐나다에서의 생활과 그곳에서 만났던 사람들, 오래전 함께 서클에서 활동하던 시절의 추억과 영화 얘기 등을 속사포처럼 떠들어댔다. 때로는 아이 얘기를 하면서 눈물을 흘리기도 했다. 물론 한국말이었다. 그녀는 자신이 캐나다에서 겪은 고통과 상처를 마치 한국어로 치유하려는 사람 같았다. 나는 사람들이 겉으론 멀쩡해 보여도 다들 속으론 자기만의 병을 품고 살아간다는 것을 깨달았다. 하지만 그녀는 천성적으로 밝고 낙천적인 사람이었다. 얼마 전엔 한 출판사의 번역 일을 맡아 했는데 그 결과가 꽤

찾았는지 곧 다른 출판사에서도 여러 건의 번역 의뢰가 들어왔다며 즐거워했다. 원고료는 형편없었지만 성실하기만 하면 먹고사는 문제는 그런대로 해결할 수 있다며 밝게 웃어 보였다.

*

부기는 조금씩 가라앉았지만 뼈가 몇 군데 부러진 듯 움직일 때마다 나사 빠진 기계처럼 몸이 덜그럭거렸다. 한쪽 귀에도 문제가 생겨 소리가 잘 들리지 않았다. 특히 왼쪽 다리를 심하게 절었다. 캐서린은 병원에 가서 검사를 받아야 한다고 주장했지만 나는 개의치 않았다. 이미 정신적으로 심각한 불구의 상태인데 다리 하나 부러진 게 무슨 대수랴, 싶었다.

일주일쯤 지나 어느 정도 몸을 추스를 수 있게 되자 나는 캐서린에게 따로 방을 얻어 나가 살겠다는 뜻을 내비쳤다. 엄마의 집으로 다시 들어갈 생각은 없었다. 엄마와 미연 아버지가 늘그막에 얻은 평화를 방해하고 싶지 않았던 것이다. 다행히 수중엔 오함마가 엄마에게 주라고 건네준 돈이 적지 않게 남아 있었다. 사실 나는 그 돈을 엄마에게 주지 않았다. 감독료로 받은 돈이 다 떨어졌기 때문에 우선 급한 대로 내가 쓰고 혹시 나중에라도 엄마가 알게 되면 그때 가서 해결하기로 한 거였다(그러고 보면 나도 참 뻔뻔스런 인간이다).

캐서린은 자기와 함께 지내는 게 불편하냐고 물었다. 나는 그런

건 아니지만 언제까지 신세만 질 수는 없는 노릇 아니냐고 대답했다. 그러자 캐서린은 철없는 아들을 야단치듯 몸도 성치 않은데 혼자 밥 끓여 먹는 게 어디 쉬운 일이냐며 나의 주장을 단번에 일축했다.

가만히 눈치를 보니 캐서린은 내가 자신의 집에서 나가는 것을 원하지 않는 눈치였다. 나 또한 혼자 나가 살 자신이 없었다. 만일 혼자 살게 된다면 또다시 알코올중독에 빠져 헤어나올 수 없을 것 같았다.

캐서린은 내 속옷을 사고 잠옷과 실내화를 샀다. 우리는 원룸오 피스텔에서 함께 밥을 해먹고 산책을 하고 침대에 느긋하게 기대 앉아 옛날 영화를 봤다. 대부분 〈미치광이 피에로〉나 〈피아니스트를 쏴라〉와 같은 누벨바그 시대의 영화들이었다. 그것은 대학 시절 프랑스문화원을 함께 드나들면서 보았던 영화이기도 했다. 우리는 서구문화에 대한 선망과 열등감으로 가득 차 있어 가요 대신 팝송을 듣고, 방화 대신 외화를 보고, 한국소설 대신 번역소설을 읽은 세대였다. 학교에서 배운 건 아무것도 없었다. 우리는 한때 열심히 '독재타도'를 외쳤지만 우리가 이룬 것이 무엇인지는 알 수 없었다. 한때는 무언가를 해냈다는 성취감에 들뜨기도 했지만 돌아보면 다시 제자리인 것 같기도 했다. 때론 아무런 지도도 없이 전속력으로 어딘가를 향해 달리다 막다른 벽에 부딪친 것 같은 기분이 들기도 했다. 그리고 그 세대는 어느덧 옛날 영화나 보며 과거를 추억하는 중늙은이가 되고 말았다. 영화를 볼 때마다 나는 내

삶 전체가 뿌리 없이 이리저리 휘둘리며 신기루를 쫓아 살아온 원숭이짓 같은 게 아니었을까, 하는 생각에 실소를 지었다.

캐서린이 책상 앞에 앉아 번역 일을 하는 동안 나는 다리를 절룩거리며 오피스텔 근처를 산책했다. 길가엔 낙엽이 수북이 쌓이고 날은 점점 더 추워졌다. 수자씨의 미용실 벽에 걸려 있던 시구절처럼 나는 낙엽이 흩날리는 가로수들 사이를 이리저리 헤매고 다녔다. 하지만 그다지 불안하지는 않았다. 사지에서 살아돌아온 자의 여유였을까? 이전처럼 절박한 심정도 아니었고 그렇다고 될 대로 되라는 자포자기의 심정도 아니었다. 비록 집도 절도 없었지만 어떻게든 살아지겠지, 하는 마음의 여유까지 생겼다. 그리고 어쨌거나 나는 아직 살아 있었다.

산책을 하는 동안 가끔 오함마 생각이 났다. 그는 거친 인생을 살았지만 진짜 깡패는 아니었다. 캄보디아에서 라텍스 사업을 할 때 그는 다른 조직과 이권다툼을 벌인 적이 있었다. 당장 살인이라도 일어날 것처럼 긴장이 고조된 상태였다. 당시의 일에 대해 오함마는 다음과 같이 고백한 적이 있었다.
—그땐 완전히 전쟁이었지. 자칫하면 죽을 수도 있는 상황이었으니까. 그래서 나도 항상 회칼을 품고 다녔는데 어느 날, 한적한 길에서 우연히 상대방 놈하고 마주친 거야. 좋은 기회였지. 그놈은 나를 못 보고 내가 먼저 그놈을 발견했으니까. 나는 회칼을 꺼

내들고 조심스럽게 뒤에서 다가갔는데…… 결국 못 찔렀어. 누군 가를 죽이고 남은 인생을 어떻게 살아갈지 도저히 자신이 안 생기 더라고. 그때 난 내가 진짜 깡패가 될 수 없다는 걸 깨달았지.

결국 오함마는 라텍스 사업에 실패하고 한국으로 돌아왔다. 삶의 과정이 유난스럽긴 했지만 그도 결국 아버지처럼 그저 세상살이가 너무 버겁고 힘겨울 뿐인, 무능한 사내 중의 하나였던 셈이었다.

*

우리는 침대에 나란히 누워서 프랑수아 트뤼포 감독의 〈쥘과 짐〉을 보고 있었다. 그것은 한 여자를 사랑한 두 남자의 이야기였다. 거기엔 우리가 한때 동경했던 얼치기 자유주의자의 꿈과 허영, 그리고 좌절이 담겨 있었다. 이야기가 진행되는 동안 위태롭고 쓸쓸한 사랑은 비극을 향해 달려갔다. 그러다 영화 말미쯤에 다음과 같은 내레이션이 눈에 들어왔다.

그들은 아무것도 창조하지 못했다. 짐은 새로운 법은 아름답지만 옛날 법을 따르는 것이 현실적이라고 생각했다. 우리는 인생을 희롱했다가 실패했다.

영화 속의 인물들처럼 우리는 인생을 희롱하며 살아온 걸까?

그래서 결국 아무것도 창조하지 못한 채 마침내 실패에 도달한 걸까? 나는 문득 옆을 돌아보았다. 언제 잠이 들었는지 캐서린이 베개에 얼굴을 묻은 채 잠들어 있었다. 눈가엔 잔주름이 가득하고 탄력을 잃은 볼살이 아래로 처져 있었다. 젊었을 때에도 그녀는 그다지 예쁜 편이 아니었다. 다만 특유의 낙천적인 기질과 솔직한 성격으로 주변 사람들의 호감을 샀을 뿐이었다. 나 또한 그녀를 여자로서 사랑해본 적은 없었다. 그녀가 결혼을 하고 우리가 우연히 불륜의 주인공이 되어 함께 여관을 드나들 때도 마찬가지였다. 하지만 그날, 나는 세상살이에 지쳐 내 옆에 잠들어 있는 중년의 여자에 대해 처음으로 사랑을 느꼈다. 그녀는 망가질 대로 망가진 나를 너그럽게 받아주었다. 공교롭게도 그녀는 〈쥘과 짐〉의 여주인공과 같은 이름이었다. 까뜨린느와 캐서린. 까뜨린느는 짐을 차에 태우고 강으로 뛰어들어 함께 죽음을 맞았지만 캐서린은 나를 차에 태우고 자신의 집으로 데려와 치료를 해주었다.

내가 그녀의 뺨에 가만히 손을 갖다대자 캐서린이 눈을 떴다. 수줍은 듯 미소를 짓는 그녀의 눈동자엔 아무런 의심이 없었다. 그저 부드러운 사랑의 빛만이 가득해 나는 처음으로 찾아온 사랑의 감동에 가슴이 울컥했다. 눈물이 날 것 같았다. 나의 입술이 그녀를 향해 다가가자 따뜻한 입술이 나를 맞아주었다. 나는 그녀의 몸을 조심스럽게 끌어안았다. 캐서린도 나를 마주 안으며 내 바지춤으로 수줍게 손을 집어넣었다.

캐서린의 몸은 르누아르의 그림에 등장하는 여자들처럼 풍요로 웠다. 배도 잔뜩 나오고 가슴도 늘어졌지만 그녀의 몸은 부드럽고 관능적이었다. 처음엔 발기가 안 될까봐 걱정했지만 이미 서로의 몸을 잘 알아서였는지 나의 분신은 곧 제자리를 찾아들어갔다. 몸을 움직이자 잠시 잊고 있던 고통이 찾아왔다. 내가 인상을 찡그리자 캐서린이 걱정스러운 듯 쳐다보았다. 하지만 나는 곧 괜찮아질 거라고 안심시키며 조심스럽게 허리를 움직였다. 오랜만이었지만 낯설진 않았다. 그리고 젊을 때처럼 짜릿하진 않았지만 편안하고 느긋한 기분이었다.

　—선배랑 자고 나니까 이제야 비로소 한국에 온 것 같다.
　섹스가 끝난 뒤, 캐서린이 나의 앙상한 가슴을 쓰다듬으며 말했다. 나는 아직 누군가 나를 위해 팬티를 벗어주는 여자가 있다는 사실에, 그리고 내가 아직 완전히 '살라오'가 되지 않았다는 사실에 안도감이 들었다.
　—나 섹스해본 지 삼 년도 넘었어.
　—정말?
　—응. 우리 이혼하기 몇 년 전부턴 섹스도 안 하고 살았거든.
　그랬구나…… 나는 담배를 꺼내물었다.
　—근데 그보다 더 힘든 게 뭔지 알아?
　—뭔데?
　—영어.

—영어? 너 영어 잘하잖아.

—의사소통에는 문제가 없었지. 그런데 그이는 캐나다에 온 이상 철저하게 캐나다인이 되어야 한다면서 나랑 얘기할 때도 영어만 썼어. 애들하고도 마찬가지고. 그 사람한테 제일 많이 들은 소리가 뭔지 알아?

—뭔데?

—인 잉글리시. 나도 모르게 한국어가 틔어나오면 그이는 항상 영어로 말하라고 나를 윽박질렀어. 그러다보니 언제부턴가 내가 좀비로 살아가는 기분이 들더라고. 영혼이 없는 시체처럼 말이야. 그래서 우울증도 오고 스트레스를 받으니까 먹기만 하고…… 나 살 많이 쪘지?

—응. 많이 쪘네.

내가 그녀의 몸을 훑어보며 대답했다.

—못됐어, 정말. 형, 까칠한 성격은 여전하구나.

캐서린은 눈을 흘기며 장난스럽게 내 팔을 꼬집었다.

나는 캐서린과 매일 섹스를 했다. 비록 몸은 불편했지만 아래쪽에서 시도 때도 없이 신호를 보내 나를 곤혹스럽게 했던 것이다. 캐서린은 몸이 성치 않은 나를 위해 몇 가지 색다른 체위를 고안해냈다. 그래도 섹스를 하는 동안 여기저기 칼날로 쑤시는 것 같은 고통 때문에 나는 비명을 참기 위해 이를 악물어야 했다. 캐서린의 풍만한 육체 안에서 고통과 쾌감이 동반된 피학적인 행위에 빠질 때마다 나는 비로소 자신이 살아 있다는 사실을 강렬하게 실감하곤 했다. 그날 밤의 모진 매질이 알코올에 찌든 나를 정화시킨 것일까? 나는 그날의 사건이 나에게 반드시 나쁜 것만은 아니라는 생각이 들었다. 비록 깡패들에게 죽도록 얻어맞기는 했지만 그날 밤, 내가 한 행동으로 인해 자신이 이전보다 조금 더 나은 인간이 된 것 같은 기분이 들기도 했다.

*

캐서린의 집에 눌러산 지 한 달쯤 지났을 무렵 나는 엄마 집에 다니러 갔다. 옷가지도 가져오고 엄마에게 얼굴이라도 한번 비쳐야 할 것 같았기 때문이었다. 그 동안 몸은 어느 정도 회복되어 적어도 겉으론 이전 모습과 별 차이가 없었지만 오른쪽 다리의 인대가 끊어졌는지 걸음이 불편했다. 말하자면 절름발이가 된 셈이었는데 엄마에게 그 사실을 감추기 위해 나는 최대한 몸을 조심스럽게 움직여야 했다. 미연 아버지와 거실에서 마주쳤을 때 그는 여전히 어색하게 눈인사를 하고 슬그머니 방으로 들어갔다.

나는 엄마에게 밖에 나가서 살겠다고 했다. 엄만 내가 처음 집에 들어올 때와 마찬가지로 이렇다 저렇다 말이 없었다. 어디로 가는지, 누구랑 같이 사는지, 요즘 형편이 어떤지도 묻지 않았다. 엄마는 나보다 오함마가 걱정이 되는지 그가 잘 지내고 있냐고 물었다. 그 점에 대해 나는 조금도 서운하지 않았다. 나는 그가 몸성히 잘 지내고 있으니 아무 걱정 마시라고 했다.

방에서 옷가지를 정리하던 나는 구석에서 낡은 헤밍웨이 전집을 발견했다. 엄마 집에 처음 들어왔을 때 분리수거장에서 가져온 것이었다. 다섯 권 가운데 몇권이나 읽었는지 잘 기억나지 않았다. 캐서린의 집에 가져갈까 하다가 괜히 짐만 될 것 같아 노끈으로 묶어 원래 있던 분리수거장에 내다놓기로 했다.

헤밍웨이의 전집을 처음 읽기 시작한 이후, 나에겐 많은 일들이 일어났다. 그것은 대부분 내 의지와는 상관없는 일이었다. 생각해보면 인생이 늘 계획대로 진행되는 것은 아닐 것이다. 부지불식간에 무언가에 발목이 잡혀 이리저리 한 세월 이끌려다니기도 하는 게 세상살이일 터인데 때론 그렇게 자신의 의지와 상관없이 흘러가게 내버려두는 것도 나쁘지 않다는 생각이 들었다.

자신의 몸으로 직접 실감할 수 있는 것만이 참다운 실존이라고 생각했던 헤밍웨이의 경우는 어땠을까? 그는 온전히 자신의 의지대로 산 것일까? 전쟁터를 전전하고 파리와 쿠바, 스페인과 아프리카를 떠돈 것도 모두 자신의 선택이었을까? 그래서 그는 행복했을까? 물론, 행복한 순간들도 있었을 것이다. 파리에서 보낸 칠 년, 가난한 문학청년으로서의 수줍음과 막막함, 첫 아내와의 달콤한 시간들, 문학에 대한 열정…… 하지만 순수했던 시절은 모두 지나가고 그는 무언가에 코가 꿰어 여자를 갈아치우고 더 많은 짐승을 살해하고, 미친 듯이 먹어대 돼지처럼 몸무게가 늘어나고 거친 영혼은 더욱 황폐해졌다. 그리고 마침내 자신의 머리를 향해 방아쇠를 당겼던 것이다. 낡은 전집을 노끈으로 묶는 동안 나는 지난여름을 함께했던 헤밍웨이와 긴 작별인사를 나누었다.

쌀쌀한 날씨임에도 불구하고 빌라의 노인들은 여전히 밖에 나와앉아 주민들을 염탐하고 있었다. 이번에도 어김없이 노인들의 수군거리는 소리가 들려왔다.

아니, 저 북어대가리는 요새 안 보이더니 어쩐 일이랴!
그러게. 한동안 대그빡도 안 보이기에 어디 가서 약 처먹고 뒈진지 알았더니……
저눔, 다리 저는 것 좀 봐. 어디 가서 얻어맞았는지 병신이 돼서 돌아왔네.
하이고, 저거 또 죽지 않고 기어들어왔으니 지 에미 속 좀 썩이겠구먼.
그 도야지새끼는 또 가막소에 들어갔다며?
누가 그러는디 가막소를 간 게 아니라 어디 외국으로 도망을 갔다는디……
그건 내가 봤지. 전에 까만 양복을 입은 형사 둘이 잡으러 왔다 없으니까 저 북어대가리를 대신 잡아가더라고.
도대체 무슨 짓을 했기에 형사들이 잡으러 왔디야?
따로 무슨 짓을 해서가 아니고 그눔은 원래 날 때부터 가막소에 들어가 있어야 되는 눔이랴. 밖에 풀어놓으면 어떻게든 사람들한테 해코지를 하니께.

얼마 전엔 막내딸년이 어떤 놈하고 식을 올렸다는데……

또 식을 올려? 내가 아는 것만도 네번짼가 다섯번째일 텐데……

혼자 가면 도망질, 둘이 가면 화냥질이라더니 302호 딸년이 꼭 그 짝일세.

이때, 듣다듣다 부아가 난 나는 노인들 앞으로 달려가 버럭 고함을 질렀다.

어르신들! 나보고 자꾸 마약쟁이라고 하는데 내가 마약은 절대로 안 하거든요! 그리고 오함마가 외국으로 도망을 간 건 사실이지만 그 사람 그렇게 나쁜 사람 아니에요. 자꾸 그렇게 색안경을 끼고 보니까 나쁘게만 보이는 거라고요. 그리고 막내한테 자꾸 화냥질이 어쩌고 하는데 그래봤자 이제껏 결혼을 세 번밖에 안 했어요. 겨우 세 번뿐이라고요! 그러니까 낮살이나 잡숫고 남의 험담이나 하지 말고 심심하면 마당이라도 쓰세요. 혹시 알아요? 백원짜리 동전이라도 하나 주울지.

물론, 이는 혼자 마음속으로 해본 말이다. 그들에게 각자의 사연을 시시콜콜 설명한다 한들 무슨 소용이 있을까? 그들이 우리 집 사정을 알 리도 없을 테고 나에게 일어난 많은 변화들에 대해서도 마찬가지일 테니까 말이다.

나는 생각하도록 만들어져 있지 않다. 나는 먹도록 만들어졌
다. 그렇고말고! 먹고 마시고 캐서린과 자는 것이다.

『무기여 잘 있거라』의 주인공 프레드릭 헨리의 말이다. 나는 프
레드릭처럼 캐서린의 집에서 뒹굴며 먹고 마시고 캐서린과 사랑
을 나눴다. 늘 똑같은 일상이었지만 조금도 지루하다는 생각은 들
지 않았다. 오히려 방금 연애를 시작한 청춘남녀처럼 달콤하기까
지 했다. 공교롭게도 『무기여 잘 있거라』의 여주인공은 캐서린과
같은 이름이었다. 이에 대해 캐서린이 한마디 했다.
　— 캐서린 비글로를 좋아해서 이름을 캐서린(Katharine)이라고
지었는데 알고 보니 그 미국의 영화감독은 캐서린이 아니라 캐스
린(Kathryn)이더라고. 캐스린 비글로. 스펠링이 완전히 달라.
　역시 우리는 얼치기 자유주의자들이었다.

　이듬해 봄, 박사장에게서 전화가 걸려왔다. 사무실에 한번 놀러
오라는 거였다. 내가 찍은 영화는 물론 흥행에 실패했다. 컴퓨터
만 켜면 일본의 성인물부터 유럽의 온갖 해괴망측한 변태물까지
쉽게 접할 수 있는 인터넷시대에 누가 극장까지 와서 에로영화를
본단 말인가! 70년대 미국에서 성행했던 그 많던 포르노극장들이
모두 문을 닫은 것도 비디오가 등장하면서부터였다. 사람들이 포

르노를 대여해 침실에서 은밀히 보기 시작하면서 더이상 극장에 갈 필요가 없어진 것이다(역시 포르노는 방에서 혼자 몰래 즐겨야 제맛이다).

박사장은 여느 제작자들처럼 손해를 봤다며 엄살을 떨었지만 결과물에 대해선 나름대로 만족해했다. 〈빨간 마누라〉는 워낙 제작비가 적게 들어 큰 손해가 없기도 했지만 무엇보다 그가 써준 시나리오를 한 글자도 안 고치고 그대로 찍었으니 마음에 안 들 이유가 없었던 것이다. 이런저런 엄살을 늘어놓던 그는 이야기 말미쯤에 나에게 시나리오를 불쑥 내밀었다. 한 편 더 계약을 하자는 거였다.

—잘 들어봐, 오감독. 이번 영화는 지난번 것보다 더 재밌는 거야. 남자들이 아무도 거들떠보지 않는 여자가 한 명 있었어. 한마디로 말하자면 그냥 못생긴 건데 여자는 남자들이 자신에게 관심이 없는 이유가 가슴이 너무 작아서라고 생각해. 그래서 가슴확대수술을 하겠다고 결심하는 거야. 가슴만 커진다면 멋진 남자들이 줄을 설 거라는 희망을 가지고 말이야. 여자는 수술비용을 마련하기 위해 돈을 모아. 편의점이나 커피숍에서 아르바이트도 하고 신문도 돌리고 폐휴지도 줍고, 오로지 수술을 하겠다는 일념으로 먹을 것도 안 먹고 입을 것도 안 입으면서 악착같이 돈을 모으는 거야. 그렇게 혹독한 시간이 지나가고 몇 년 뒤에 여자는 마침내 수술대에 올라가게 돼. 그리고 의사는 피자처럼 납작한 가슴을 멜론처럼 탐스럽게 만들어줘. 이제 여자는 남자들이 모두 자신을 좋아

할 거라는 기대에 부풀어. 그런데 어찌된 일인지 여전히 그녀에게
관심을 갖는 남자가 아무도 없어. 그래서 여자는 잠시 절망에 빠
지지만 이번에도 그녀는 남자들이 자신을 좋아하지 않는 이유가
가슴이 충분히 크지 않기 때문이라고 생각해. 그래서 다시 편의점
에 가서 아르바이트를 하고 신문도 돌리고 폐휴지도 주워 수술비
용을 마련해서 다시 유방확대수술을 받아. 이번엔 멜론이 아니라
수박만한 가슴을 만든 거야. 이제 여자는 길거리에 나가면 모두가
쳐다볼 정도로 큰 가슴을 가졌지만 여전히 그녀에게 접근하는 남
자가 아무도 없어. 그래서 여자는 마지막이라고 생각하고 다시 몇
년간 돈을 모아서 이번엔 정말로 크게, 비치볼만하게 가슴을 확대
한 거야. 의사는 생명에 지장이 있을 거라고 경고했지만 여자는
어차피 아무도 자신에게 관심을 가지지 않는다면 자신의 인생은
의미가 없다며 수술해줄 것을 강력하게 요구했고 의사는 여자의
가슴에 더 많은 보형물을 집어넣어. 그렇게 드디어 여자는 자신의
머리통보다 더 큰 가슴을 갖게 된 거야. 하지만 이번에도 남자들
은 아무도 그녀에게 눈길을 주지 않아. 오히려 너무 큰 가슴을 부
담스러워하며 그녀를 피해다녀. 여자는 너무 절망한 나머지 자살
을 하겠다고 결심해. 그리고 마지막으로 남은 돈을 탈탈 털어서
남태평양을 횡단하는 크루즈 여행 티켓을 산 거야. 그 동안 가슴
을 확대하는 데 돈을 쓰느라 못 먹고 못 입은 걸 마지막으로 보상
받고 싶었거든. 그래서 크루즈 여행을 마치는 날 바닷물에 빠져
죽기로 결심한 거야. 배에서도 여자는 여전히 외로웠어. 배에는

278

멋진 남자들이 많았지만 다들 그녀를 흉측한 괴물을 쳐다보듯 했으니까. 드디어 크루즈가 끝나는 마지막 날 여자는 자살을 하기 위해 뱃전에 올라갔어. 그런데 그날 공교롭게도 태풍이 불어닥친 거야. 유람선은 거대했지만 거센 비바람에 못 이겨 끝내 배가 뒤집히고…… 아, 물론 이 장면은 컴퓨터 그래픽으로 처리해야겠지. 뭐, 자료화면을 써도 되고. 아무튼 영화 〈타이타닉〉처럼 배는 가라앉고 사람들은 바다 위에서 허우적거리며 살려달라고 아우성을 쳐. 여자도 물론 차가운 바닷물에 빠지지. 하지만 그녀는 어차피 죽기로 결심했기 때문에 아무런 미련이 없어. 그런데 이때 이상한 일이 벌어져. 영화배우처럼 멋진 남자들이 그녀를 향해 다급하게 헤엄을 쳐오기 시작한 거야. 그리고 다들 그녀에게 달라붙어. 평소엔 그녀에게 눈길조차 주지 않던 남자들이 말이야. 그녀는 잠시 어리둥절했지만 곧 이유를 깨달았지. 비치볼처럼 커다란 그녀의 가슴이 튜브 구실을 해서 물 위에 둥둥 떠 있었던 거야. 그래서 사람들은 다들 그녀의 가슴이라도 붙잡고 살겠다고 몰려온 거지. 그제야 비로소 여자는 자신이 칼자루를 쥐고 있다는 것을 깨달았어. 여자는 살겠다고 몰려든 사람 가운데 일단 여자들은 제외시키고 남자들 중에서도 젊고 잘생긴 남자들만 골라서 자신의 가슴을 붙잡도록 허락해. 모든 선택권은 여자에게 있었기 때문에 젊은 남자들 가운데서도 못생긴 남자는 탈락시키고 바람둥이처럼 생긴 남자도 탈락, 잘생겼지만 느끼한 남자도 탈락, 몸에 털이 너무 많은 남자도 탈락, 털이 너무 적어도 탈락, 털이 적당하게 났어도 성기가 작으면 탈락, 성기가 커도 재수없게 생겼으면 탈락, 과거에 자신에게 상처준 남자와 비슷하게 생긴 남자도 탈락…… 그런 식으로 여자는 마음에 드는 남자들만 골라 자신의 가슴에 탑승하는 걸 허락했어. 그리고 나머지 사람들이 허우적거리다 차가운 바닷물에 빠져 죽는 걸 느긋하게 감상하지. 결국 여자의 가슴에 의지해 살아남은 남자는 한쪽에 네 명씩, 모두 여덟 명이었어. 물론 그녀가 엄선한 남자들이었지. 그들은 몇날 며칠 동안 비치볼 같은 여자의 가슴에 의지해 바다 위에서 떠돌다 마침내 아무도 없는 무인도에 도착해. 다행히 무인도는 파라다이스처럼 먹을 게 풍부하고 살기 좋은 땅이었어. 그렇게 여자는 마침내 무인도에 정착해서 자신이 엄선한 여덟 명의 남자와 번갈아 떡을 치며 행복하게 오래오래 살았다는 얘기야. 어때, 오감독? 재밌지 않겠어?

그리고 남은 이야기들

이듬해 여름, 미연에게서 전화가 걸려왔다. 좁은 여관방에서 발가벗은 배우들과 땀을 줄줄 흘려가며 얼토당토않은 영화를 찍고 있을 때였다. 미연은 울면서 잘 알아들을 수 없는 목소리로 엄마가 돌아가셨다고 했다. 갑자기 엄마가 돌아가셨다는 게 실감이 나지 않아서였을까? 나는 이상하리만치 기분이 덤덤했다. 신문 사회면에 실린 어느 유명인사의 부고를 본 느낌이었다.

오함마가 없으니 내가 상주 노릇을 할 수밖에 없었다. 복잡한 장례절차는 대부분 '생활력' 강한 근배씨가 도맡아서 처리했다. 캐서린도 와서 장례 일을 도왔다. 미연과 캐서린은 서로 어색하게 인사를 나누었다. 미연은 엄마가 살아 계실 때 캐서린을 한 번이라도 보여드렸으면 좋았을 텐데 어쩜 그럴 수가 있냐며 나를 책망했다.

민경은 일 년 새에 키가 칠 센티미터나 자라 있었다. 상복을 입은 모습이 귀여웠다. 그애는 나에게 만날 똑같은 육개장만 먹으니 속이 뒤집힐 것 같다며 피자를 시켜달라고 했다. 나는 장례식장으로 피자를 배달시켜주었다. 민경은 죽은 할머니 옆에서 피자를 한 조각도 안 남기고 맛있게 다 먹어치웠다. 피자를 먹는 민경을 보며 어쩔 수 없이 오함마 생각이 났다. 그리고 문제의 그 캐릭터 팬티도 생각이 나 슬그머니 웃음이 나왔다.

미연 아버지는 장례식 내내 자리를 지켰다. 그 동안 어디가 아팠는지 못 보던 새에 홀쭉하게 말라 있었다. 그는 조는 듯 말도 없이 영정 옆에 쓸쓸하게 앉아 있었다. 한때 격렬하고 유난스러웠던 엄마와 전파사 구씨의 기나긴 러브스토리는 그렇게 천천히 막이 내리고 있었다.

장례식이 모두 끝나고 집으로 갔을 때, 나는 엄마의 유품을 정리하다 장롱 밑바닥에서 보자기에 싸둔 빳빳한 종이뭉치를 발견했다. 조심스럽게 펼쳐보니 그것은 내가 십이 년 전에 찍었던 영화 포스터였다. 엄마는 그것을 어디서 구했을까? 누군가의 소망은 그렇게 죽은 뒤에도 다시 살아나는 법이다. 나는 복잡한 상념에 잠겨 자리에 앉아 물끄러미 포스터를 바라보았다. 엄마는 내가 술에 취해 사는 동안에도 나에 대한 기대와 소망을 끝까지 버리지 않고 있었다. 그리고 그것을 아무도 몰래 장롱 깊숙이 숨겨두고 있었던 것이다. 나는 포스터를 다시 보자기에 싸서 집으로

가져왔다. 그리고 짐 자무시의 영화 포스터 옆에 나란히 붙여두
었다.

*

나는 박사장과 함께 에로영화를 네 편이나 더 찍었다. 더없이
뻔뻔하고 저질스러운 영화들이었지만 그중에 두 편은 제법 짭짤
한 재미를 봤다. 박사장의 다섯번째 시나리오를 검토하고 있을
때, 누군가로부터 전화가 걸려왔다.

—사바이디.

오함마였다. 그가 떠난 지 어느새 삼 년이 지나 있었다. 대통령
이 세 번 바뀔 때까지 못 돌아온다고 했는데 그가 떠난 뒤로 대통
령은 아직 한 번도 바뀌지 않았다. 나는 울컥 화부터 치밀었다.

—너 때문에 뒈지게 얻어맞았다, 이 돼지새끼야.

—네가…… 누구한테 맞아?

—누구긴 누구야, 네 잘난 동생들이지.

오함마는 내가 죽도록 맞았다는데도 킬킬거리며 웃기만 했다.

—엄살떨지 마, 새끼야. 근데, 넌 요즘 뭐 하고 사냐?

—뭐 하고 살긴, 영화감독이 영화 찍고 살지.

—목소리를 들어보니 요즘 일이 좀 풀리나보구나.

—수자씨는?

나는 수자씨의 안부가 궁금했다.

―잘 지내고 있어. 여기가 편해서 그런지 갈수록 더 젊어진다, 야.

―그 여자 불쌍한 여자야. 속 썩이지 말고 잘해줘.

―걱정 마, 새꺄. 엄마는 잘 계시니?

오함마가 물었다. 나는 잠시 대답을 못 하다 침을 한 번 꿀꺽 삼킨 뒤 애써 담담하게 말했다.

―엄마, 작년에 돌아가셨어.

잠시 정적이 흘렀다. 그리고 곧 오함마가 흐느끼는 소리가 들렸다. 나는 그가 울도록 내버려두었다. 한참 동안 흐느끼던 오함마는 울먹이며 말했다.

―미안하다…… 엄마한테 미안하고…… 미연이한테도 미안하고 너한테도 미안하고……

그는 잘 알아들을 수 없는 소리로 울먹이며 계속 누군가에게 미안하다고 했다. 나의 눈앞엔 커다란 덩치의 그가 어린애처럼 몸을 떨며 흐느끼는 장면이 그려졌다.

―그러게 씨발, 누가 그렇게 살래?

나는 울음을 참느라 이를 악물었다. 말을 하진 않았지만 사실 오함마보다 내가 미안한 게 더 많다는 걸 나는 알고 있었다. 하지만 나는 차마 미안하단 말을 할 용기가 없었다. 그래서 그저 오함마가 울먹이는 소리를 듣고만 있었다.

*

　캐서린과 나는 아직 잘 지내고 있다. 우리는 서로의 습관과 취향에 대해 충분히 이해하고 있다고 생각한다. 우리는 불안정한 상태를 지나 조심스럽게 신뢰를 쌓으며 차츰 안정을 찾아가는 중이다. 나는 엄마가 말했던 인간적인 정리가 우리 사이에 존재한다고 믿는다. 그리고 그것이 열정적인 사랑보다 더 차원 높고 믿을 만한 것이라고 생각한다.

　미연과 근배씨는 신도시 안에서 운영하던 카페를 정리하고 집 근처에 식당을 냈다. 순두부를 전문으로 하는 음식점이었다. 개업식이 있던 날, 캐서린과 나는 커다란 화분을 하나 사들고 식당을 찾았다. 있는 돈, 없는 돈 다 끌어모았는지 식당이 제법 넓고 고급스러웠다. 음식도 맛있었다. 미연이 워낙 억척스러운데다 근배씨도 부지런해서 나는 그들이 잘해낼 거라고 믿었다.
　민경은 일 년 새에 다시 오 센티미터가 더 컸다. 나는 그애에게 새 운동화를 사주었다. 내가 뜯어낸 담뱃값만큼이나 비싼 운동화였다.

　오함마는 잊을 만하면 한 번씩 전화를 걸어왔다. 오토바이 사고로 부모를 한꺼번에 잃은 이웃아이 두 명을 입양해 키우고 있다고 했다. 남자아이들이라고 했다. 그는 아이들이 너무 사랑스러워 왜

진즉에 아이를 낳지 않았는지 후회가 된다고 했다. 수자씨도 아이들을 좋아해 다행이라고도 했다. 그는 아이들을 입양한 것이 자신이 평생 한 일 가운데 가장 잘한 일이라고 했다.

캐서린과 나는 조만간 오함마를 만나러 갈 계획이다. 하지만 그곳이 어디인지는 말해줄 수 없다. 혹시 약장수의 부하들 가운데 누군가가 이 책을 볼지도 모르기 때문이다. 만일 그렇게 된다면 오함마는 죽은 목숨이나 다름없을 것이다.

*

나의 이야기는 여기까지다. 하지만 삶은 멈추지 않고 계속되는 법이다. 내 앞에 어떤 함정이 기다리고 있을지 나는 짐작할 수 없다. 운좋게 피해갈 수도 있지만 자칫하면 한순간에 나락으로 떨어질 수도 있다. 하지만 그런 것에 대해 미리 걱정하느라 인생을 낭비하고 싶진 않다.

나는 언제나 목표가 앞에 있다고 생각하며 살았다. 그 이외의 모든 것은 다 과정이고 임시라고 여겼고 나의 진짜 삶은 언제나 미래에 있을 거라고 믿었다. 그 결과 나에게 남은 것은 부서진 희망의 흔적뿐이었다. 하지만 나는 헤밍웨이처럼 자살을 택하진 않을 것이다. 초라하면 초라한 대로 지질하면 지질한 대로 내게 허용된 삶을 살아갈 것이다. 내게 남겨진 상처를 지우려고 애쓰거나 과거를 잊으려고 노력하지도 않을 것이다. 아무도 기억하지 않겠지만 그것이 곧 나의 삶이고 나의 역사이기 때문이다.

　여기서 나는 다시 처음으로 돌아간다. 헤밍웨이가 아기였을 때, 완벽한 문장으로 처음 한 말은 '나는 버팔로 빌을 몰라요'였다고 한다. 작가 그레이엄 그린이 처음 한 말은 '개가 불쌍해'였다고 알려져 있다. 역시 비범한 작가들은 뭔가 달라도 처음부터 다른 모양이다. 그렇다면 내가 완벽한 문장으로 처음 한 말은 뭐였을까? 그것을 말해줄 사람은 이제 이 세상에 없다. 하지만 그것이 무엇이었는지는 나도 알고 당신도 알고 우리 모두가 안다. 그것은 틀림없이 다음과 같은 말이었을 것이다.

　맘마. ■

제니 필즈는 마흔한 살이었다.
그녀의 인생에서 좋은 시절은 다 지나갔으며
그녀가 원하는 바는 바로 그런 내용을 글로 쓰는 것이었다.
— 존 어빙, 『가아프가 본 세상』 중에서

지난겨울, 오토바이를 타고 타이 남부를 한 달 가까이 여행한 적이 있었다. 배낭을 오토바이 뒤에 매달고 큰길을 따라 달리다 아무 데고 마을이 나타나면 샛길로 빠져 마을을 한 바퀴 구경하고 나오는 식이었다. 길을 잃어 한나절을 헤맨 적도 있었고 낯선 곳에서 연료가 떨어져 오도 가도 못 하는 신세가 된 적도 있었다. 맞은편에서 추월해오는 트럭과 충돌할 뻔한, 아찔한 순간도 있었다.

여행에는 아무런 목적이 없었다. 여행에세이라도 쓸 생각이었다면 사진이라도 몇 장 찍어두었을 테지만 그 많은 곳을 지나치면서도 사진 한 장 찍지 않았다. 그것은 내 일상으로부터 멀리 달아나고 싶은 생각에서 시작한 일탈이었을 뿐, 열정도 호기심도 설렘도 없는, 그저 방황이라고 불러도 좋을 무의미한 여행이었다.

온종일 오토바이를 타고 다니느라 현지인으로 착각할 만큼 얼굴이 그을었지만 머릿속은 여전히 텅 빈 듯 공허했고 눈에 보이는 풍경들은 핵전쟁이 끝난 이후의 세계처럼 황량하기만 했다. 언제나 연료가 다 떨어진 낡은 오토바이를 힘겹게 끌고 다니는 기분이었다. 그 오토바이를 끌고 도대체 어디까지 가려는 건지 나 자신도 알 수 없었다.

어느 날, 오토바이를 타고 한적한 바닷가에 도착했다. 관광객도 거의 찾지 않는 외진 마을이었다. 나는 오토바이에서 내리지도 않은 채 담배를 피워물었다. 이때, 누군가 다가와 인사를 건넸다.

─하이.

돌아보니 열 살쯤 돼 보이는, 어린 삐끼였다.

─혹시 비치베드 필요하세요?

소년의 체구는 왜소하고 앳된 얼굴이었지만 영어는 훌륭했다.

─아니, 필요 없어. 난 금방 갈 거야.

─그럼, 배고프지 않아요? 요 앞에 맛있는 해산물식당이 있는데……

─아니, 배고프지 않아.

─그럼, 마실 것은?

─미안하지만 필요 없어. 여기 물이 있잖아.

나는 오토바이에 매단 물통을 가리켰다.

그러자 소년은 아니꼬운 표정으로 쳐다보다 한마디 했다.

─그럼, 도대체 당신이 원하는 게 뭐요?

소년의 말끝에 '젠장!'이란 뉘앙스가 느껴졌다.

오토바이를 타고 숙소로 돌아오는 길에 폭우가 쏟아졌다. 몇 미터 앞도 보이지 않을 만큼 지독한 폭우였다. 비옷을 입고 있었지만 곧 속옷까지 젖어들어 금세 이가 딱딱 부딪칠 만큼 추워졌다. 워낙 조용한 동네여서 중간에 쉬어갈 만한 곳도 없었고 날은 빠르게 어두워져갔다. 그 시끄러운 폭우 속에서도 삐끼 소년의 말이 달리는 내내 귓가를 맴돌았다.

도대체 당신이 원하는 게 뭐요?

숙소에 도착했을 땐 거짓말처럼 비가 그쳐 하늘엔 별들이 총총 떠 있었다. 숙소에 딸린 바에선 투숙객들이 나와 앉아 술을 마시고 있었다. 왠지 주변의 분위기가 평소보다 더 흥청거리는 느낌이었다. 숙소 앞에 있는 나무엔 작은 전구들이 매달려 반짝거렸고…… 이때 숙소 간판 옆에 붙어 있는 커다란 글씨가 눈에 들어왔다.

Merry Christmas!

오늘이…… 그랬던가? 순간, 나는 맥이 탁 풀리는 기분이었다. 그리고 내 인생에서 '좋은 시절'이 이미 오래 전에 다 지나갔음을 담담하게 깨달았다. 다음날, 나는 여행사에 전화를 걸어 한국으로 돌아오는 비행기 표를 예약했다. 그리고 얼마 지나지 않아 다시 소설을 쓰기 시작했다.

동료 소설가인 박민규와 김언수, 그리고 백영옥에게 감사의 말을 전한다. 그들은 빈 항아리처럼 텅 빈 내 가난한 마음에 용기와 격려를 들이부어주었다. 어느 술자리에서 박민규는 나에게 다음과 같이 말했다.

　—형, 우리 외롭지 말고 우울하지 말아요. 그러면 다 되는 거예요.

　나는 그의 말처럼 '그러면 다 되는 거'라고, 진심으로 믿고 싶다.

　특별히 소설가 김상영 선배에게 고마움을 표한다. 이 소설은 그와 나눈 대화 속에서 시작을 얻었고 그를 통해 많은 아이디어와 영감을 받았다.

　그들의 기대에 비해 턱없이 부족한 소설이라는 것을 안다. 하지만 나의 이야기는 다시 시작되었고 그들이 나의 다음 소설을 또, 기꺼이 기다려줄 거라고 믿는다.

문학동네 장편소설

고령화 가족

ⓒ 천명관 2010

1판 1쇄 │ 2010년 2월 18일
1판 29쇄 │ 2025년 1월 10일

지은이 천명관
책임편집 조연주 최유미
디자인 윤종윤 유현아 │ 저작권 박지영 형소진 최은진 오서영
마케팅 정민호 서지화 한민아 이민경 왕지경 정경주 김수인 김혜원 김예진
브랜딩 함유지 함근아 박민재 김희숙 이송이 김하연 박다솔 조다현 배진성
제작 강신은 김동욱 이순호 │ 제작처 영신사

펴낸곳 (주)문학동네 │ 펴낸이 김소영
출판등록 1993년 10월 22일 제2003-000045호
주소 10881 경기도 파주시 회동길 210
전자우편 editor@munhak.com │ 대표전화 031)955-8888 │ 팩스 031)955-8855
문의전화 031) 955-2696(마케팅) 031) 955-8864(편집)
문학동네카페 http://cafe.naver.com/mhdn
인스타그램 @munhakdongne │ 트위터 @munhakdongne
북클럽문학동네 http://bookclubmunhak.com

ISBN   978-89-546-1055-1 03810

www.munhak.com